현직 형사가 실제 사건을 바탕으로 재구성한 스릴러

공개수배

김홍철 장편소설

도서출판
청어

작가의 말

　1991년 이형호 유괴 살인사건, 1998년 사바이 단란주점 살인사건, 2004년 광주 여대생 테이프 살인사건, 2008년 부산 청테이프 살인사건 등은 대한민국의 대표적인 미제사건들이다. 이 사건들은 현재까지도 범인이 누구인지 모른다. 사바이 단란주점 사건의 경우 피해자 중 한 명이 극적으로 살았고, 범인에 대해서 구체적으로 진술하였음에도 불구하고 범인의 윤곽조차 파악하지 못하고 있다. 범인이 누구인지 모르니 검거가 힘들다.

　한편 범인이 누구인지 알아도 소재를 파악하지 못하여 검거하지 못하는 경우도 있다. 해마다 경찰청에서는 이런 극악무도한 범죄자들을 모아서 6개월마다 정보를 갱신하여 공개수배하고 있다. 이들의 사진과 신상정보를 간략하게 모아 전단지를 만들어 전국 곳곳에 배포한다. 이것을 중요지명피의자 종합 공개수배라고 부른다.

　실제로 이 전단지를 보고 시민들이 제보하기도 하며, 도주 중인 피의자는 심리적 압박감을 느끼고 자수를 하기도 한다. 현재 중요지명피의자 명단 1번으로 올라와 있는 황주연의 경우는 12년이 넘도록 도주 행각을 이어가고 있다. 황주연은 2008년에 자신의 전처를 공개된 장소에서 끔찍하게 살해하고 도주한 인물로 그의 이야기는 SBS 프로그램 〈그것이 알고 싶다〉에 방송되기도 했다.

　『공개수배』에도 여러 건의 살인사건이 등장하는데 이들 대부분은 놀랍게도 실화다. 실화를 바탕으로 약간의 소설적인 허구를 가미시켰다.

영화나 소설 속에서나 있을 법한 일들이 우리 주위에서 실제로 벌어지고 있다.

이런 흉악범들을 추적하는 형사들의 고통과 어려움이 잘 드러나도록 쓰고 싶었는데 생각처럼 되지 않았다. 작품의 흥미를 생각하느라 정작 중요한 부분을 간과한 것은 아닌가 하는 아쉬움이 있다. 또한 범인을 잡기 위해 수사에 임하는 형사들만이 아는 남모르는 고충과 애로사항 등을 자세하게 담지 못한 아쉬움도 있다.

작품 속에서는 수사 단서가 나오면 쉽게 범인을 검거하는 것처럼 보이기도 하지만 실제로는 그렇지 않다는 것을 알리고 싶다. CCTV에 범인이 찍혀도 검거하지 못하는 경우가 허다하다.

나 역시 그런 경험이 있다. 교통사고조사계에 근무할 당시 주차된 차를 충돌하고 도주한 사건을 배정받은 적이 있다. 그때 피해자가 용의차량의 종류와 차량번호까지 선명하게 찍힌 CCTV 영상을 제출했다. 하지만 차적조회를 해보니 동일 차량이 나오지 않아 범인을 검거하지 못했다.

결국 그 사건은 피해자에게 수사의 어려움을 호소하고 기소중지로 마무리했다. 피해자가 처음에는 엄청 화를 냈지만 내가 계속 현장에 나가 탐문수사 등을 하며 열심히 수사했다는 사실을 인정해주어 다행히 조용히 넘어갔다. 이처럼 증거가 있어도 범인을 잡지 못하는 황당한 때도 있다.

작품 속에서 주인공이 최면을 통해 범인을 밝혀내고 검거한다. 마치 판타지 소설처럼 보일 수 있지만 실제로 일선에서는 최면 수사가 널리 이용되고 있다. 이 기법을 '법최면'이라고 한다. 법최면이 가장 널리 이용되는 예는 뺑소니 교통사고의 목격자를 찾을 때와 미성년자들이 성범죄를 당했을 경우다. 어린 아동들은 아픈 기억을 빨리 잊는 경우가 많다. 이때 법최면을 통해 그 기억을 되살려 범인을 추려내기도 한다.

나는 경찰 영화를 엄청 좋아한다. 특히 2017년에 개봉한 '범죄도시'라는 영화는 보면서 감탄을 연신 하였다. 가끔 영화처럼 피의자를 흠씬 두들겨 패고 싶을 때가 있다. 하지만 그렇게 하면 옷을 벗어야 하기에 최대한 감정을 누르고 사건 처리를 한다. 그래서일까 내가 하지 못하는 것을 시원하게 해결하는 경찰 영화를 보며 대리만족을 느낄 때가 많다. 그러나 어떤 영화들은 현실과 많이 동떨어져 작품에 몰입하기가 힘들다. 경찰 영화 속에서 주인공은 혼자 영웅처럼 돌아다니는데 절대 형사는 혼자 다니지 않는다. 항상 두 사람이 짝을 이뤄 다닌다. 이 작품에서도 김원우와 이지혜는 함께 수사한다. 혼자라면 절대 범인을 검거하지 못했을 것이다.

나는 이 책을 읽는 독자들이 범인 검거하는 과정을 최대한 몰입할 수 있도록 사실적으로 담으려고 노력하였지만, 다시 읽어보니 판타지 소설 같다. 살인 그 자체가 평범한 이들에게는 현실적이지 않아서이기 때문인지 모르겠다.

실제 일어난 살인 사건과 변사 사건들을 각 지방경찰청에서는 각종 사례집을 만들어 소개하고 과학수사 요원들에게 배포하고 있다. 학술세미나를 개최하여 해당 사건의 수사에서 잘된 점과 잘못된 점들을 고찰하여 후배 수사관들에게 교훈을 주고 있다. 이 작품에서 일어난 사건과 수사 기법들은 범죄분석자료집과 각종 사례집을 참고하여 일반인들도 뉴스나 시사프로그램을 통해 접했던 살인 사건들을 각색하였음을 밝히는 바이다.

차례

프롤로그

내부를 연결하는 복도가 보였지만 안으로 들어가기가 꺼림칙하고 싫었다. 악취 때문이다. 생선 썩는 냄새가 집 안 곳곳에서 났는데 초겨울이 아니었으면 외부까지 풍겼을 것이다. 더럽고 악취 나는 집에서 몸을 돌리려 하자 강한 바람이 등을 떠밀 듯이 불어왔다. 마치 안으로 들어가라고 하는 것처럼. 그때 아주 희미한 소리가 들렸다. 여러 명의 여성이 동시에 울부짖는 소리 같았다. 이런 곳에 사람이 있을 거 같지 않았지만 진위를 확인하기 위해 내부로 들어갔다.

그리고 방 같지 않은 방에 문을 열자 김원우는 믿을 수 없는 광경을 보게 되었다. 칼을 든 남자가 젊은 여성의 등 뒤에서 서 있었다.

김원우는 눈앞에 있는 왜소한 남자를 찬찬히 살펴보았다. 쉽게 제압할 수 있는 상대로 보였다. 칼을 들고 있지만, 전혀 위협적으로 보이지 않았다. 하지만 인질이 있어 그게 걸린다. 남자의 손에 힘이 들어가자 날카로운 칼날이 젊은 여성의 목 끝에 천천히 들어가는 게 보였다. 그가 칼끝을 그녀의 목젖에 지그시 누르며 웃음을 지었다. 소름 돋는 미소다. 그녀의 얼굴은 이미 눈물과 콧물로 범벅이다.

"엄마. 엄마가 보고 싶어요. 제발 집에 보내주세요."

이 목소리. 목소리의 주인공이 바로 그녀였다. 환청이 아니었다. 그녀는 며칠간 감금되었는지 마치 로힝야족 난민처럼 보였다. 짧은 치마를 입어가는 다리가 보였는데 발목에 굵은 쇠로 된 개 줄이 묶여 있었다. 개 줄에 묶인 발목에서 붉은 선혈이 흐르고 있었다. 상처 입은 지 얼마 안 되었다.

김원우가 침착하게 부드러운 목소리로 말했다.

"자. 제 말을 들으세요. 제 말을 들으면 마음이 편안해집니다. 정말로 편안해집니다. 마음이 편안합니다. 당신은 이제 서서히 칼을 내려놓습니다. 칼을 내려놓으면 마음이 한없이 편안합니다. 제가 셋을 세면 칼을 내려놓습니다. 하나, 둘, 셋."

김원우가 엄지와 중지 손가락을 튕겨 '딱' 소리를 내었다. 선생님의 말씀을 잘 듣는 초등학생처럼 남자가 칼을 천천히 여성의 목에서 떼었다.

땡그랑!

칼이 시멘트 바닥에 떨어지며 쇳소리를 냈다. 위기를 아슬아슬하게 넘겼다. 달려가서 제압할까? 몸에 잔뜩 힘을 주자 광배근이 넓어지는 게 느껴졌다.

완력이라면 자신 있다. 이 순간을 위해 단련하지 않았던가. 하지만 보이지 않는 그의 다른 손이 부담스럽다. 무엇을 지니고 있는지 알 수 없다. 왜 바지에서 손을 빼지 않는 거야?

김원우가 목소리 톤을 낮추고 기도하듯이 말했다.

"이제 무릎을 꿇으세요. 무릎을 꿇으면 마음이 편안해집니다."

남자가 천천히 한쪽 무릎을 구부렸다. 하지만 주머니에 오른손은 그대로다. 오른손을 빼게 만들고 싶었다.

"두 손을 깍지 끼고 머리 위로 올립니다. 엄마 품속에 있는 것처럼 편안합니다."

그가 무릎을 꿇으려다 '엄마'라는 단어에 얼굴이 흉악하게 일그러졌다.

아차! 김원우는 그가 엄마를 두려워하고 증오한다는 사실을 순간 깨달았다. 바지 주머니에 감춰져 있던 오른손이 날카로운 송곳과 함께 올라왔다. 그러자 그의 손등에 선배와 그토록 찾던 문신이 보였다.

맙소사, 그가 '제이(J)'라니.

제이가 여자의 목에 송곳을 막으려는 듯 그의 손등에 힘줄이 툭 튀어

7

올라왔다. 급하게 이를 막기 위해 김원우가 달려갔다. 이때 김원우는 자신의 눈을 의심하게 만드는 소름 돋는 모습을 보게 되었다. 인질로 잡혀 있던 여성의 얼굴이 푸르스름하게 변하고 검은 눈동자에서 붉은빛을 뿜어내는 기괴한 모습을.

경찰 김원우

3개월 전.

모두가 깊이 잠이 들 시간에 학교 운동장으로 순찰차 한 대가 들어오고 있다. 순찰차는 마치 스텔스 전투기가 움직이는 것처럼 소리 없이 이동했다. 스텔스기가 시동을 끄자 곧바로 어둠과 하나가 되었다.

조수석에서 사십 대 후반으로 보이는 배불뚝이 경찰관이 내렸다. 짙은 초록색 근무복에 '박두만'이라고 쓰인 명찰과 경사 계급장이 달려 있다. 교활하게 생긴 그가 쥐새끼처럼 조심스럽게 주위를 둘러본다. 혹시라도 누군가 있다면 놀란 쥐처럼 튈 생각이었다.

아무도 없는 것을 확인한 그는 자신의 계급장이 붙은 어깨를 툭툭 털며 거만하게 말했다.

"아무도 없다."

운전석에서 털이 풍성한 포메라니안처럼 생긴 김원우가 긴장하며 물었다.

"정말 문제없을까요?"

"어허! 걱정하지 말고 빨리 버리고 가자."

김원우가 차에서 내리자 달빛이 그의 몸 전체를 비추었다. 순수한 외모와 달리 키가 컸지만, 좁은 어깨 탓에 왜소해 보였다. 한눈에 봐도 운동과는 거리가 먼 몸이다.

김원우는 떨리는 손으로 차 뒷문을 열었다. 문을 열자마자 흠칫 놀라며 몸을 뒤로 뺐다. 땀에 절은 시궁창 냄새가 그의 콧구멍 속으로 날카롭게 파고들었기 때문이다. 남루한 옷차림과 병색이 완연한 노숙자 한 명이 뒷좌석에 아무렇게나 누워 있다. 얼마나 씻지 않았는지 땀 냄새와 함께 지독한 악취가 나고 있었다.

박두만이 운동장 구석에 놓여 있는 의자를 보며 말했다.

"개새끼가 이런 데 누워서 자면 신고도 안 들어오고 좋잖아."

김원우가 고개를 돌리며 말했다.

"그렇지만 이런 곳에서 강도라도 만나면 어떡해요?"

박두만도 뒤늦게 노숙자의 냄새를 맡고 뒷걸음질 치며 말했다.

"어떤 정신 나간 놈이 이런 쓰레기 몸에서 물건을 훔쳐."

"그래도 이건 아닌 것 같아요."

"얌마! 너 그렇게 마음 약해서 앞으로 경찰 생활 어떻게 할 거야. 이런 새끼는 주위 사람들에게 민폐야. 그냥 여기다 조용히 버리고 가는 게 제일 좋은 방법이라고."

"전 못하겠어요."

호랑이가 눈앞에서 움직이는 토끼를 노려보듯 박두만이 김원우를 노려보았다. 입은 힘주어 꾹 다물고 말은 하지 않았지만 험악한 눈빛으로 수많은 말을 쏟아내고 있었다.

어디서 하극상이야. 죽을래? 건방진 새끼야.

그런 눈빛과는 달리 의외로 박두만이 차분하게 말했다.

"김 순경. 그럼 어떻게 처리할 건데?"

그의 목소리가 차분하지만 약간 떨리는 걸 보니 솟구치는 화를 애써 억지로 참는 게 온몸으로 느껴졌다. 김원우는 그의 얼굴과 억누른 듯한 목소리를 듣고는 바로 대답하지 못하고 미뭇거렸다.

"노숙인 쉼터…"

할 말은 많았으나 입안에서만 맴돌았다.

지구대로 데리고 가서 노숙인 쉼터를 알아보시죠. 아니면 친절하게 가족을 찾아 데려가게 해야지요. 맞아요, 이분의 가족을 찾읍시다. 무르익을 대로 익은 석류가 껍질을 찢고 수많은 빨간 알갱이를 툭 내밀 듯이 많은 말들이 혀끝에서 맴돌았다. 하지만 박두만의 미간에 깊이 파인 주름과 서슬 퍼런 눈빛에 주눅이 들어 말이 나오지 않았다. 게다가 작고 귀여운 악마가 그의 귀에 달콤하게 속삭였다. '저 사람이 가족이 있고, 집이 있으면 저러고 다니겠어? 어쩌면 가족을 찾지 못해 더 개고생할 수도 있어. 지금 이게 최선이야!'

박두만이 더는 참지 못하고 신경질적으로 소리쳤다.

"야! 선배가 말하면 네! 하고 따라야지, 어디서 건방지게 말을 물고 늘어져. 이 쓰레기 하나 처리하느라 다른 신고 사건은 나가지도 못하고 있는데 계속 이 새끼만 주물럭거리고 있을 거야? 어?"

계속 구박을 받다보니 어쩜 그의 말이 옳을지도 모른다는 생각이 들었다. 그는 경험이 많은 선배였다. 그의 말처럼 저 노숙인과 벌써 진땀을 흘리며 한 시간째 씨름 중이었다. 깨우려고 별별 노력을 다 해보았지만 전혀 일어날 기미가 없다. 대체 술을 얼마나 마셔야 저 상태가 되는 걸까?

답이 없다.

차에서 남자를 꺼내기 위해 그의 축축한 바지를 잡아 끌어당겼다. 마른 체형이지만 꽤 무겁다. 간신히 차 밖으로 그의 몸을 빼내고 나니 쌀쌀한 날씨임에도 온몸이 땀으로 젖었다.

남자의 몸이 차 밖으로 나오자 박두만이 그로부터 더 멀어졌다. 아마도 냄새 때문이겠지. 박두만이 멀리서 오만상을 찌푸리며 투덜거렸다.

"젊은 놈이 힘이 그리 없어서 빌빌거리긴…. 너 경찰 체력시험은 어떻게 합격한 거야?"

'선배님이 좀 도와주세요.'

이 말을 꺼내려면 아마 사표 낼 각오로 말해야겠지.

남자의 겨드랑이에 두 팔을 밀어 넣고 있는 힘껏 들었다. 노숙자와 온 몸을 밀착하는 게 곤욕스러웠지만 일이라 생각하고 참았다. 그를 간신히 운동장에 있는 의자에 눕히는 순간 그가 입을 벌렸다. 자신의 존재를 알 리려는 듯 노숙자의 입에서 더 강력한 페로몬 원액이 스멀거리며 나왔다.

김원우는 매운 고추냉이를 먹은 것처럼 코끝이 매워져 재빨리 손으로 코를 막았다. 코를 잡은 손끝에서 취두부 냄새가 나는 것 같다. 취두부 냄새를 직접 맡아보지는 않았지만 비슷할 것이다.

남자의 누렇게 변한 이빨들 사이로 깨진 앞니가 눈에 들어왔다. 이빨이 깨졌을 때 얼마나 아팠을까? 이 노숙인의 힘든 삶이 눈앞에 그려진다. 아 파도 온전한 치료를 받지 못하고 술로 견딜 것이다. 그런 생각이 들자 그 의 지난한 삶이 측은하게 느껴졌다.

"뭐해? 빨리 지구대로 돌아가야지. 돌아가서 순찰차에 방향제 좀 뿌 리자. 옷에도 뿌리고."

"네."

돌아서는데 신문지가 바람에 날려와 김원우 앞에 떨어졌다. 왠지 이거 라도 덮어줘야 마음이 편해질 것 같다. 김원우는 신문지를 주워서 노숙 인의 몸에 이불처럼 덮어주었다.

박두만이 그 모습을 한심하게 쳐다보며 말했다.

"병신. 꼴값 떠네. 너 뭐 하냐?"

"추울까 봐…."

9월 중순이지만 밤이 되면 기온이 20도 아래로 내려가 제법 쌀쌀했다.

"그거 덮는다고 따뜻해? 병신 짓 한다. 그리고 임마, 저런 새끼들은 영 하의 날씨에 노숙해도 끄떡없어."

두 사람은 순찰차를 타고 학교 운동장을 빠져나왔다. 박두만이 급 똥 을 싸고 난 후 짓는 만족스러운 표정으로 말했다.

"창문 다 열어. 냄새가 왜 이리 안 빠지냐."

차 안으로 차가운 공기가 들어왔지만 악취를 빼내기 위해 참을 수밖에 없었다.

마음에 여유가 생긴 박두만이 라디오를 켜자 흘러간 팝 음악이 흘러나왔다. 새벽시간에 라디오 방송을 처음 듣는 김원우는 새벽 방송을 듣는 청취자들이 많은 게 놀라웠다. 요즘 시대에 이런 아날로그 감성을 가지고 살아가는 게 신기하다. 택시기사, 공장 근로자, 아파트 경비원, 자신과 같은 경찰관 등 다양한 부류의 사람들이 라디오 음악을 듣고 있었다.

"다음 근무가 뭐냐?"

"휴게입니다."

박두만이 깜짝 놀란 표정을 지으며 소리쳤다.

"야! 병신아. 그럼 서둘러 가야 할 거 아냐. 밟아."

김원우가 고개를 끄덕이며 순찰차 속도를 올렸다. 새벽시간이라 차도 없어 곧 지구대에 도착할 것이다. 사거리 신호등이 보였다. 빨간불이다. 속도를 줄이고 신호 대기하는 차 뒤에 순찰차를 세웠다. 박두만이 운전하는 김원우를 노려보았다. 휴식 시간에 1분이라도 늦으면 박살내겠다는 눈빛으로.

"사이렌 울리고 그냥 가. 빨리 가서 쉬어야지 여기서 왜 꾸물거리는 거야?"

신고출동 나갈 때보다 더욱 마음이 급한 모양이다.

"하지만 앞차도 신호를 지키고 있는데 어떻게 그냥 가요."

"어허! 어떻게 그냥 가요? 너 진짜 자꾸 어린애처럼 징징거리며 근무할 거야."

"그게 무슨?"

"지랄 떨고 그냥 사이렌 울리고 가라고. 너 자꾸 선배가 말할 때 토 달

13

래? 그거 빨리 고쳐.”

박두만의 구박에 어쩔 수 없이 사이렌을 울리자 앞차가 옆으로 길을
비켜주었다. 김원우가 가속 페달을 밟았다.

고담지구대 안은 장날처럼 소란스러웠다. 20평 남짓 한 지구대 사무
실이 네 명의 폭행 사범으로 북적거렸다.

지구대 한쪽 구석에 마련된 소파에 두 남자가 수갑을 차고 앉아 있다.
그들은 상대측을 조사하는 경찰관들에게 소리를 지르고 있었다.

“야! 경찰! 왜 저 새끼들한테만 물어보냐고. 왜 우리한테는 안 물어보
냐? 니미럴. 지미럴. 씨부럴이다.”

“이러니 우리나라 경찰들이 짭새라고 욕을 먹는 거야. 좆같은 짭새 새
끼들!”

그들이 욕설하고 바라보는 곳에 이들과 싸운 일행이 김봉구 경사 앞
에서 조사를 받고 있다. 조사받는 인물들도 하나같이 양아치다.

팔뚝에 지저분한 문신을 한 양아치가 소리쳤다.

“맞았다고요. 저는 일방적으로 맞았고요, 맞았습니다. 됐습니까? 됐
냐고요.”

김봉구 경사가 물어보았다.

“그러면 주먹에서 피는 왜 나요?”

양아치가 자신의 손등에 난 상처를 보며 말했다.

“어? 주먹에서 피 나네. 아 시파! 저 두 새끼 중 한 놈이 내 주먹을 때
렸으니까 피가 나지 않겠습니까? 이게 명백한 증거네. 피 나는 거 사진
좀 찍어주세요.”

소란스러움을 무시하고 박두만이 빠른 걸음으로 지구대 대기실로 들
어갔다. 그는 머뭇거리는 김원우를 보며 말했다.

"김 순경! 다른 조가 바쁜 거 같은데 조금 도와주고 휴게실로 들어와."

"네, 알겠습니다."

김원우는 수사 서류를 작성하는 고참 권석우에게 다가갔다. 권 순경은 고담지구대뿐 아니라 경찰서 전체에 성실하다고 소문이 나 있었다.

"선배님, 도와드릴 거 없습니까?"

"응. 신경 쓰지 말고 너도 들어가서 쉬어."

"내일 쉬는데요. 괜찮습니다."

"그냥 쉬어."

"진짜 괜찮습니다."

"그럼 원우야! 저기 수갑 차고 앉아 있는 사람 현체(현행범 체포) 했으니까 도망가지 못하게 지켜만 봐줘."

"네! 선배님."

고지식한 부팀장 김두한 경위가 권석우에게 말했다.

"서류 꾸며서 빨리 형사과로 넘겨야지, 뭘 지켜봐. 어이 김 순경! 김 순경은 확인서 받고 저기 안 때렸다고 하는 양반 진술서 받아."

그러자 권석우가 말했다.

"저, 부팀장님. 김 순경은 휴식 시간인데요."

"휴게 다 찾아 먹으면서 일하면 언제 일 배울 거야. 김 순경! 쉴 거야?"

김원우가 억지로 밝은 표정을 지으며 부팀장에게 말했다.

"괜찮습니다. 진술서 받겠습니다."

"눈치 보면서 안 바쁘면 쉬고 바쁘면 도와주고 그렇게 하는 거야."

"네, 부팀장님."

"야, 그리고 내일 하루 푹 쉬잖아. 젊은 사람들이 하루 날밤도 못 까?"

김원우가 고개를 숙이며 대답했다.

"네, 부팀장님 말이 맞습니다."

말은 그렇게 했지만, 속마음은 그렇지 않았다. 문득 직업에 대한 회의가 밀려왔다.

'이렇게 힘든 경찰을 왜 하려고 했을까? 조금 후회되네. 나에게 영향을 준 그녀의 얼굴도 이제 점점 가물가물하다.'

아침 7시.

고요해야 할 시간이지만 이곳은 그렇지가 않다. 젊은 경찰관들이 분주히 지구대 내부를 청소하고 있다. 이와는 대조적으로 나이가 들어 보이는 경찰관들은 소파 등에 기대어 잠을 자고 있다.

김원우는 지구대 출입문을 활짝 열고 환기를 시켰다. 의자를 45도로 눕히고 잠을 자던 박두만이 찬 공기에 놀라 소리쳤다.

"야! 누가 문 열었어? 빨리 닫아."

김원우가 놀라서 황급히 문을 닫았다.

"아! 네."

"저건 눈치가 없어. 추워 죽겠구먼."

김원우는 무안해서 얼굴이 빨갛게 변했다.

박두만의 목소리에 놀라 잠이 깬 부팀장 김두한이 리모컨으로 벽걸이 TV를 켰다. 그는 곧장 아침 뉴스 방송에 채널을 맞추었다. 취재기자가 어느 경찰서 정문에 서서 보도하는 모습이 나오고 있었다.

"딸이 실종되었다고 신고하였지만, 경찰은 미성년자가 아니라는 이유로 단순 가출로 보고 실종신고를 무시했습니다. 결국, 피해자는 실종신고 접수 일주일 만에 싸늘한 시신으로 발견되었습니다. 이에 해당 경찰서에서 뒤늦게 수사에 착수하였지만, 늑장 대응이라는 비판을 피할 수 없어 보입니다."

김두한이 인상을 구기며 텔레비전을 끄고 다시 소파에 기대며 중얼거렸다.

"까딱하면 경찰 탓이래. 아무것도 모르는 기레기들."

아침 8시가 되자 지구대 경찰관들이 자신이 앉을 의자들을 사무실 공간에 깔기 시작했다. 필기구를 챙긴 경찰관들이 의자에 착석하자 지구대장실의 문이 열렸다.

이제 곧 정년이 얼마 남지 않은 지구대장이 상석 의자에 앉았다. 모두 지구대장과 눈이 마주치기 싫은지 고개를 숙이고 있다. 지구대장이 짤막하게 한마디 던졌다.

"적어."

지구대 경찰관들이 더욱 고개를 숙이며 노트에 받아 적을 준비를 했다.

"음주운전 절대 엄금."

지구대장이 안 적는 사람이 있는지 주위를 둘러보며 다시 말했다.

"복무 기강 확립."

김원우가 노트에 대장의 말을 받아 적었다.

박두만도 열심히 무언가를 적고 있다. 박두만의 노트에는 주식 종목 이름이 가득 적혀 있다. 그는 오늘 주식을 팔아야 할지 말아야 할지 고민하고 있었다. 그의 노트 여백에는 사다리가 그려져 있고 그의 펜이 사다리 선을 따라 천천히 내려왔다. 박두만은 사다리 아래를 보며 힘든 결정을 내렸다.

이런 사실을 전혀 모르는 듯 지구대장이 꿋꿋하게 말했다.

"지금 경찰 분위기가 말이 아니다. 아침 신문에 경기도 어디에서 경찰관이 음주운전하고 뺑소니치다 피해자에게 붙잡혔다. 이 무슨 창피야."

박두만이 짧게 한숨을 내뱉었다.

"아휴!"

지구대장이 박두만을 보니 자신의 말에 공감하는 것처럼 보였다.

"같은 경찰이지만 내 얼굴이 화끈거려 고개를 못 들고 다니겠어. 동료들에게 해가 되는 일은 만들지 말자. 아 맞다. 옆 관내에서 발생한 고급 주택 강도 살인사건은 어떻게 됐어? 아는 사람 있나?"

형사과에 근무하다 지구대로 온 김봉구 경사가 대답했다.

"아직 검거하지 못했다고 합니다."

지구대장의 표정이 구겨졌다. 며칠 전에 잔혹한 살인사건이 발생했다. 피해자의 두개골이 튀어나올 정도로 현장이 매우 끔찍했다고 한다. 그나마 다행인 건 우리 관할이 아니라는 것이다.

"빨리 검거되어야 할 텐데. 큰일이야. 흠. 오늘 조회는 이것으로 마치지. 이상."

지구대장은 알고 있었다. 이 강도 살인이 한 달 동안 연속적으로 발생하고 있다는 사실을 말이다. 지구대장이 자리에서 일어나 대장실로 걸어갔다. 펭귄이 뒤뚱거리며 걸어가는 것처럼 그의 모습이 대장실로 사라졌다.

대장이 자리를 뜨자 대장의 빈 자리에 팀장 서충길이 앉았다. 지난밤 실컷 잠을 잤는지 목소리가 밝고 힘이 있었다.

"모두 고생했다. 따로 전달할 내용은 없고 혹시 어젯밤에 내가 알아야 할 사항이 있었나?"

다들 할 말이 많았지만 일찍 퇴근하기 위해 말을 꺼내지 않았다. 양아치들의 집단 패싸움은 아주 흔한 일이고 가장 중요한 말은 따로 있었다. 술꾼 김종배가 지구대 화장실에 똥을 싸고 갔는데 변기가 막혀버렸다. 아주 중요한 말이지만 다들 하지 않았다. 괜히 말을 꺼냈다가는 변기를 뚫고 나서야 퇴근할 수도 있기 때문이다. 서충길 팀장은 다른 팀들에게 잘 보이려고 번거로운 일들을 남기기 싫어했다. 모두 이 사실을 알기에 아무런 말도 하지 않았다.

서충길은 주위를 둘러보더니 흡족한 표정으로 말했다.

"할 말이 없으면 퇴근할까. 어서 옷 갈아입고 퇴근하지."

부팀장 김두한도 자신의 존재를 부각하기 위해 한마디 꺼내었다.

"이제 다음 팀에게 가게를 비워주고 철수합시다."

모두 지친 표정으로 빠르게 대기실로 이동했다.

대기실에는 옷장과 함께 이불장도 놓여 있고 세로로 나란히 세워진 옷장마다 각자의 이름이 적혀 있었다. 모두 자신의 이름이 적혀 있는 옷장 앞에 서서 주섬주섬 옷을 갈아입었다. 경찰복을 벗으니 모두 일상에서 흔히 볼 수 있는 평범한 일반인의 모습이다.

박두만이 옷을 갈아입으며 김원우에게 나직하게 말했다.

"어제 고생했어."

"뭘요."

"근데 여기 먼지가 많더라. 청소를 통 안 하나 봐."

김원우는 그가 무슨 의도로 그런 말을 하는지 몰라 대답만 했다.

"네."

"김 순경이 한번 쓸고 닦고 퇴근할래."

설마, 그 말이 진짜는 아니겠지 하며 되물었다.

"네?"

"깨끗하면 좋잖아."

"아, 네."

속삭이던 박두만의 목소리가 조금 커졌다.

"싫어? 싫으면 주간 근무자들에게 하라고 할게."

"아닙니다. 제가 청소하고 퇴근할게요."

"그래 내 말이…. 주위 환경이 정결하면 좀 좋아."

박두만은 이 말을 남기고 뒤도 돌아보지 않고 곧장 밖으로 나갔다. 결국 김원우는 피곤한 몸을 이끌고 청소를 하느라 늦게 퇴근하게 되었다.

김원우가 지친 모습으로 자신의 반지하 원룸을 향했다.

경찰공무원이 되니 신용등급이 올라 은행 대출이 자유로워졌다. 대출을 받아 원룸을 전세로 계약했다. 반지하지만 정남향이라 채광도 잘 들어온다. 가장 큰 장점은 지구대에서 걸어서 20분 거리에 있다는 점이다. 하지만 불안한 점도 있다. 몇 년 전에 비가 많이 와서 침수된 적이 있다는 말을 들었기 때문이다. 비가 오면 영화 〈기생충〉에서 화장실 변기 뚜껑 오바이트 하던 모습이 떠오른다. 다행히 올해 여름은 비가 많이 오지 않아 잘 넘겼다.

하늘을 올려다보니 가을 햇살이 따사로웠다.

'이불 좀 털고 햇살에 말려 볼까.'

이런 생각을 하며 걷는 그의 눈길이 손수레에 꽂혔다. 폐지를 가득 싣고 손수레를 끄는 할머니가 보였다. 손수레 바퀴 하나가 바람이 빠져 힘들게 굴러가고 있었다. 끌고 가는 사람보다 이 모습을 보는 그가 더 힘들고 괴로웠다. 손수레의 앞에는 경사길이 큰 장애물처럼 버티고 있었다. 할머니는 거의 몸을 엎드린 듯이 숙이며 수레를 끌었다. 그의 몸이 자석에 끌려가듯 손수레에 다가갔다.

손수레 뒤에 양 손바닥을 대고 힘껏 밀었다. 두 팔에 손수레의 무게가 느껴졌다. 상당히 묵직하다. 작은 몸집의 할머니가 이렇게 무거운 손수레를 끌다니 대단하다. 가엾다는 생각과 동시에 자신이 얼마나 행복하게 살고 있는지 새삼 느껴졌다. 할머니는 그가 뒤에서 도와주는 것을 아는지 모르는지 말없이 수레를 끌었다.

'어젯밤에 무리해서인지 기운이 하나도 없네.'

저질 체력이라 할머니에게 별 도움이 되지 못하는 것 같다. 그래도 한 사람이 끄는 것과 두 사람이 밀고 당기는 것은 엄연한 차이가 있다.

언덕길을 거의 다 올라갈 무렵 더 큰 난관이 나타났다. 속도를 줄이라는 과속 방지턱이 벽처럼 가로막고 있었다. 할머니와 그가 아무리 힘을 써보아도 바퀴가 방지턱을 넘지 못했다.

'바퀴에 바람만 빠지지 않았어도 잘 굴러 넘어갔을 텐데.'

애꿎은 바퀴 탓을 하면서 그는 온 힘을 다해 밀었다. 그의 몸이 손수레에 더욱 밀착되었다.

'오늘 이불 말리는 건 포기다. 그냥 잠이나 푹 자자.'

덜컥! 하는 소리와 함께 간신히 바퀴가 방지턱을 넘었다. 할머니는 힘들었는지 털썩 주저앉았다.

"젊은이, 고마워. 덕분에 여기까지 올라왔네."

할머니는 말은 안 했지만 누군가 자신을 돕고 있다는 사실을 알고 있었다.

"제가 힘이 없어서 별 도움을 못 드렸네요. 큰 도움이 되었으면 좋았을 텐데."

"아니야. 자네 덕분에 올라왔는걸. 고마워."

"도움이 되었다니 다행이네요. 할머니, 그럼 쉬었다 가세요."

현기증 나는 몸을 이끌고 반지하 원룸에 겨우 도착했다.

진짜 기운이 하나도 없었다. 그는 옷도 갈아입지 못한 채 그대로 침대에 두 다리를 뻗고 누웠다. 잠시 후, 옷이라도 벗고 잘까 하는 생각으로 몸을 일으켜 세웠다. 현재 몸 상태를 표현하기 딱 좋은 단어가 생각났다. 천근만근.

일어나니 옷을 빗사 옆구리에 구겨진 종이가 붙어 있는 게 보였다. 구겨진 종이는 무슨 관람권처럼 보였다.

'이 티켓이 왜 내 옷에 붙었을까?'

티켓을 만져보니 끈적임이 느껴졌다. 손가락을 코에 가져가 냄새를 맡아보니 상큼한 자두 향이 났다.

'사탕이 녹았군.'

어디서 이 티켓이 붙었을까? 조금 전 할머니의 손수레를 밀 때 폐지 더미에 있던 티켓이 옮겨 붙은 것 같았다. 그냥 버리려다 무슨 표인지 궁금해 자세히 살펴보았다.

[세계적인 유명 최면공연]

[2019년 9월 21일(토) 19시]

[서울 종로구 대학로 123 지하1층 마징가 극장]

[최면술사 김도성]

공교롭게도 오늘이다. 오늘은 비번이라 시간이 되긴 한다. 최면공연? 텔레비전에서 몇 번 최면 쇼를 보기는 했는데. 연예인이나 일반인이 최면에 걸린 척 연기하는 것 아닌가. 하나도 관심 없다. 깊이 잠이나 들었으면… 표를 손에 움켜쥔 채로 김원우는 침대에 누워 낚싯줄의 납봉처럼 무거운 눈을 감았다.

22

최면공연

공연장은 마치 서커스장 같았다. 무대가 전면에 위치하지 않고 중앙에 배치되어 있었다. 무대를 중심으로 관객들이 둥글게 원형으로 앉아 관람하도록 꾸며져 있었다.

특이하게 관람석은 바둑알처럼 검은색과 흰색으로 나누어져 있었다. 김원우가 표를 확인하니 나열 21번 좌석이다. 의자가 흰색이다. 무대와 너무 멀지 않은 중간 정도 위치다.

공연에 대한 기대는 하지 않았다. 어차피 공짜 표이기에 조금만 재미있으면 충분하다고 생각했다. 평범한 일상 속에서 작은 재미를 느끼면 충분했다. 요즘 그의 인생은 따분하고 지루했다. 그 지루한 인생을 모처럼 즐기고 싶었다. 그게 여기 온 가장 큰 이유였다.

공연장에 사람들이 점점 채워졌다. 공연 시간이 가까워지자 빈자리가 없어졌다. 곧 공연이 시작하려는지 무대가 어두워졌다. 마치 극장에서 영화가 시작되기 직전처럼 말이다.

무대가 점점 밝아지더니 한 남성이 무대 중앙에 나타났다. 그는 젠틀하게 자신의 몸에 딱 맞는 검은색 슈트를 차려입었다. 김원우는 그가 마술사 같다고 생각했다.

"반갑습니다. 최면술사 김도성입니다. 한국에서는 첫 공연이라 낯설고 무척 긴장되고 떨립니다."

관람객 모두 같은 생각을 했다.

'한국에서는 공연을 처음 하나 보네. 재미없지 않을까?'

"여러분은 어떤 생각을 가지고 이 공연을 보러 오셨을까요? 아마도 최면에 관심이 있어서 오신 분과 어떤 공연인지 궁금해서 오신 분들로 나누어져 있을 겁니다."

김도성은 모든 관람객을 둘러보기 위해 몸을 천천히 360도로 돌렸다. 한국에서의 첫 공연이라고 하는데 전혀 두려워하거나 당황하지 않았다. 그의 행동은 자신감이 넘쳐 보였다.

"이 공연이 무사히 성공하려면 여러분이 제 말에 귀를 기울여주셔야 합니다. 다른 생각을 하거나, 주머니에서 스마트폰을 꺼내어 보고 있으면 제가 아무리 노력을 해도 최면이 걸리지 않습니다. 모두 이해하셨으면 고개를 끄덕여주시고 휴대폰은 잠시만 꺼주시기 바랍니다."

모두 고개를 끄덕이고 휴대폰을 끄거나 진동 모드로 바꾸었다.

"자 그럼. 검은 의자에 앉아 계신 분들은 자리에서 일어나 주세요."

김원우의 옆자리에 앉아 있던 여성이 일어났다. 주위를 둘러보니 일어선 사람은 모두 30명 정도 되어 보였다.

"일어서 계신 분들은 대답하지 마시고 제 말이 잘 들리면 오른손을 올려주세요."

일어난 사람들이 오른손을 올렸다.

"편안하게 올려주세요. 아주 편안하게. 그리고 제가. 제가 여러분들에게 최면을 걸려고 합니다. 일어나신 분들에게만."

그의 목소리가 점점 작아졌지만 집중하고 있어서인지 말소리가 잘 전달되었다.

"일어서 계신 분들, 서 있으니 다리도 아프고 팔도 들고 있으니 불편하신 것 같아 제가 하나 둘 셋을 외치면 모두 그대로 눕게 될 것입니다. 누우세요. 그리고 편안하게 쉬다 손뼉을 치면 일어나는 겁니다."

그가 천천히 몸을 돌리며 숫자를 세었다.

"하나, 둘, 셋!"

갑자기 공연장 내부의 실내등이 모두 꺼졌다. 너무 캄캄하여 앞이 보이지 않았다. 옆자리 여성이 쓰러졌는지 부스럭거리는 소리가 났다. 다시 불이 환하게 켜졌다. 30명이 모두 쓰러져 편안하게 누워 있었다. 그것도 오른팔을 올린 채로 말이다. 김원우는 순간 소름이 돋았다. 공연에 급작스레 흥미가 생겼다.

"모두 재우면 제가 공연을 날로 먹는다고 하실 테니까 이제 깨워보겠습니다. 일어나시면 피곤이 모두 가십니다. 하나, 둘, 셋, 짝짝."

그가 손뼉을 치자, 쓰러져 있던 사람들이 자리에서 일어났다. 그들은 놀라고 부끄러워하며 자신의 의자를 찾아 급히 돌아가 앉았다. 김원우는 이들이 일부러 연기하는 것인지 확인하기 위해 둘러보았다. 전혀 연기처럼 보이지 않았다.

"아이고! 잘 잤다. 편안하다. 피곤이 싹 가셨다. 모두 그런 기분이 드시죠?"

누웠다 일어난 사람들이 모두 대답했다.

"네."

"이제 흰색 의자에 앉아 계신 분들, 모두 오른손을 올려보세요."

김원우는 자석에 끌려가듯이 오른손을 앞으로 뻗었다. 이 자리에서 손을 올리지 않으면 왠지 이방인이 될 것 같아 손을 올렸다.

"너무 높이 올리지 않으셔도 됩니다. 편안하게 올리고 싶은 만큼만 올리세요."

편안하게 올리라고 하니 어깨 높이까지만 올렸다. 그런데 기분이 점점 몽롱해졌다.

"자, 이제 눈을 감으시고 제 말에 귀를 기울이세요. 혹시 직장에서, 가정에서 힘들었던 일이 있었으면 이제 모두 그 짐을 떨쳐버리고 훌훌 날려 버립시다. 어떻게? 모두 한 마리 나비가 되어서 잊어버리는 거죠. 자,

모두 나비가 됩니다. 하나, 둘, 셋, 짝짝! 이제 나비처럼 덩실덩실 춤을 추며 날아오릅니다. 몸은 그대로 있지만, 마음은 여기도 갔다 저기도 갔다 합니다. 모두 자유롭게 움직입니다. 자, 하늘에 떠서 아래를 내려다봅니다. 공중에 떠 있으니까 너무 신나죠. 자, 이제 천천히 내려옵니다."

김원우는 몽롱한 상태였지만 진짜 나비가 되어 하늘 위로 올라간 기분을 느꼈다. 너무나 신기하고 재미있었다. 어젯밤 지구대에서 시달렸던 일들이 말끔하게 해소되었다. 학교 운동장에 두고 온 노숙자가 잘못되었을까 걱정도 하였는데 모두 잊게 되었다. 의자에 계속 앉아 있었지만 어딘가로 여행을 다녀온 것처럼 신났다. 앞으로도 신나고 재미난 일들이 계속 일어날 것만 같았다.

"이제 모두 팔을 내려주세요. 여러분 중에 신 것을 못 먹는 분 계신가요? 난 자두, 귤도 잘 못 먹는다. 이런 분 혹시 계신가요?"

두 남성이 손을 번쩍 들었다. 평범한 체격을 가진 20대 중반의 남성과 아랫배가 볼록하게 나온 40대 중년 남성이었다. 최면술사가 두 남성을 지목했다.

"두 분 모두 무대로 나와주세요."

배가 많이 나온 중년의 남성이 부끄러워하며 무대 중앙으로 나왔다. 평범한 체격을 가진 남자를 김원우가 자세히 보니 자신 또래로 보였다.

"이분들을 제가 치료해 드릴 것입니다. 앞으로는 신 것도 매우 잘 먹도록 만들어 드리죠."

잠시 후 어두워진 무대에서 두 남성이 레몬을 통째로 우걱우걱 씹어 먹었다.

"복숭아, 참외처럼 달콤하죠?"

"네."

"아, 달다. 너무 달아서 맛있다. 맞습니까?"

"네. 너무 달아요."

보는 것만으로도 시큼해서 김원우의 코끝에 땀이 맺혔다. 보는 것만으로도 이 정도인데 달고 맛있다니. 두 사람은 너무나 편안하게 레몬을 껍질째로 먹고 있었다.

문득 이런 생각이 들었다. 어젯밤에 학교 운동장에 두고 온 노숙자에게 최면을 걸면 어떨까? 재활 쉼터에서 생활한다, 구걸하지 않고 일을 하며 돈을 번다, 자존감을 느끼도록 최면을 건다. 이런 생각을 하다 주위에서 나는 웃음소리에 정신이 번쩍 들었다.

"하하하."

"호호."

무대 위에서 한 남성이 개처럼 행동하고 있었다. 아마 최면술사가 개로 여기도록 최면을 건 모양이다. 이 남성이 엉덩이를 개처럼 흔들자, 관객들이 모두 웃었다. 정말 웃겼다. 김원우는 모처럼 소리 내서 웃었다.

김도성이 말했다.

"이제 원래 모습으로 돌아옵니다. 짝짝."

그가 손뼉을 치자, 무대가 환해졌다. 개처럼 엎드려 있던 남성이 웃으며 일어섰다.

"진짜 개가 된 줄 알았어요."

"선생님이 제 말을 잘 따라주셔서 쉽게 최면에 걸린 것입니다. 기분 나쁘지는 않으셨는지요?"

"제가 원체 반려견을 좋아해서 나쁘지 않은 경험이었습니다."

김원우가 남성의 얼굴을 보니 푸들을 닮았다는 생각이 들었다. 이렇게 웃고 즐기는 가운데 90분 공연이 어느새 끝을 향해 가고 있었다.

"여러분, 즐거운 체험을 하셨나요?"

"네."

모두가 만족한 표정이다.

"이제 마지막으로 몇몇 분에게 선물을 주려고 합니다."

김도성의 목소리에 힘이 들어갔다.

"담배를 끊고자 하시는 분, 술을 자제하고 싶은 분, 또 자신감이 없는 분. 약간의 최면으로 이런 분들에게 도움을 주고자 합니다. 치료 받고 싶은 분, 두 분만 손을 들어주세요."

관람객들이 서로의 눈치를 보는지 아무도 손을 들지 않았다. 이때 레몬을 먹었던 배 나온 중년의 남성이 손을 번쩍 들었다.

"아까 도움을 드렸기 때문에 다른 분에게 기회를 드리도록 하겠습니다."

손을 들었던 남성이 멋쩍어하며 손을 내렸다. 관람객들은 그 누구도 손을 들지 않았다. 김도성이 주위를 둘러보며 말했다.

"서로 양보하시는 것 같아 보기 좋습니다. 그럼 제가 임의대로 선택하도록 하겠습니다. 학창시절에 수학 선생님께서 문제를 내고 풀어볼 사람 그러면 다들 꿀 먹은 벙어리가 되죠. 이럴 때면 선생님께서는 아주 기막히게 문제 풀 사람을 찾아내셨는데요. 그러면 다들 불만 없이 고개를 끄덕였습니다. 오늘 21일이네요. 혹시 21번 자리가 있나요?"

관람객들이 대답했다.

"네."

김원우도 아주 작은 소리로 함께 대답했다.

"네."

가만. 이 자리가 21번 아닌가!

"가열 21번 나와 주세요. 그리고 나열 21번도 나와 주세요."

김원우가 자리에서 일어났다. 머릿속이 복잡해졌다. 자신감을 심어달라고 말할까? 정의로운 시민으로 만들어달라고 말하면 너무 모호하나? 타인을 배려하는 사람으로 만들어달라고 할까? 담배는 안 피우고, 술도 잘 안 마신다. 무슨 최면을 걸어달라고 해야 할까?

어느새 김원우와 또 한 남성이 무대 위에 올라와 있다. 김도성이 두 사람을 번갈아 보며 말했다.

"자, 두 분은 저에게 어떤 최면술을 받고 싶나요? 과거 전생이 알고 싶다, 이런 말은 하지 마세요. 좋은 기회를 놓치는 것이나 다름없으니."

무대는 객석에서 보던 것보다 훨씬 좁았다. 김도성이라는 이 최면술사는 젊은 줄 알았는데 가까이 와서 보니 마흔은 훌쩍 넘어 보였다.

김원우와 함께 올라온 20대 초반의 남성은 몸이 너무나 왜소했다. 걷는 것도 힘들어 보일 정도로 왜소한 그는 추운지 몸을 떨었다. 어쩌면 사람들 앞에 서는 것이 두려워서 떠는지도 모르겠다.

김도성이 그에게 물었다.

"원하는 것을 말씀해주세요."

병약해 보이는 그가 말했다.

"저는 운동을 좋아하는 사람이 되고 싶어요."

"운동을 좋아하고 싶은 이유라도 있으세요?"

"몸짱…. 몸짱이 되고 싶어요."

그의 떨리는 목소리 속에서 간절함이 느껴졌다. 김도성이 고개를 끄덕이며 말했다.

"좋습니다. 이름이 어떻게 되세요?"

"황인철이요."

"황인철 씨. 이 의자에 편안하게 앉아주세요."

무대의 조명이 어두워졌다. 황인철이 의자에 앉자 그의 바지 끝자락이 올라가면서 앙상한 종아리가 드러났다. 김원우는 그가 탈북자 같다는 생각이 들었다.

"황인철 씨! 제 손을 잡으시고 편안하게 눈을 감으세요. 몸 안의 세포까지 기운을 빼도록 하세요.”

원체 힘이 없어 보이는 남자에게 기운을 빼라니. 김도성이 너무 쉬운 요구를 했다. 황인철에게 힘을 빼는 일은 아마 그가 가장 잘하는 일 중 하나일 것이다. 그가 눈을 감고 있으니 창백한 얼굴과 흰 조명이 어울려 마치 시체처럼 보였다.

“몸 안에 힘이 하나도 없습니다. 하나, 둘, 셋!”

황인철이 아무런 반응을 보이지 않았다.

“한번 왼팔을 올려보세요.”

김원우는 그들 곁에 있어서 두 사람의 행동이 잘 보였다. 황인철은 왼팔을 올리지 않고 눈썹만 얼굴 중앙으로 찡그렸다.

“기운이 없으니 올라가지 않죠? 괜찮아요. 올리지 않아도 됩니다. 그리고 제 말을 잘 들으세요. 제 말을….”

김도성이 소곤소곤 황인철의 귀에 한참을 속삭였다. 그러다 김도성이 손뼉을 딱 쳤는데 김원우는 그 소리가 너무 커 깜짝 놀랐다. 관람석에 앉아 있을 때는 손뼉 소리가 이렇게 큰지 몰랐다.

황인철이 자리에서 일어나 인사를 하고 자신의 좌석으로 돌아갔다. 그런데 그의 걸음걸이가 조금 이상했다. 양어깨를 떡하니 벌리고 걷는 것이었다. 뼈밖에 없는 몸으로 그렇게 고릴라처럼 걸으니 조금 우스꽝스럽기도 했다. 그런 황인철을 유심히 보는 사람은 김원우 말고는 없는지 웃는 사람은 없었다. 모두가 다음 차례인 김원우에게만 주의를 기울였다.

이제 그의 차례였다. 김도성이 손짓으로 의자에 앉으라는 표현을 했다. 김도성이 의자에 앉아 있는 김원우를 향해 싱긋 웃으며 말했다.

“이름이 어떻게 되세요?”

“김원우요.”

“이름 멋지네요. 몸짱이 되고 싶은가요?”

관객들의 웃음소리가 들렸다.

"아니요."

"그럼 담배를 끊고 싶은가요?"

"담배는 피우지 않아요."

"애인 있으신가요?"

"아니요. 없습니다."

"여자들은 재미있는 남자를 좋아합니다. 유머 감각이 있는 남자 어떠세요? 귀여운 외모를 가지고 계셔서 유머 감각만 키우면 좋은 분을 만날 것 같은데요."

김원우는 자신이 재미없다는 사실을 어떻게 알았는지 궁금했다.

"혹시 직업이 무엇인가요?"

"경찰공무원입니다."

김도성이 전혀 의외라는 표정으로 그를 위아래로 훑어보았다. 귀여운 외모와 다르게 거친 직업을 가져 신기하다는 눈빛이다. 관객들도 경찰이라는 말에 김원우를 다른 눈으로 바라보았다.

"우리를 위해 봉사하시는 분이시군요. 정말 고생이 많으세요. 저도 어렸을 때 꿈이 경찰관이었어요. 경찰들을 보면 괜히 멋있더라고요. 할머니가 반대하지 않았다면 어쩌면 저도 경찰관이 되었을지 모르겠습니다."

존경이 담긴 눈으로 그가 말을 이어갔다.

"경찰 직업을 가지신 분들 중에는 심한 트라우마를 겪는 사람들이 많아요. 가끔 저는 그런 분들에게 심리치료를 해줍니다. 한 분은 형사님이셨는데 너무나 소름 돋는 끔찍한 시체를 보았나 봐요. 여성의 입이 찢어지고 머리 가죽이 벗겨진 시체를 보고는 한동안 악몽에 시달리다 저를 찾아오셨죠. 시체의 잔상이 머릿속에서 떠나지 않아 괴롭다며 움먹이던 모습이 생각나네요. 또 다른 분은 지구대 경찰관이셨는데 술 먹은 사람에게 모욕적인 욕설과 폭행을 당하셨는데 동료들이 도와주지 않아 직업에 대한 회의감과 자괴감에 빠져 저를 찾아오셨죠. 두 분 모두 심리치료를 받고 지금은 경찰 생활을 잘 하고 계십니다. 혹시 김원우 님도 정신적으로 스트레스를 받는 일이 있으세요? 제가 이 자리에서 심리치료를 해드릴 수 있습니다."

순간 김원우에게 암적인 존재인 박두만의 얼굴이 떠올랐지만, 고개를 흔들며 대답했다.

"딱히 치료를 받을 것까지는 없어요."

김도성은 재미없는 김원우에게 농담을 건네었다.

"그럼 저처럼 자신감 넘치는 남성이 되고 싶나요?"

그런데 김원우가 무언가에 홀린 듯 김도성을 뚫어지게 바라보았다.

"그런 것도 가능한가요?"

김도성은 아차! 하는 생각이 들었다. 농담으로 한 말인데 너무 진지하게 받아들이는 것 아닌가. 대답을 못하는 그에게 김원우가 말했다.

"저도 당신과 같은 최면술사가 되도록 최면을 걸어주세요."

그는 몇 초간 말없이 김원우를 내려다보았다. 이런 것도 과연 될까? 하는 의구심 어린 표정으로 보는 것 같기도 했다. 잠시 후, 그의 표정이 의심에서 확신에 찬 모습으로 바뀌었다. 그러고는 마치 사이비 교단의 교주처럼 힘있게 말했다.

"저의 능력이 지금부터 김원우 님에게 전달되도록 최면을 걸겠습니다."

김도성은 의자에 앉아 있는 김원우의 손을 잡았다. 김원우는 그의 손이 아주 부드럽다고 느꼈다.

"자, 이제부터 제 말을 집중해서 들어주세요. 아주 편안하게. 눈꺼풀이 무겁습니다. 매우 무겁습니다. 하나, 둘, 셋! 눈이 떠지나요?"

눈이 안 떠졌다. 김원우는 눈을 뜨려고 했지만 떠지지 않았다. 잠이 든 것은 아니었다. 그의 목소리가 가까이에서 선명하게 들렸기 때문이다.

"아니요."

대답도 할 수 있는데 눈만 뜰 수가 없다.

"이제 김원우 님은 일터에서 일하시는 모습을 상상하세요. 어젯밤에 무슨 일이 있었나요?"

김원우가 몽롱한 상태에서 자신의 눈앞에 지구대가 보이자 얼굴을 찡그렸다. 아마도 직장은 그에게 좋은 이미지를 주는 곳이 아닌가 보다.

"지구대에 있어요. 제 몸이 지구대에…. 술 취한 동네 주민이 귀찮게 하고 있어요."

"그 주민 앞으로 다가갑니다. 주민이 뭐라고 소리를 지르나요?"

"앞이 안 보인다고 소리치고 있어요. 잘 보이면서 거짓말하는 거죠. 부팀장님이 저에게 취객을 밖으로 보내라고 하셔요. 제가 그분에게 다가가니 저에게 안 잡히려고 도망 다녀요."

"앞이 안 보인다면서 도망치고 있나요?"

"네. 저와 동료들을 피해 지구대를 돌아다녀요."

"그분을 어서 붙잡으세요."

"잡았어요."

"잘하셨어요. 이제 그분에게 최면을 걸어보세요."

"어떻게요?"

"그분에게 다가가 김원우 님의 말에 귀를 기울이도록 하시고, 지구대에 찾아와 귀찮게 하지 않도록 최면을 거는 것은 어떨까요."

김원우의 말투가 변했다. 김도성처럼 자신감 넘치는 어투로 말하기 시작했다.

"네. 알겠어요. 김종배 아저씨. 제 말을 들어보세요 이제 김종배 씨는 술 마시고 지구대에 오지 않게 됩니다. 지구대 경찰관을 귀찮게 하지 않습니다. 하나, 둘, 셋. 제가 그분에게 최면을 걸었어요."

"그분이 최면에 잘 걸렸나요?"

"아직은 잘 모르겠어요. 그분이 지구대에 찾아오지 않으면 잘 걸렸다고 생각해야죠."

김도성은 그가 순수하고 착하다는 생각이 들었다.

"김원우 님. 이런 분들이 찾아오면 무슨 생각을 하세요?"

"다른 곳에 안 가고 지구대에 와서 다행이라는 생각이요."

김도성이 놀란 듯 눈이 커졌다.

"아니 왜 다행이에요? 귀찮고 피곤하게 하잖아요."

"다른 곳으로 가면 피해를 줄 수 있지만, 지구대에 왔으니 제가 안전하게 귀가시키면 되잖아요."

"김원우 씨는 매우 착하신 것 같아요. 좋습니다. 제 능력이 모두 김원우 씨에게 들어갑니다. 김원우 씨는 완벽한 최면술사가 되셨어요. 이제 다시 그분에게 술 취해 지구대에 오지 않도록 최면을 걸어보세요."

김도성은 그가 착해 진짜로 자신의 능력을 주고 싶다고 생각했다.

"아저씨, 제 말을 잘 들어보세요. 이제부터 아저씨는 술을 매우 싫어하게 되실 거예요. 술에서 김종배 씨가 싫어하는 음식 냄새가 나게 될 거예요. 앞으로 술은 싫어하고 운동은 좋아하게 되실 거예요. 하나, 둘, 셋…. 그분이 술 냄새 때문인지 구토를 하고 밖으로 나가요. 그리고 다시는 술을 마시지 않겠다고 말해요. 그분에게 제가 최면을 걸었어요. 최면이 성공했어요."

"김원우 님은 이제 저처럼 최면술사가 되셨군요. 앞으로 이 좋은 능력을 국민을 위해 좋은 곳에 사용하셔야 합니다."

"네."

"앞으로 이 능력을 강하게 키우기 위해 김원우 님은 최면술을 공부하게 될 것입니다. 최면 공부를 하면 너무나 재미있고 행복해집니다."

"네."

"자. 이제 제가 하나, 둘, 셋 하면 눈꺼풀이 가벼워지고 눈을 뜨게 됩니다. 하나, 둘, 셋. 짝!"

김원우가 눈을 뜨고 의자에서 천천히 일어났다. 몸 안에서 특별한 기운이 느껴지지는 않았다. 하지만 무언가를 하고 싶은 기분이 들었다.

공연이 끝나고 집으로 돌아오는 길에 김원우는 대형 서점에 들렀다. 심리와 최면에 관련된 책들이 진열된 곳을 찾았지만, 서점 안이 생각보다 넓었고 인기 없는 도서들이라 찾기가 힘들었다. 감청색 운동화를 신은 직원에게 부탁하여 겨우 원하는 부스를 알아내었다.

중앙경찰학교에서 배웠던 형법 책보다 더 두꺼운 심리학 책에 저절로 손이 갔다. 책장을 넘기자 생소한 용어들이 눈에 들어왔다. 인지부조화 이론, 샐리의 법칙, 리마증후군, 앵커링 효과 등 어려운 심리학 용어들이 책을 통해 쉽게 이해가 되었다. 서점에서 나와 집으로 가는 지하철에서 법전처럼 두꺼운 책을 읽었다.

지하철을 타고 집은 어떻게 왔지? 문득 이런 생각을 하고 시계를 보니 새벽 1시가 넘어가고 있었다. 심리학 공부에 푹 빠져 시간 가는 줄을 몰랐다. 피곤하지도 않았다.

'조금만 더 보고 자야지.'

이런 생각으로 그는 책장을 넘겼다. 그런데…. 휴대폰이 울렸다.

"여보세요."

"야! 너 미쳤어?"

석우 선배다.

"그게 무슨 말씀이세요?"

"출근 안 해?"

시계를 보니 아침 9시 40분이다. 새벽 1시가 넘었다고 생각했는데 어느새 8시간이 지나 있었다. 아침 8시 30분에 지구대 근무 교대가 이루어진다. 교대 시간이 한 시간이 지나도록 출근하지 않자 권석우 선배가 걱정되어 연락한 것이다.

"헉! 죄송합니다."

"무슨 일 있어? 별일 없으면 총알같이 뛰어 와."

이상하게 최면술에 관한 공부가 머리에 쏙쏙 들어왔다. 공부가 재미있어서 잠이 오지 않았다. 잠을 자지 않았지만 피곤한지도 몰랐다. 가볍게 씻고 지구대로 급하게 뛰어갔다.

김순희

한적하고 그늘진 곳에 순찰차가 세워져 있다. 순찰차 안에서 박두만이 고개를 푹 숙이고 휴대폰 게임에 몰입하고 있다. 그러나 게임이 잘 풀리지 않는지 이내 흥미를 잃고 고개를 들었다.

그가 화난 표정으로 김원우를 쏘아보며 말했다.

"너 오늘 왜 지각했어?"

"책을 너무 집중해서 보느라 시간이 그렇게 된 줄 몰랐습니다. 죄송합니다."

"신임이 너무 나태한 거 아니야?"

"죄송합니다."

"요즘 경찰관들을 너무 많이 뽑는 거 같아. 너 같은 병신도 들어오는 걸 보면 말이야. 정신 똑바로 차려. 한 번만 더 그렇게 무단지각하면 더는 널 감싸줄 수 없다. 바로 감찰에 통보할 수도 있어. 일도 못하지 그렇다고 성실하지도 않지, 내가 왜 너 같은 놈이랑 짝이 되었는지 모르겠다."

가스라이팅을 시도한다. 가스라이팅이란 심리학 용어로 정서적 학대를 말한다. 김원우는 그가 자신을 정신적으로 학대하여 조종하려 한다고 느꼈다. 그런 말을 지속해서 듣게 되면 자기도 모르게 스스로 낮추게 되고 가해자에게 맞추려 한다. 일종의 '갑을관계'가 생기게 되는 것이다. 이를 피할 방법은? 그냥 무시가 답이다.

"너 내 말 듣고 있냐?"

대답하기 싫어 고개를 창 쪽으로 돌렸다. 뒤통수가 찌릿찌릿한 게 보시 않아도 그가 노려보는 게 느껴졌다.

이때 다행스럽게 '딩동' 하고 출동 문자음이 울렸다. 순찰차 내비게이션 화면에 신고 내용이 떴다. 재빨리 화면을 터치하며 내용을 확인했다. 가정폭력 신고가 접수되었다. 차량용 무전기에서 이를 확인하는 무전이 들렸다.

"순 345호 1244번 신고 접수 바람."

김원우가 무전기 송신 버튼을 누르며 말했다.

"1244번 접수."

박두만이 인상을 찌푸리면서 말했다.

"가정폭력 신고 개짜증인데. 여청과에 지원 요청해야 하나?"

"일단 가서 상황을 보고 판단하는 게 좋을 것 같습니다."

평소라면 이런 말을 하지 않았다. 박두만은 김원우가 건방지게 말한다고 잠깐 생각했지만 맞는 말 같았다.

"그렇지. 미리 설레발치지 말고 현장부터 보고 지원 요청을 하든지 하자."

그도 짬밥이 있어서 판단은 잘한다. 순찰차는 가정폭력 신고가 접수된 빌라로 향했다.

*

3층짜리 빌라에 도착해보니 구급차가 먼저 와 경찰차를 기다리고 있었다. 구급차에는 이미 환자가 실려 있는 상태였다. 환자는 복부를 붕대로 감싸고 들것에 누워 있었다. 구급대원 중 한 명이 김원우를 반갑게 맞이했다.

김원우가 인적사항을 적으려고 수첩을 꺼내자 기다렸다는 듯이 말했다.

"성함은 임기수. 1980년 8월 9일생이고요. 스스로 자해를 했다고 말했어요. 복부 아래를 과도로 찔렀는데 생명에 지장은 없습니다. 하지만 병원으로 빨리 가봐야 해요."

"부부싸움을 하다 칼에 찔렸나요?"

"그건 아니고 스스로 자해했어요. 부부싸움은 아니네요. 그냥 우울증 환자로 보여요. 일단 병원으로 가서 치료부터 해야겠어요. 저희는 대성병원으로 갑니다."

구급대원은 물어보지도 않았는데 자세하게 설명하고는 사이렌을 울리며 신속히 병원으로 출발했다.

가정폭력이 일어난 곳은 3층짜리 빌라로 1층은 주인집이고, 2층에 전세를 얻어서 임기수와 그의 부인이 살고 있었다. 집주인으로 보이는 아주머니가 놀랐는지 집에서 입던 옷차림으로 나와 구경하고 있었다. 민소매에 짧은 반바지를 입고 있어 나이보다 젊어 보였다.

김원우와 박두만은 즉시 현장인 2층으로 올라가 집 내부를 살펴보았다. 내부는 매우 깨끗했고 다만 안방 바닥에만 피가 흥건했다. 단발머리의 매우 아름다운 여성이 걸레로 피를 닦고 있었다. 임기수의 부인 김순희는 키가 크고 청순한 외모를 지니고 있었다.

박두만은 그녀의 외모를 보고 놀라는 표정을 지었다. 그는 자신이 낼수 있는 목소리 중에서 최대한 부드러운 목소리로 말했다.

"사모님, 많이 놀라셨겠군요. 얼마나 무섭고 힘들었는지 잘 압니다. 남편 분의 폭력에 힘드시죠?"

그녀는 슬픈 눈으로 그를 바라보더니 눈물을 흘렸다.

"흑흑."

그녀가 고개를 돌리고 흐느끼자 그녀의 작은 어깨가 위아래루 움직였다. 박두만은 다 이해한다는 듯이 말했다.

"남편 분이 술을 자주 드시나요?"

"아니요. 술은 안 먹어요."

"그래요. 그럼 무슨 일이 있었는지 설명 좀 해주시겠어요."

"남편은 직장을 잃고 집에서만 지낸 지가 일 년이 넘었어요. 그런데 언제부터인가 우울증이 생겨 정신과 치료를 받기 시작했어요. 그러다 오늘은 저에게 힘들다며 죽겠다고…. 흐흥, 흑흑…. 스스로 자해를 한 거예요. 너무 끔찍해요."

묻지 않았는데 말을 많이 한다. 김원우는 이 여성이 거짓말을 한다고 생각했다. 왜 거짓말을 하는 걸까?

박두만은 형식적인 절차대로 그녀에게 질문했다. 육하원칙에 따라 언제, 어디서, 누가, 무엇을, 어떻게, 왜라는 질문을 습관처럼.

"남편 분께서 언제 어디에서 자해하셨죠?"

"10시 정도에 자고 일어나더니 안방 침대에 걸터앉아서 자살하려고 했어요."

"어떻게 자해했나요?"

그녀가 화장대 위에 올려진 과도를 가리키며 말했다.

"저기 보이는 과도로 배를 두 번 찔렀어요."

칼날의 길이가 15㎝ 정도 되는 피 묻은 과도가 보였다. 손잡이 부근에 핏방울이 맺혀 있어 이제 막 피가 나오는 것 같았다.

"왜 그런 행동을 한 건가요?"

"일을 그만두고 여기저기 취업을 하려고 했는데 잘 되지 않았어요. 그러다 어느 날부터 집에만 머물더라고요. 밖으로 나가는 게 두렵다고 하더니 올 초부터는 우울증까지 생겨버렸어요. 우울증 약을 먹으면 괜찮은데 약을 먹지 않으면 가끔 자신의 몸을 자해하더라고요."

박두만은 모든 상황이 이해된다는 듯 고개를 끄덕였다. 그는 동정의 눈길로 그녀를 바라보며 말했다.

"그동안 사모님이 남편 분 뒷바라지하느라 힘들었겠어요. 그리고 이런 끔찍한 자해 소동까지. 아휴! 저라면 벌써 이혼했겠어요. 남편 분은 그 전에 무슨 일을 했어요?"

"예전에 전기 계통으로 일을 했어요. 전봇대 위에서 전선 설치하는 일도 하고요. 그런데 같이 팀을 짜서 다니는 선배와 다투고는 그 일을 그만두었어요. 정확히 무슨 일로 다투었는지 말을 안 해줘서 저도 그 일은 잘 모르겠어요."

"기술자네요. 근데 얼마나 쉬었어요?"

"일 년 정도."

"일 년 동안 남편 분이 놀고 계셨으면 생활비는 어떻게 충당하셨나요?"

박두만은 사적인 질문을 은근슬쩍 했다. 그녀가 혹시 술장사라도 한다면 그곳을 방문할 의향도 있었다. 저렴한 호프집이라면 아마 날마다 찾아갈 것이다.

"제가 보험회사에 다니며 생활비를 벌고 있어요."

그녀가 보험회사에 다니는 것은 사실이었다. 하지만 그녀는 실적이 없어 수입도 거의 없다. 거기다 각종 보험을 가족 명의로 들어놓아 생활비의 절반 이상이 보험금으로 나가고 있다. 지금까지는 임기수가 벌어둔 돈으로 생활했다. 이제 그녀는 2천만 원이 조금 넘는 임기수의 청약 적금을 해약할 생각이다.

박두만은 그녀가 가여워 마음이 아팠다. 이런 착하고 예쁜 아내를 두면 얼마나 행복할까? 만일 지금의 아내가 김순희라면 날마다 그녀에게 온 마음을 다해 헌신할 것이다. 바보 같은 남자들은 자신의 아내가 얼마나 소중하고 예쁜지를 모른다. 미스코리아 출신의 아내와 사는 남자도 옆집 곰보와 바람을 피운다고 하지 않는가. 박두만은 이런 생각을 하며 그녀의 남편을 속으로 욕했다.

"이런 가여워라. 남편 가족들은 이런 사실을 아세요?"

"네. 물론 시부모님도 잘 알고 계세요."

박두만은 남편의 가족들도 염치가 없다는 생각이 들었다. 더욱 그녀가 불쌍하고 딱해 보였다. 슬픔에 목이 메어 그의 목소리가 잠겼다.

"저희가 도와드릴 것이 뭐 없나요?"

"이렇게 오셔서 제 이야기를 들어주신 것만으로도 충분해요. 그리고 저는 경찰관님들을 부르지 않으려고 했어요."

박두만은 이렇게 착한 여인과 오래도록 많은 이야기를 나누고 싶었다. 그녀와 이야기를 나누는 동안 오히려 자신이 위로를 받는 것 같았다. 그런데 경찰을 부르지 않으려고 했다는 말을 듣고 약간 서운한 마음이 들었다.

"부르지 않으려는 이유가 있나요?"

"우리 가정사를 남들이 아는 게 부끄러워서요. 하지만…"

"하지만요?"

"출동 오신 구급대원들께서 연락하는 바람에 번거롭게 오시게 되었네요."

박두만이 열을 내며 말했다.

"119가 원래 그래요. 책임을 안 지려고 별것도 아닌 일에 경찰을 부릅니다. 술 취한 사람을 깨울 때도 경찰을 불러요. 친구들끼리 싸우고 화해했는데도 경찰을 부릅니다. 더 기막힌 건 정신병자 후송할 때 꼭 경찰을 불러요. 아주 경찰을 이용하려고 작정을 한다니깐요."

김원우는 아무 말 없이 두 사람이 대화하는 모습을 지켜보았다. 그녀의 시선은 계속 문을 향해 있었다. 눈빛으로 빨리 나가라고 말하는 것처럼 보였다. 무엇인가를 숨기는 표정이다. 그녀가 거짓말을 하고 있다는 느낌이 계속 들었다. 왜 그런 생각이 자꾸 드는 걸까? 김원우는 남편을 만나 이야기를 들어봐야겠다고 생각했다.

"선배님. 남편 분을 만나서 이야기를 들어봐야 하지 않을까요?"

그러자 어이없다는 표정으로 박두만이 말했다.

"어허! 무슨 뚱딴지같은 소리여? 우리가 그렇게 할 일이 없냐? 여기 지금 피해자를 만나 아니 가족분을 만나 조사하고 있잖아. 그래요, 사모님. 걱정하지 마세요. 구급대원이 그러는데 남편 분의 생명에는 지장이 없다고 하네요."

그녀가 슬픈 표정을 지으며 말했다.

"그래도 걱정돼요. 여기 정리만 하고 저도 빨리 병원으로 가봐야겠어요."

"우리가 너무 시간을 끌어버렸네. 알겠습니다. 혼자 자해한 거니까 가정폭력도 아니네. 단순히 뭐라고 할까? 맞다. 안전사고네요."

김원우는 뭔가 의심스러웠지만 명확하게 알아내지 못한 채 그저 박두만을 따라 밖으로 나올 수밖에 없었다. 밖으로 나온 김원우가 조용히 말했다.

"저, 선배님. 자해가 아닐 수도 있지 않을까요?"

"왜? 그렇게 생각해?"

"부인의 표정은 슬프지만, 목소리에서는 슬픔이 느껴지지 않아요. 그리고 시선이…"

박두만이 짜증을 내며 말했다.

"어허! 그럼 저 연약한 부인이 칼로 남편 배때지를 찔렀다, 이거야?"

"그건 아니지만."

박두만이 처진 눈을 크게 뜨고 김원우를 노려보았다 평소 같았으면 이 차가운 눈빛을 피했을 것이다. 그러나 오늘 김원우는 그 눈빛을 피하지 않고 마주보았다. 그런 모습에 오히려 그가 당황했는지 고개를 돌리며 말했다.

"그래. 알겠어. 아까 구급대원이 어디로 간다고 그랬지?"

"대성병원이요."

"그래. 거기 가서 남편에게 왜 그랬는지 물어보자."

병원 응급실 침대에 임기수가 누워 있었다.

그는 멍한 눈으로 천장을 바라보고 있었다. 가까이 다가가 그의 상태를 보니 눈에 생기가 없어 흐릿했다.

박두만이 귀찮은 투로 그에게 물었다.

"임기수 씨. 본인이 칼로 배를 찔렀어요?"

"네."

"왜 그랬어요?"

"살고 싶지가 않아서요."

그의 목소리에도 영혼이 없다. 그리고 마치 외워둔 대사를 말하는 것처럼 즉각 대답했다.

김원우가 날카롭게 물었다.

"혹시 부인이 자해하라고 시키지 않았나요?"

순간 그의 몸이 미세하게 흔들리는 것을 김원우는 놓치지 않았다.

놀란 박두만이 급하게 김원우를 끌고 응급실 밖으로 나왔다.

"김 순경. 돌았어? 미쳤냐고?"

"뭐가요?"

"만일 부인이 네가 한 말을 들었으면 어떻게 될 것 같아? 널 고소하지 않겠어? 그 부인이 뭘 어떻게 했다는 거야? 아무런 증거도 없이 그렇게 말을 함부로 해도 돼?"

맞는 말이다. 그녀가 들었다면 바로 명예훼손으로 고소할 각이다.

"죄송해요."

"넌 가만히 있어. 사고 치지 말고."

김원우가 고개를 끄덕였다. 심증만 가지고 너무 몰아붙였다. 그녀가 뭔가를 숨기고 있다는 것을 느꼈지만 어쩔 수가 없다. 머릿속은 의심으로 가득 찼지만 뾰족한 수가 없었다.

두 사람은 다시 응급실로 돌아와 임기수를 살펴보았다. 다행히 상처가 깊지 않아 의사가 상처 부위를 소독하고 꿰매고 있었다. 상처 주위로 그의 복근이 보였다. 일을 안 한다고 했는데 몸이 다부지다.

치료가 끝나고 김원우가 확인하고 싶은 것을 박두만이 물었다.

"열심히 사셔야지 왜 자해를 해요. 그런데 선생님, 몸이 좋으신데 운동하셨어요?"

"학창 시절에 씨름을 했어요."

"씨름이요? 어쩐지 강호동 삘이 난다 했네."

몸이 건강한 사람은 정신도 건강하다. 건강한 사람이 우울증 약을 먹는다는 건 말이 안 된다. 그의 부인이 일부러 우울증 약을 먹인 것은 아닐까? 멀쩡한 사람에게 약을 먹여 정신을 조종할 수 있다. 장기간이 아니라 단기간에도 가능하다. 김원우는 그의 몸을 보고 의심이 더 커졌다.

"그럼 몸조리 잘하세요."

박두만이 김원우를 데리고 나오며 말했다.

"야. 저런 사람을 어떻게 부인이 칼로 찔러? 너도 들었지. 씨름 했다고."

"그러니까 더욱 부인이."

"닥쳐 새끼야. 이 새끼가 오냐오냐하니까 날 병신으로 보네. 너 내가 우습게 보여?"

심하게 모욕적인 말을 듣고 김원우의 얼굴이 빨개졌다.

"너 때문에 응급실까지 오고 시간만 허비했잖아."

"죄송합니다."

'그래도 지구는 돈다'고 말한 갈릴레오처럼, 김원우는 대답과 다르게 계속 그녀를 의심했다. 의심을 풀 방법은 하나다. 따로 이 남편을 만나 조사하는 거다. 대화를 나누다 보면 의문점이 풀릴 것이다. 김원우는 박두만 모르게 다시 임기수를 찾아 조사해야겠다고 마음먹었다.

하지만 김원우가 다시 그를 찾으려고 했을 때는 그가 사라지고 난 후였다. 죽은 사람과 어떻게 대화를 나누겠는가!

망치귀신 박인식

모텔 객실 창문에 걸린 커튼 사이로 아침 햇살이 쏟아졌다. 침대에서 눈을 뜬 박인식이 햇볕 때문인지 인상을 찌푸렸다. 168㎝의 키에 다부진 몸을 지닌 그가 고개를 돌리자 터질 것 같은 가슴과 팔근육이 꿈틀거렸다.

그러다가 무언가에 놀랐는지 자리에서 벌떡 일어났다. 발끝에 미끄덩거리는 물체가 느껴져 이불을 올려 살펴보았다. 어제 쓰고 버린 콘돔이 침을 흘리듯 흰 액체를 쏟아내고 있었다. 출장마사지 여성이 뒷정리를 제대로 하지 않고 가버리다니. 씁쓸한 표정으로 콘돔을 휴지에 말아 바닥에 던졌다.

박인식은 침대에 걸터앉아 조금 전 꿈을 꾼 것에 대해 생각했다. 며칠 전 도둑질하러 들어갔던 집이 꿈속에서 똑같이 재현되었다. 자신이 죽였던 여자가 좀비처럼 되살아나는 꿈이었다. 무섭지는 않고 그저 놀랐을 뿐이다. 오히려 다시 그녀를 죽일 때마다 희열을 느꼈다. 마치 슈팅 게임 속에서 적을 제거하는 것처럼 재밌다는 생각이 들었다.

그는 타고난 도둑이었다. 집을 보면 돈이 있는지 없는지 알 수 있고 침입 방법이 자연스럽게 머릿속에 그려졌다. 집이 크고 화려하다고 돈이 있는 것은 아니다. 초라한 집에서도 원하는 현금이나 귀금속이 쏟아질 수 있다. 문제는 돈 많은 집을 털기란 쉬운 게 아니라는 거다. 박인식 같은 전문 도둑 꾼에게도 매우 힘든 일이지만 그에게는 나름의 기술이 있었다. 전에는 주로 아파트 저층을 털었지만, 이제는 닭장이 높은 집을 털고 있다.

그런 그가 이제 살인의 맛을 알게 되었다. 이게 다 교도소에서 범죄를 연구하다 그렇게 된 것이다. 교도소에서는 남는 게 시간이다. 불알 만지는 일 말고는 할 일이 없으니 서로의 경험을 공유할 수밖에 없다. 다들 과장되게 자신의 모험담을 이야기했다. 듣는 사람도 분임토의하는 것처럼 끼어들어 조언도 하면서 말이다.

그의 감빵 동기 중에 강도범과 강간범이 있었다.

강간범 이 새끼는 돈 주고 여자랑 자면 흥미를 못 느낀다고 했다. 오로지 강간할 때만 흥분하고 쾌감을 느낀다고 떠들었다. 피해 여성이 공포에 휩싸여 내는 비명과 절규만이 그에게 극도의 쾌감을 주었다. 그가 삽입할 때마다 나오는 소리가 다 다르다며 몸까지 흔들며 설명할 때는 정말 웃겼다.

강도범도 이 말에 깊은 공감을 하며 웃으며 떠들었다. 그는 조용히 물건을 훔치는 건 재미가 없다고 말했다. 그는 집주인을 완전히 제압한 후에 물건을 털어야 안심을 했다. 강도와 절도는 다르다. 절도범은 자신의 모습을 감추려고 하지만, 강도는 드러낸다. 이 강도범 새끼는 강도상해로 들어왔다. 고속도로 휴게소에서 구입한 람보 칼로 사람을 위협했다고 했다. 칼 모양만 보고 달달 떠는 피해자들을 보면 말할 수 없는 희열을 느낀다고 했다. 사회에서는 항상 쓰레기 취급을 받았지만 이때만은 자신이 신이 된다고 했다.

"신이 된 기분을 알아? 모르면 말을 하지 말라고."

강도범이 늘 입에 달고 다니는 말이었다. 박인식은 어느 순간 그의 말에 현혹되었다.

'나도 신이 되고 싶다.'

이때부터 그도 누군가를 제압하고 싶다는 생각을 했다. 그리고 교도소에서 만기 출소한 후 절도할 집을 물색했다. 집 안에 사람이 있기를 기대하면서 말이다. 그가 다시 침대에 누워 3일 전 그날을 회상했다.

*

오전 10시다. 모두가 출근하고 없는 이 시간을 박인식은 선호했다.

미리 봐둔 가정집 근처에 잠복했다. 형사들만 잠복하는 게 아니라 범인들도 기회를 엿보기 위해 잠복근무를 한다. 모두가 출근한 것을 확인했다.

박인식은 작업용 가방에서 담장을 넘을 때 쓰는 세무 장갑을 꺼내 착용했다. 세무 장갑을 착용하면 미끄러움을 방지할 수 있어 좋다. 높은 담장을 뛰어넘었다. 재빨리 정원수에 몸을 밀착시키고 잠시 주위를 살펴보았다. 보통은 담장 밑에 웅크리고 있지만, 이곳은 커다란 소나무 정원수가 있어서 그곳에 몸을 가렸다.

지금 이렇게 있는 이유는 두 가지다. 첫 번째는 만일 재수 없게 잡히면 주거침입죄로 가벼운 처벌을 받기 위해서다. 두 번째는 안전하게 집 안의 동태를 살펴보기 위해서다.

10분 동안 안쪽의 반응을 보니 자신이 침입한 것을 모르는 것 같았다. 어쩌면 집 안에 아무도 없을 수도 있다. 평소라면 좋았을 텐데 지금은 그렇지 않다. 아무도 없다면 신이 되는 기분을 알 수 없기 때문이다.

작업용 가방에서 목장갑을 꺼내어서 세무 장갑과 바꾸어 착용했다. 이중으로 코팅된 목장갑을 착용해야 손에 힘이 덜 들어간다. 출입문을 열기 위해 특별 제조한 30㎝ 크기의 빠루망치를 꺼냈다. 문이 열리지 않으면 장도리 부분을 문틈에 끼우고 젖히면 열리게 된다. 문이 그냥 열렸다. 사람이 안에 있다는 뜻이다. 출입문을 여는 것까지는 순조로웠다.

집 안으로 들어와 인기척이 있는 곳으로 소리 없이 다가갔다. 나이 먹은 가정부와 마주쳤다. 소리를 치며 도망치는 것을 붙잡았다. 계속 비명을 질러 여러 번 소리치지 말라고 경고했다. 다급하게 손에 들고 있던 망치로 머리를 찍었다.

말을 듣지 않아 죽였다. 이것은 지금 생각해도 내 잘못이 아니다. 아니 어쩌면 말을 들었어도 죽이지 않았을까? 내 얼굴을 보았잖아. 어쩌면 말을 들었다 해도 죽였을지 모르겠다. 아마도 그랬을 것이다.

*

모텔에서 나온 박인식은 며칠 전부터 지켜보았던 정원이 딸린 집을 향했다. 늦잠을 자버려 10시가 아니라 11시에 작업하게 되었다. 모든 게 계획대로만 되는 것은 아니다. 계획은 항상 수정할 수 있다고 생각하며 가방에서 세무 장갑을 꺼냈다. 능숙하게 담장을 넘고 집 안으로 잠입했다.

노인 한 명이 소파에 누워 있다가 그를 보고 놀라 일어났다. 자리에 앉으라고 소리쳤다. 하지만 노인이 귀가 먹었는지 누구냐고 계속 물어보는 것이었다. 말을 해도 알아듣지 못해 그냥 망치질했다. 이 과정을 벽에 걸린 가족들이 흐뭇한 미소로 내려다보고 있었다.

가족사진을 보니 노인의 아들은 제과점을 운영하는 것 같았다. 그가 만든 갓 구운 빵 사진에서 빵 냄새가 솔솔 풍기는 것 같다. 돈이 들어 있는 금고가 통밀 식빵처럼 바삭하게 보였다. 그런데 돈이 왜 이렇게 많아. 2억 5천만 원. 생각보다 많은 현금이 나와 당황스럽기까지 하다.

박인식이 묵직한 돈 가방을 어깨에 메고 안방을 나왔다. 그는 흠칫 놀라서 자리에 우뚝 섰다. 죽은 줄 알았던 노인이 비틀거리며 일어났기 때문이다. 꿈속에서 봤던 가정부처럼 현실에서도 똑같은 장면을 보게 되었다.

'너무 약하게 쳤나?'

김 노인은 비틀거리며 일어나자 머리가 띵하고 아팠다. 누군가가 집에 들어왔는데 그와 이야기를 나누고 그 후부터가 생각나지 않았다. 일단 아들에게 연락하고 싶어 핸드폰이 있는 안방으로 힘들게 몸을 움직였다.

일어나 걸어오는 노인의 모습에 박인식은 갑자기 분노가 솟구쳤다. 그의 얼굴이 분노로 일그러졌다. 노인이 살아난 것에 화가 났다.

'이렇게 실수를 하니 형사들에게 잡히는 거다. 이런 노인 하나 제대로 처리 못하다니 한심하다. 나 자신이 한심해.'

작업 가방에서 망치를 다시 꺼냈다. 김 노인은 자신의 집에 들어온 남자가 망치를 움켜쥐는 것을 보았다. 설마 저 망치로 사람의 머리를 치려고? 말도 안 되는 생각을 하자 웃음이 나왔다.

박인식은 비틀거리며 입으로 알아듣기 힘든 소리를 내는 노인의 뒤통수를 망치로 힘껏 내리쳤다.

텅!

둔탁한 소리와 함께 화이트 실크 벽지에 피가 뿌려졌다. 텅! 다시 한번 피가 흰 도화지에 뿌려졌다. 박인식의 눈엔 빨간 장미꽃잎이 흩날리는 것처럼 보였다. 순간 그는 붉은 꽃들이 만발한 화원 속에 있는 듯한 착각이 들었다. 눈이 부실 정도로 아름답다.

쿵. 묵직한 소리와 함께 머리에서 뇌수가 쏟아지면서 노인이 쓰러졌다. 그는 바닥에 쓰러진 노인을 내려다보았다. 조금이라도 움직이면 다시 망치로 내리칠 생각이었다. 더는 움직임이 없다. 이번에는 확실하게 숨을 거둔 것 같다.

지금부터는 침착하게 증거들을 제거하는 작업을 해야 한다. 발자국을 제거하려다 그만두었다. 어차피 신발이 흔적을 지울 수가 없다. 신발은 버릴 거니 문제 될 게 없다. 경찰들에게 족적 정도는 서비스로 남겨두었다. 지문은 장갑을 꼈으니 문제없다.

집을 나오면서 쓰던 장갑을 검은 비닐봉지에 담아 주택가 쓰레기 더미에 던졌다. 굳이 이곳에 버리는 이유가 있다면 징크스 때문이다. 털고 나온 집에다 똥을 싸야 잡히지 않는다고 믿는 도둑이 스마트 시대에도 의외로 많이 있다. 그는 그런 관행을 무시했다. 요즘같이 과학이 발전한 시대에 똥에서 분명 DNA를 채취할 거라는 것을 그는 잘 알고 있다. 그 대신 털고 나온 집 근처에 썼던 장갑을 버렸다. 이제까지 버린 장갑으로 인해 검거된 적은 단 한 번도 없었다. 그러니 이 미신 같은 의식은 확고해졌다. 물론 경찰이 장갑을 찾는다고 해도 정황 증거로밖에 쓸 수 없다는 것을 잘 알고 있었다. 장갑에서 지문을 채취할 수 있다는 말은 들어본 적이 없다.

장갑을 처리하고 주위를 살펴보았다. 아무도 없다. 이곳을 털기 전에 숨겨둔 옷이 있는 곳으로 신속히 걸었다. 이제 CCTV에 찍힐 것을 대비해서 옷을 바꾸어 입을 것이다. 조금 걸어가니 경찰차가 보였다. 건물 벽에 몸을 밀착하고 경찰차의 동태를 살폈다.

경찰차가 천천히 움직이는 것을 보니 단순히 지구대에서 순찰하는 모습이다. 그의 살인 수법 때문에 경찰들은 그를 '망치귀신'이라 부르고 있었다. 특진할 수 있는 기회인 '망치귀신'을 불과 5m 앞에 두고 경찰차가 천천히 사라졌다.

경찰차가 시야에서 사라졌지만, 그는 주위를 경계하며 걸었다. 특히 옷을 바꾸어 입기 전에는 CCTV를 피해서 걸어야 한다. 앞 골목에 방범용 CCTV가 설치된 것을 확인했다. CCTV에 잡히는 것을 피하고자 그는 술 취한 척 비틀거리며 걸었다.

숨겨둔 옷이 있는 곳에 도착하자, 신속히 입었던 옷들을 벗고 준비한 옷으로 바꾸어 입었다. 옷을 바꿔 입자 전혀 다른 분위기로 바뀌었다.

등산객에서 동네 주민의 모습으로.

그는 옷을 바꿔 입고 천천히 걸었다. 이미 도주로에 CCTV가 없는 것을 확인하였지만, 다시 한번 CCTV가 없는지 확인하고자 고개를 들었다. 초등학생으로 보이는 꼬마가 옥상에 내려다보는 게 보였다. 8살 정도 되는 것 같다. 목격자라는 생각이 들면 죽여야 한다. 초등학생 손에 공룡 인형이 들려 있었다. 티라노사우루스 인형을 보고 그는 웃었다.

'왜 웃음이 나오는지 모르겠군. 긴장이 풀려서겠지.'

범행 장소와 거리가 있으니 저 초등학생이 의심하지 않을 것이다. 숨겨둔 차에 올라 신속하게 자리를 떴다. 차창 밖을 보며 생각했다.

'이제 이 동네는 두 번 다시 오는 일은 없을 거야. 하지만 재수 없이 검거되면 현장 감식한다고 묶여서 오게 되겠지. 오! 제발 그런 일은 일어나서는 안 돼. 생각만 해도 끔찍하다. 그 집에서 가져온 금팔찌, 금목걸이 등은 버려야겠지. 대충 팔아도 1억은 되겠지만 쓸 수가 없다. 아니면 잠잠해지면 정리할까? 위험하겠지? 버리기 너무 아까운데. 녹여서 골드바를 만들면 어떨까?'

교차로에 설치된 방범용 CCTV가 보였다. 교도소 동기 말이 저놈의 CCTV를 조심해야 한다고 했다. 차선을 변경하기 위해 핸들을 돌렸다. 뒤따라오던 차가 놀랐는지 '빠앙!' 하고 클랙슨을 울렸다.

*

주간 근무를 하기 위해 김원우가 아침 일찍 반지하 원룸에서 나왔다. 지난번 지각한 게 마음에 걸려 서둘러 나왔다. 길옆에 세워진 전봇대에서 찐한 암모니아 냄새가 풍겼다. 또 누군가 이곳에 노상 방뇨를 한 모양이다. 아마 머리를 노랗게 염색한 3층에 사는 양아치 짓일 것이다.

지구대 순찰차는 이 주변으로 순찰하지 않는다. 그러니 양아치가 저곳에 소변을 누는 것이다. 언젠가 경찰차가 이곳에 정차하여 쉬고 있자 술 취한 동네 주민이 다가와 시비를 걸었다고 한다. 왜 쓸데없이 이곳에 와서 쉬냐고 한바탕 소동을 일으켰다고 한다. 그 후부터 누구도 이곳으로 순찰 오지 않았다. 나 또한 이곳에 살고 있지만 오지 않았다. 박두만 선배와 짝이 되면 더욱 그렇다. 바퀴벌레처럼 사람 눈에 띄지 않는 곳만 찾아다녔다.

지구대는 걸어서 20분 정도 거리에 있다. 운동 삼아 걷기 딱 좋은 위치다. 지구대가 가까워지자 많은 경찰차가 보였다. 형사들이 타는 스타렉스가 지구대 주차장을 가득 메우고 있었다. 큰 사건이 벌어진 모양이다.

불안한 마음으로 지구대 출입문을 열었다. 지구대 안으로 들어서니 굳은 표정을 한 형사들이 날카롭게 김원우를 노려보았다. 김원우가 움찔했다. 건물을 잘못 찾아왔나 싶은 생각마저 들었다.

이들 중 간부로 보이는 남성이 지구대 팀장에게 말했다.

"현장에 출입을 통제할 직원 분들이 필요합니다."

"그래요. 몇 명이나 필요할까요?"

"언론도 통제해야 하니 많을수록 좋습니다."

다른 팀의 팀장이 주위를 둘러보다 김원우를 발견하고 반색을 했다.

"김 순경, 빨리 근무복으로 갈아입고 와. 인원이 부족했는데 잘됐네."

"네, 팀장님."

김원우가 지구대 대기실로 서둘러 들어갔다. 같은 팀 근무자 중 누군가가 벌써 출근하여 옷을 갈아입고 있었다. 고참 순경 권석우였다. 그의 성실함을 알고 있었지만 새삼 존경스러웠다. 옷을 갈아입고 나오자 두 사람에게 팀장이 임무를 부여했다.

"권 순경과 김 순경은 현장에 도착하면 경찰 통제선을 치고 일반인들이 현장에 출입하지 못하게 막아야 해. 경찰 관계자가 아니면 전부 출입을 금지하라고. 자네들 팀장에게는 내가 따로 말할 테니까 우선 그곳으로 지금 가게."

권석우 순경이 물어보았다.

"팀장님, 무슨 일인데 그러죠?"

"살인사건이 났어. 그런데 옆 관할에서 일어난 사건과 비슷한가 봐. 형사들 신경이 날카로워졌으니까 될 수 있으면 형사들과 말 섞지 말고 근무하는 게 좋을 거야."

순찰차가 김원우와 권석우를 사건 현장 앞에 내려주고 사라졌다. 차에서 내린 그들은 현장이 일어난 집을 둘러보았다. 한눈에 보아도 부유한 집이었다. 정원까지 있어 남들이 부러워할 수밖에 없는 집인데 안타깝게 끔찍한 일을 당했다.

두 사람은 피해자의 집으로 들어가는 길목에 경비원처럼 서 있었다. 두 사람의 뒤로 'POLICE LINE'이라고 적혀 있는 노란 비닐 테이프가 주변 출입을 막았다. 지나가는 사람들이 무슨 일인지 구경하려고 기웃거렸다. 하지만 김원우와 권석우가 막고 있어 멀리서 지켜만 보았다. 간혹 호기심 많은 주민이 두 사람에게 다가와 무슨 일이 있는지 물어보기도 했다.

"저 집에 무슨 일 일어났어요?"

권석우가 업무적으로 대답했다.

"죄송합니다. 수사 중이라서 말씀드리기 곤란합니다."

"대충 말이라도 해봐요."

"죄송합니다."

이미 다 알고 있다는 표정으로 주민이 말했다.

"강도기 들있는가 보네. 쯧쯧. 설마 사람도 죽었나요?"

두 사람이 대답하지 않자 이웃 주민이 피해자의 집을 안쓰럽게 쳐다보았다. 김원우는 계속 서 있으니 은근히 다리가 아팠다. 잠시 스트레칭을 하면서 다리에 피로를 풀었다. 스트레칭을 하는 동안 과학수사반 차량이 현장에 도착했다.

단발머리에 30대 초반으로 보이는 여성이 차에서 내렸다. 그녀의 얼굴은 지성미와 청순미가 공존하고 있었다. 167㎝ 정도의 키에 몸무게는 48㎏이 안 되어 보이는 날씬한 체형을 지닌 그녀가 커다란 감식 가방을 차에서 꺼내었다. 그녀의 가는 팔을 보니 가방이 더 무겁게 느껴졌다. 그녀가 피해자의 집으로 성큼성큼 걸어오자 김원우가 그녀의 얼굴을 정면으로 볼 수가 있었다.

김원우의 눈이 커졌다. 그는 순간 긴장했다. 몸 안의 혈관이 팽창하여 심장이 터질 것 같은 느낌마저 들었다. 그토록 만나고 싶었던 그녀를 이곳에서 다시 만나다니. 가슴이 쿵쾅거렸다.

과학수사반이 도착한 것을 알고 피해자의 집에서 형사가 뛰어나와 소리쳤다.

"이지혜 경사님. 한참 기다렸네요. 빨리 들어오세요."

늘씬한 그녀가 씩씩하게 대답했다.

"네."

그녀가 무거운 가방을 들고 김원우 곁으로 걸어왔다. 멍하니 서 있는 김원우와 달리 권석우가 재빨리 노란 테이프 통제선을 올려주었다. 그녀가 권석우를 보며 말했다.

"에이. 이럴 필요 없는데. 아무튼 고맙습니다."

부드럽고 파우더리한 로즈 향이 그녀의 몸에서 풍겨 나왔다. 권석우의 눈이 그녀의 동선을 따라 움직였다. 그는 남자들의 기본적인 심리에 충실했다. 아름다운 여성을 자신 있게 쳐다보는 남자도 있겠지만, 대부분이 몰래 훔쳐본다. 지금 성실한 권석우도 그녀의 얼굴과 몸을 몰래 훔쳐보았다.

권석우가 이렇게 조심스럽게 훔쳐보다 김원우를 보고는 깜짝 놀랐다. 소심한 성격을 지닌 그가 그녀를 빤히 쳐다보며 서 있었기 때문이다. 그 모습에 권석우가 오히려 당황했다. 그녀도 김원우의 부담스러운 시선을 느꼈는지 걸음이 빨라졌다. 그녀가 집 안으로 사라지고 그녀의 향기만 두 사람의 주위를 잔잔히 맴돌았다.

권석우가 아쉬운 듯 말했다.

"엄청 예쁘네. 그치?"

"네."

"야. 근데 너 왜 그렇게 대놓고 쳐다봐. 내가 민망하다."

"그랬나요?"

"너 헛물켤까 봐 내가 조언한다. 과수반 이지혜 경사는 우리 같은 순경들이 꿈도 못 꿀 여자야. 경찰대 출신이라면 모르겠다."

"그렇겠죠. 하지만…."

"하지만 뭐?"

그는 그녀와 마주한 적이 있다. 이렇게 다리 아프게 이 자리에 서 있는 이유가 바로 그녀 때문이었다. 물론 그녀는 알지 못할 것이다. 김원우는 이렇게 그녀를 다시 보게 되자 몸에서 엔도르핀이 분출되었다. 조금 전까지 오래 서 있어서 다리가 아팠지만 이제 괜찮다.

들뜬 표정으로 김원우가 말했다.

"용기 있는 자가 미인을 얻을 수 있지 않을까요."

권석우가 웃으며 말했다.

"하하. 평소 너답지 않다. 그래, 한번 도전해봐."

이지혜가 집 안으로 들어섰다. 잘 정돈되고 매우 깨끗한 느낌을 받았다. 그 방만 빼고는 말이다. 고급 가구와 실크 벽지를 따라 살해 사건이 일어난 현장으로 들어갔다.

80대 중반으로 보이는 피해자의 시체가 그대로 처참하게 방치되어 있었다. 벽에는 피해자의 피가 폭죽처럼 퍼져 있었다. 비산흔을 보니 범인이 오른쪽에서 왼쪽 방향으로 망치를 휘둘렀다. 핏자국이 왼쪽으로 갈수록 적어지는 것을 보니 장롱 앞에 서서 휘두른 것이다.

쓰러진 피해자의 머리가 반쯤 사라진 상태였다. 착각인지 모르겠지만 그녀의 눈에 시체가 웃고 있는 것처럼 보였다. 눈은 감고 있었지만, 얼굴은 편안한 모습으로 입가가 귀 쪽으로 올라가 있었다. 이 기괴한 모습이 너무 소름 돋아 순간 고개를 숙였다. 그녀는 자신이 잘못 본 것이라고 생각했다. 눈을 감고 심호흡을 했다.

'침착하자. 쪽팔리게 감식반이 시체를 무서워하면 되겠는가!'

스스로 타이르고 눈을 떴다. 고개를 들고 피해자의 시신을 바라보았다. 착각이 아니라 정말로 웃고 있었다. 머리통 절반이 없어져 버렸는데 웃다니. 정말 기괴하고 끔찍하다. 고통으로 얼굴이 일그러져 있어야 정상이다. 아마 공포가 극에 달하여 죽기 직전에 미쳐버린 것 같다. 그렇게밖에 설명이 되지 않는다.

이 노인은 숨지기 직전에 미쳤을 것이다. 노인이 웃음을 보이니 범인이 더욱 심하게 공격했을 것이다. 시신에서 범인의 분노가 느껴졌다. 그녀는 그 광경을 머릿속으로 그리자 몸이 얼어 움직일 수가 없었다. 방 안 공기도 서늘하고 냉랭하다. 그녀는 다시 눈을 감고 심호흡을 했다.

'나는 프로 경찰관이다. 나는 프로다.'

눈을 크게 뜨고 벽에 걸린 벽시계를 보았다. 오후 2시다. 사체 경직도와 시반이 형성된 것을 보니 오전 11시에서 12시 사이 사망했다. 저항흔이 있으면 좋을 텐데. 그녀가 엎드려 있는 시신의 손을 잡았다. 비닐장갑을 착용했지만 시신의 손이 무척 차다고 느꼈다. 어쩌면 차갑지 않은데 그녀가 그렇게 생각한 것일 수도 있다. 피해자의 손톱 안을 살펴보았다. 손톱 안에 무언가 들어 있기를 간절히 바랐지만 없다. 죽은 피해자들이 가끔 시그널을 보내올 때가 있다. 손톱 속에 범인의 DNA를 담아놓고 잡아달라고 신호를 보낸다. 그러나 이 노인에게서 그런 저항흔은 발견할 수 없었다.

그녀는 당시 상황을 그려보았다. 그동안의 패턴은 범인이 피해자의 무릎을 꿇게 만들고 뒤에서 가격하는 것이었다. 피해자가 고개를 숙이면 망치 같은 둔기로 머리를 가격하여 죽였다. 그래서 피가 바닥에 흩어졌는데, 이번엔 벽에 흩어져 있다. 피해자는 아마 서 있는 상태로 당했을 것이다. 벽지에 뿌려져 있는 피의 동선이 그 사실을 말해주고 있다.

바닥에 흘려진 피가 검게 굳어 있다. 이것 또한 범인의 움직임을 알 수 있는 단서다. 피 묻은 신발 자국이 없는 것을 보면 이쪽으로 걸어갔을 것이다. 발자국이 보였다. 재빨리 가방 안에서 투명 아크릴판을 꺼내 발자국을 덮었다.

대충 상황을 파악한 이지혜는 피해자의 시신을 여러 각도에서 촬영했다. 사진을 찍는 그녀에게 강력1팀 독사 박영철 경감이 다가왔다. 매부리코에 맹금류의 눈을 지닌 그가 말했다.

"이번에는 제발 쪽지문이라도 찾아줘 봐."

"팀장님. 저도 그러고 싶어요."

"이 개새끼가 사람을 사람으로 보지 않아. 아주 재미를 붙였어 첫 사선은 우발적이지만 이제는…"

"맞아요. 이제는 즐기는 것 같아요."

"이 새끼를 빨리 잡아 조져야 하는데."

그녀는 박 팀장의 말을 듣자 예전에 폭력반 선배에게 들었던 우스갯말이 생각났다. 조폭들은 형사들을 무서워한다. 갑과 을의 관계가 바뀌기 때문이다. 조폭들은 약자들에게 강하게 굴며 그들의 세계에서 힘자랑하듯이 사람들을 팬다. 하지만 형사들에게 잡히면 반대가 된다. 이 범인도 잡아서 형사들이 죽지 않을 만큼 손을 봤으면 좋겠다.

박 팀장이 혼잣말로 중얼거리며 방을 나갔다.

"이 새끼를 잡아 조져야 다른 피해자가 안 생길 것인데."

범죄자들은 무조건 잡힌다. 다만 시간이 문제다. 그래도 이놈은 빨리 잡았으면 좋겠다.

벽시계가 오후 3시를 가리켰다. 그녀가 아쉬운 표정을 지었다.

'뭐 한 것도 없는데 벌써 한 시간이 훌쩍 지나가 버렸네.'

*

권석우가 다리를 주무르며 말했다.

"몇 시간째 서 있는지 모르겠네."

일찍 출근한 죄로 아침부터 오후까지 뻗치기 근무를 서고 있다. 성실한 그도 표정이 점점 어두워지고 있었다.

"우리가 이렇게 있는 거 모르나 봐요."

"벌써 3시다. 아침부터 서 있었으니 6시간째야. 점심 때 잠깐 교대해주기는 했지만. 너무하다는 생각이 든다."

"지구대에 연락할까요? 교대해달라고."

좁은 골목길로 반가운 순찰차의 모습이 보였다. 순찰차가 이들 앞까지 오더니 멈췄다. 차 문이 열리고 김봉구 경사가 내렸다. 그가 두 사람 앞으로 다가와 말한다.

"아직도 서 있는 거야?"

권석우가 울상을 지으며 말했다.

"네. 아침부터 서 있느라 허리도 아프고 죽겠습니다."

"내가 들어가서 너희 철수해도 되는지 물어보고 올게."

그가 집 안으로 들어가자 이지혜가 무거운 가방을 들고 나왔다. 그녀는 두 사람을 보며 진심으로 위로의 말을 건넸다.

"정말 고생이 많으시네요."

권석우가 약간 허둥대며 대답했다.

"아니에요. 감사합니다."

그녀가 관심 가져주어 당황한 건지 아니면 그녀의 아름다움에 당황한 건지 모르겠다.

김원우가 그녀의 앞을 막아섰다. 그녀가 웃으며 물었다.

"저에게 무슨 할 말이 있어요?"

김원우는 그녀를 빤히 쳐다보며 물었다.

"혹시 저 기억나지 않으세요?"

그녀가 그를 천천히 바라보았다.

'이 남자 뭐지? 어디서 만난 적이 있나? 누굴까? 과 후배? 전혀 모르겠다.'

답답한 표정으로 그녀가 그를 수 초간 뚫어지게 바라보았다. 김원우는 부드러운 눈빛으로 그녀의 눈을 바라보았다.

"혹시 남자친구 있으세요?"

그녀의 큰 눈이 더욱 커졌다. 뜬금없이 생각지도 못한 질문을 해와 당황스러웠다. 그녀는 조금 기분이 나빴지만 내색하지 않고 미소를 지으며 말했다.

"그걸 왜 물으세요?"

옆에 있던 권석우가 당황하며 말했다.

"너 미쳤어? 선배님, 죄송합니다. 이 애가 너무 오래 서 있었더니 맛이 갔나봐요. 죄송합니다."

"남자친구는 없어요. 하지만 애인은 있어요."

거짓말이다. 손으로 입을 가리는 행동을 보면 알 수 있다. 눈길도 피하고 있다. 그것으로 충분하다.

이때 김봉구 경사가 다가왔다.

"지혜 오랜만이네."

그녀가 남자처럼 꾸벅 허리를 숙이며 인사를 했다.

"네. 선배님도 잘 지내시죠?"

"그럼. 신경 쓸 일도 없는데. 지구대 근무 너무 편하고 좋아."

"그래도 다시 돌아오셔야죠. 베테랑 형사가 실력 발휘를 하셔야죠."

"우리 지혜 많이 컸다. 처음 봤을 때는 나한테 말도 잘 못하더니."

"호호. 그때는 처음이라 예쁘게 보이려고 그랬던 거예요."

"예쁘게 보여? 웩! 내가 형사 생활만 15년 넘게 했지만, 너처럼 겁 없이 시체 만지는 여자는 처음 봤어. 그런데 예쁘게 보이겠다고? 우웩이다. 야! 토 나오니까 다시는 그런 소리 하지 마."

"알겠어용 선배님. 그럼 전 감식할 게 많아서 먼저 갈게용."

"예쁜 척하지 마. 우웩!"

그녀가 엉덩이를 살랑살랑 흔들며 걸어갔다. 얼굴은 청순한데 행동은 선머슴 같다. 그 모습을 보며 김봉구가 고개를 설레설레 흔들었다.

"내가 쟤를 보고 여경에 대한 안 좋은 선입관이 사라졌다. 곧 경찰서에서 의경들이 온다고 하니까 오면 교대하고 돌아가래. 아침에 실종신고가 있어서 의경들이 동원되었나 봐. 조금만 참아.”

권석우가 힘없이 대답했다.

“네. 알겠습니다.”

모두가 돌아가자 권석우가 김원우에게 물었다.

“너 아까 왜 그랬냐?”

“뭘요?”

“이지혜 경사에게 왜 애인 있냐고 물어봐? 나 얼굴이 화끈거려 혼났다. 이거 성희롱 그런 거 아니야?”

“상대가 수치심을 느꼈다면 그럴 수도 있겠죠.”

“잘 아는 사람이 왜 그래? 혹시 아는 사이야? 그 선배는 널 모르는 것 같던데.”

김원우는 생각해보았다. 그녀와 내가 아는 사이인지를. 그녀는 나에게 경찰관이라는 직업을 선택하게 했다.

“아는 사이냐고요? 그게.”

그가 머뭇거리며 무슨 말을 하려고 하는데 의경을 태운 경찰 승합차가 그들 앞에 도착했다. 차에서 의경 네 사람이 내리더니 거수경례했다. 의경들과 교대하고 두 사람은 지구대를 향해 걸었다.

걷다 보니 김원우는 자신의 주거지와 범행 장소가 가깝다는 것을 깨달았다. 원룸에서 10분 거리에서 살인사건이 발생하다니.

툭. 그때 무언가가 그들 앞에 떨어졌다. 육식공룡 티라노사우루스다. 김원우가 고개를 들자, 한 꼬마가 옥상에서 자신을 내려다보는 게 보였다. 꼬마의 눈은 무언가를 말하고 싶어 하는 눈빛이다.

‘일부러 공룡 인형을 떨어뜨렸구나.’

김원우는 이 작은 아이와 대화를 하고 싶었다. 어떤 말을 들려주고 싶어 인형을 던졌을까?

권석우가 소리쳤다.

"조심히 가지고 놀아야지. 너 그러다 사람들이 맞으면 어쩌려고 그래."

그는 공룡 장난감을 집어서 옥상으로 던져주었다. 김원우가 꼬마의 표정을 보았다. 인형을 돌려받고도 기뻐하지 않는 것이 일부러 던졌다는 것을 나타내고 있었다. 왜 던졌을까? 왜?

권석우가 재촉했다.

"야. 빨리 좀 걸어."

그의 다그침에 할 수 없이 지구대로 돌아섰다. 가다가 다시 고개를 돌려 꼬마를 보니 아직도 자신을 바라보고 있다. 무슨 말을 전하고 싶은 표정으로. 하지만 말을 하지 않으니 신이 아닌 이상 어떻게 알 수 있겠는가? 그저 추측만 할 뿐이다.

지구대에 가까워지자 지구대 주차장에 세워진 택시가 눈에 들어왔다. 택시가 주차장에 있는 경우는 거의 한 가지다. 두 사람은 공통적인 생각을 했다. 이번에도 요금 시비겠지. 그때 택시기사가 박두만과 함께 지구대에서 나오는 게 보였다.

박두만이 삐딱하게 서서 귀찮은 투로 말했다.

"깨워 봐요."

택시기사가 답답한 표정으로 말했다.

"안 일어나니까 여기로 온 거 아니겠습니까?"

"그럼 우리는 어떻게 깨워요."

"그래도 경찰이니까 흔들어서 깨워 보셔야죠."

"우리도 마찬가지예요. 안 일어나면 119 불러 깨워요."

"그럼 어떻게 해요?"

"한번 119 불러보세요."

김원우가 택시 있는 곳으로 다가와 말했다.

"제가 깨워 보겠습니다."

박두만이 얼굴을 찌푸리며 말했다.

"김 순경! 잠깐 들어와 봐."

"네."

박두만이 김원우를 데리고 지구대로 들어갔다. 그 모습을 택시기사가 어이없는 표정으로 바라보았다. 박두만은 택시기사가 보이지 않는 곳으로 그를 데려가 말했다.

"너 왜 그래? 내가 택시 오면 최대한 불친절해야 한다고 말했지. 택시 승객 깨우면 우리보고 돈 받아주라 할 건데, 우리가 돈 받아주는 호구여?"

"그래도 도움을 요청하러 오셨는데."

"어허! 우리 지구대는 불친절하다고 소문나야 한다니까. 그래야 택시들이 안 오지."

"그렇지만 이건 아닌 거 같아요."

"어? 너 선배가 말하는데 자꾸 토 달래. 그거 안 좋은 습관이라고 말했는데. 빨리 고쳐. 가만 놔두면 택시가 알아서 해결해. 가만있어."

"그럼 어떻게 해요?"

"그냥 택시기사에게 깨우라 하든지 아니면 119 불러서 깨우라 해야지."

이렇게 이야기하는 동안 밖에 있던 권석우가 택시 안에서 자는 손님을 흔들고 있었다. 몇 번 어깨를 흔들고 승객의 승모근을 누르자 승객이 일어났다. 승객은 어리둥절한 모습을 보이다 경찰관을 보더니 당황했다.

"헉! 뭐예요? 여기가 어디죠?"

"선생님이 계속 자고 있어서 기사님께서 여기로 모셔오셨어요. 이제 목적지를 말해줄 수 있겠어요?"

"죄송합니다. 깜빡 잠들었네요. 죄송합니다."

"불편하시면 내리고 다른 택시 타고 가시겠어요?"

"아니요. 그냥 이 택시로 가던 데 가겠습니다. 정말 죄송합니다."

옆에서 지켜보던 택시기사가 혼자 조용히 중얼거렸다.

"싸가지는 있네."

택시기사가 운전석에 앉자 승객이 고개를 숙이며 말했다.

"기사님, 죄송합니다. 자. 렛츠고 하시죠. 방림맨션 10호 앞으로, 렛츠고!"

손님이 사과하자 택시기사가 안심하는 모습을 보였다. 택시는 다시 원래 목적지로 출발했다. 이런 사실을 모르는 박두만이 떠나는 택시를 보며 말했다.

"봐. 알아서 가잖아."

"네."

"김 순경. 오늘 제대로 배웠지?"

밉살맞은 그의 두터운 턱을 팔꿈치로 후려치면 속이 편해질 것 같다. 하지만 그런 표정을 들키기 싫어 고개를 숙였다.

"네."

"너는 선배 말만 듣고 따라하면 된다니까. 앞으로 토 달지 마."

"네."

"너는 제발 죽은 것처럼 가만히 있어."

이때 구원자처럼 권석우가 다가왔다. 그는 김원우의 소매를 끌고 나가며 말했다.

"선배님. 팀장님이 김 순경이랑 저, 도보 순찰 나가라고 하시네요. 데리고 나가보겠습니다."

"그래, 알았어."

"야. 나가자."

"네."

팀장은 두 사람이 언제 복귀할지 몰라 대충 도보 근무로 근무일지를 짜놓았다. 두 사람을 쉬게 하려고 도보 근무를 넣은 이유도 있다. 고담 지구대 도보 근무는 그냥 휴게실에서 쉬는 게 관행이기 때문이다. 하지만 두 사람은 쉬지 않고 근무일지 지시대로 주택가 골목을 향해 걸었다. 다른 선임자 같으면 지구대 대기실에서 그냥 쉴 텐데, 눈치 없는 권석우는 FM으로 행동했다.

두 사람이 원룸촌 골목을 나란히 걸으며 말했다.

"박 경사님이 처음부터 저렇게 형편없었던 건 아니다."

"네?"

"나도 믿기 힘들지만, 처음에는 일도 잘하고 적극적이었대."

"그런데 지금은 왜 저렇게 부정적으로 변했죠?"

"그게 나도 들은 풍문이라 정확하게 뭐라 말은 못하겠다. 하지만 내가 들었던 말은 2010년도에 박 선배의 가족이 납치 살인을 당했는데 범인을 지금까지 못 잡았다는 거야. 그때부터 차츰차츰 사람이 변하더니 지금은 경찰 조직을 불신하고 부정적으로 보나 봐. 나도 그런 일을 당하면 무기력해지고 부정적으로 될 거라는 생각은 들어."

그의 말을 들으니 박두만 경사가 조금 이해가 되었다. 가족이 피해를 보았는데 믿었던 조직에서 해결을 못 해주니 얼마나 배신감을 느꼈을까?

"선배의 말을 들으니 이제 박 경사님의 행동이 이해되네요."

권석우가 궁금한 것을 참지 못하고 물었다.

"그런데 너 아까 너보다 나이도 많고 한참 선배님이신데 그렇게 물어보면 실례 아니냐?"

김원우는 그가 박두만 이야기를 하는 줄 알고 어리둥절했다.

"무슨 말인지?"

"아까 과수반 이지혜 경사 말이야. 그분은 널 모르는 것 같은데. 아까 내가 얼마나 당황스럽고 창피했는지 지금도 얼굴이 화끈거려. 이유를 말해봐."

박두만이 아니라 그녀 이야기였다.

"제가 고등학교 시절에 그분이 절 구해준 적이 있어요."

"뭐?"

"제가 고3 때였어요. 학원 갔다 늦은 시간에 집으로 오는데 불량배들을 만났죠. 큰 곤욕을 치르고 있을 때 그분이 짠 하고 나타나 절 구해주셨어요."

권석우는 믿기 힘든 눈으로 그를 바라보았다.

"진짜? 신기하다. 영화 속에 나오는 이야기를 다 듣네."

"누군가 신고를 했던 모양이더라고요. 선배님이 호루라기를 불면서 불량배들을 뒤쫓는데 너무 멋있더라고요. 그때부터 경찰관이 되겠다는 꿈을 가졌어요. 그분은 저를 기억하지 못할 거예요. 하지만 저는 아직도 그때가 생생하네요. 아, 그때보다 지금이 더 예쁜 것 같아요."

김원우는 7년 전 그날을 회상했다.

*

교복 입은 김원우를 어두운 골목길에서 튀어나온 불량배 네 명이 순식간에 둘러쌌다. 이들 중 우두머리로 보이는 양아치가 목소리에 최대한 힘을 주며 말했다.

"조용히 따라와. 소리치면 뒤진다."

그들은 김원우가 도망가지 못하게 몸을 밀착하고 으슥한 곳으로 데려갔다. 김원우는 겁에 질려 벌벌 떠는 거 말고는 할 수 있는 게 없었다.

그들 중 하나가 그의 가방을 뒤지며 말했다.

"돈 나오면 십 원에 한 대야. 빨리 좋은 말 할 때 내놔."

김원우가 지갑을 꺼내 현금을 모조리 그들에게 주었다. 만칠천 원이 그가 가진 전부였다.

"이거 말고는 돈이 없어요."

"씨발! 형이 갚아줄게. 더 내놔봐."

김원우는 고개를 푹 숙이고 달달 떨며 말했다.

"그게 다예요."

"아! 짜증 나. 진짜 없어? 그럼 좀 맞자."

퍽 하는 소리와 함께 김원우가 앞으로 꼬꾸라졌다. 그는 복부를 두 손으로 움켜쥐며 숨을 못 쉬겠다는 표정을 지었다.

"욱!"

주먹을 쓴 양아치가 쓰러진 그의 몸을 사정없이 오른발로 걷어찼다. 몸속에서 우두둑 하는 소리가 들렸다.

"돈이 더 나올 구멍이 있는지 생각해봐. 안 그럼 너 뒤진다."

그는 자주 사람을 패보았는지 아픈 곳만 골라서 가격했다. 그리고 이렇게 패면 요술같이 돈이 나온다는 것을 알고 있었다. 김원우는 고통에 비명을 지르며 '지금 당장 어디서 돈을 구할 수 있을까?' 하는 생각을 했다.

이때 그의 귀에 호루라기 소리가 크게 들렸다.

'삐이이이익!'

모두 호루라기 소리에 고개를 돌렸다. 쓰러진 김원우도 흐릿해진 눈으로 소리가 난 곳을 보았다. 여자 경찰관이 호루라기를 불며 달려오는 게 보였다. 그들은 경찰의 모습을 보자 반대 방향으로 몸을 돌렸다. 양아치 일행 중 한 명이 달리며 소리쳤다.

"튀어!"

후다닥 하는 소리와 함께 이들은 육상선수처럼 도망쳤다.

여자 경찰관이 쓰러진 그에게 다가와 무릎을 구부리며 말했다.

"괜찮아?"

김원우는 몸을 일으켜 보려 했지만 잘 되지 않았다. 다시 털썩하고 쓰러졌다. 그의 눈에 여자 경찰관의 단단하고 가는 발목이 보였다. 그녀가 걱정스러운 눈빛으로 그를 바라보며 다시 물었다.

"너 괜찮아? 몸은 어때?"

"네. 괜찮아요."

"잠깐만 누워 있어. 저놈 새끼들 금방 잡아 올게."

그녀는 벌떡 일어나더니 조금 전 양아치들이 달아난 쪽으로 뛰어가기 시작했다. 그녀가 달리면서 무전을 하는 소리가 들렸다.

"상황실 134번 출동장소에 환자 한 명 발생. 구급차 지원 바람. 상황실 입감했나요?"

"치칙. 알겠다."

이때 여자 경찰관이 왔던 방향에서 나이 많은 경찰관이 힘겹게 뒤뚱거리며 따라오는 모습이 보였다.

"어이. 이 순경! 이 순경!"

그는 여자 경찰관을 멈추게 하려고 불렀지만, 그녀가 벌써 사라져버리자 난처한 표정을 지었다.

"또 사고 친다. 헉헉."

그는 숨을 헐떡이며 김원우에게 말했다.

"헉헉. 괜찮아?"

"네."

"너는 괜찮지만. 헉헉! 나는 이제 안 괜찮을 것 같아."

나이 많은 경찰관이 뒤뚱거리며 그녀의 뒤를 쫓아갔다. 마치 뚱뚱한 황제펭귄이 뛰어가는 것 같았다.

두 사람이 사라지고 김원우는 떨어진 소지품을 가방에 담으려고 몸을 일으켜 세웠다.

"욱!"

왼쪽 갈비뼈 아래가 너무 아파 움직일 수가 없었다. 바닥에 다시 누웠다. 경찰관이 조금만 늦게 왔으면 어떻게 되었을까? 이마에서 식은땀이 흘러내렸다. 밤하늘을 보니 별들이 보였다. 오랜만에 별을 보니 이상하게도 지금 상황에서 웃음이 나오고 기분이 좋았다.

'나도 경찰관이 되어야겠어. 남을 도와주는 훌륭한 경찰관. 조금 전 그분처럼.'

대학 입시 목표가 바뀌었다.

'경찰복에 붙어 있던 이름이 뭐였더라? 그래, 이지혜! 이 고마운 이름을 잊지 말자.'

애앵~ 애앵~ 멀리서 구급차 사이렌 소리가 들렸다.

*

동네 작은 놀이터 벤치에 앉아 김원우는 자신의 과거 이야기를 과장하여 장황하게 늘어놓았다. 그녀와의 만남이 소설에서 나오는 운명적인 만남인 것처럼.

권석우가 고개를 끄덕이며 말했다.

"그런 일이 있었구나."

"네."

"그런데 이 경사님은 널 기억하지 못하잖아."

"너무 오래되었으니 기억 못 할 거예요."

"니 이 경사님 좋아하냐?"

"말하기 부끄럽지만, 진짜 그 당시에 이지혜 선배님 꿈을 많이 꿨어요. 당장이라도 달려가서 안아주고 싶을 정도로 말이죠. 이루어질 수 없겠지만 사랑은 할 수 있잖아요."

"근데 너랑 나이 차이가 나잖아."

"저랑 많이 나는 것도 아니에요. 프랑스 대통령 마크롱 아시죠. 부인이 스물네 살이나 많아요. 거기다 이혼녀고요. 그녀가 이혼녀고 저보다 스물네 살 많아도 저는 그녀를 사랑할 거예요."

권석우는 두 사람의 과거에 대해 알게 되자 이내 흥미를 잃었다. 그가 자리에서 일어나며 말했다.

"복귀할 시간이다. 갈까?"

"네. 제 속마음을 털어놓으니까 기분이 한결 좋은데요."

이야기를 나누며 걷다 보니 지구대가 보였다.

*

지구대 출입문을 열자 술 냄새가 그들을 맞이했다. 동네 술주정뱅이로 소문난 김종배가 와 있었다. 그는 술을 마시면 꼭 지구대를 방문했다. 오늘은 대낮부터 술을 먹은 모양새다.

그가 고래고래 소리쳤다.

"내가 앞이 안 보여서 도와달라고 이렇게 왔는데 다들 모른 척할 거야. 민주 경찰이 시민의 어려움을 무시해도 되는 거야. 어. 도와줘야지. 내가 낸 세금으로 어. 살아가면서. 어."

고지식한 부팀장이 인상을 찌푸리며 소리쳤다.

"앞도 안 보인다면서 어떻게 지구대를 찾아왔어?"

"안 보여도 올 수가 있는 거지. 어. 내가 앞이 안 보여서 집에까지 동행 좀 해달라는데 어. 그게 그렇게 잘못된 일이야. 어. 근데 화장실이 어느 쪽이야?"

박두만도 짜증 섞인 목소리로 말했다.

"잘 알면서 물어보네. 저쪽."

그가 화장실로 걸어가자 박두만이 말했다.

"잘 보이네."

"어. 안 들려. 뭐라고? 안 들려. 난 귀가 먹었어. 안 들려."

"진짜로 안 들려?"

"어. 진짜 안 들려."

그가 혀 꼬부라진 소리로 안 들린다고 소리쳤다. 지구대가 익숙한지 알아서 화장실을 찾아 들어갔다. 그가 화장실로 들어가서 한참이 지나도 나오지 않자 부팀장이 팀의 막내 김원우에게 말했다.

"원우야! 김씨가 똥통에 빠져 죽었는지 한번 보고 와봐."

"네."

김원우가 화장실에 들어서니 술 냄새와 변 냄새가 진동해 코부터 막았다.

"선생님, 안에 계세요?"

화장실 실내 칸막이 뒤로 그의 목소리가 들렸다.

"어."

"별일 없는 거죠?"

"어."

김원우는 화장실 밖으로 나오려다 문득 최면 공연에서 있었던 일이 떠올랐다. 그때 최면을 걸려고 상상했던 인물이 그였다. 화장실 안에는 자신과 김종배밖에 없다. 뭔가 할 수 있을 것 같은 기분이 솟구쳤다

"신생님. 제 말을 잘 들어보세요."

"어. 안 들려."

"물론 안 들리지만 제 목소리는 잘 들리실 거예요. 선생님이 싫어하는 음식이 뭐죠?"

"홍어."

이런 인간도 못 먹는 음식이 있다는 게 신기했다.

"선생님. 제 말을 잘 들어보세요. 제 말을 들으면 마음이 편안해집니다. 마음이 편안해집니다. 자 눈을 감고 제 말에 집중하세요. 집중합니다. 하나, 둘, 셋! 선생님은 지금부터 술을 매우 싫어하게 되실 거예요. 왜냐하면 술에서 홍어 냄새가 나니까요. 제가 하나, 둘, 셋을 외치면 앞으로 술에서 홍어 냄새가 심하게 날 거예요."

"어."

"하나, 둘, 셋!"

손가락으로 '딱' 하는 소리를 내었다. 화장실 안에서 아무런 소리가 없었다. 효과가 없는 것인가!

이때 구토하는 소리가 들렸다.

"우웩! 웩! 내 입에서 홍어 냄새가 나는 거 같아. 웩!"

"괜찮아요. 지금 홍어를 먹어서가 아니라 술을 마셔서 그런 거예요."

"술을?"

"아까 술 드셨잖아요."

"우웩! 우웩!"

그가 화장실 밖으로 튀어나왔다. 옷에는 토사물이 지저분하게 붙어 있었다. 그는 뒤도 돌아보지 않고 지구대 밖으로 뛰쳐나갔다. 뒤따라 나온 김원우를 보며 부팀장이 물었다.

"별일이네. 김씨가 혼자 나가고. 화장실에서 무슨 일 있었어?"

김원우가 고개를 흔들며 대답했다.

"별일 없었어요. 단지 이제부터 술을 끊겠다고 결심하시더라고요."

"저 양반이? 해가 서쪽에서 뜨겠네."

김원우는 자신의 최면술이 성공했는지 궁금했다. 그가 지구대에 찾아오지 않는다면 성공했다고 볼 수 있겠지만 그러면 그를 볼 수 없을 것이다.

*

지구대 관할 구역에서 발생한 살인사건의 용의자가 검거되지 않았다. 이로 인해 지구대 근무자들도 따로 전담 수사팀을 만들어 형사들처럼 수사했다. 전담 수사팀으로 순찰 팀원이 빠지자 각자 업무가 늘어나 스트레스를 받았다. 건달처럼 보이는 형사들이 지구대에 자주 출입하여 이들을 보는 것도 스트레스였다.

형사들이 범인을 검거하기 위해 집중하는 모습은 인상적이었다. 어떤 형사는 두 눈이 충혈되어 붉은 눈을 가지고 있었고 또 다른 형사는 수염을 덥수룩하게 길러 나이가 들어 보였다. 또 어떤 형사는 잘 씻지 않는지 노숙인처럼 보이기까지 했다.

지구대 경찰관들은 투덜거리며 불만만 내색했지 외모는 평소와 다를 바가 없었다. 그리고 살인사건에 별 관심을 두지 않았다. 오로지 퇴근하는 것에만 관심을 둘 뿐이었다.

한동안 술꾼 김종배는 지구대에 찾아오지 않았다. 형사들 때문인지 모르겠지만 지구대 경찰관들은 모두 알고 있었다. 그 사람은 형사를 무서워하지 않는다는 것을. 지구대 경찰관들은 살인사건보다 그가 오지 않는 것에 점점 관심 가지게 되었다.

"이제 김종배 봤어?"

"아니요."

"그래? 그럼 오늘은 무조건 온다."

"저도 온다는 것에 제 손모가지를 걸겠습니다."

"야. 너희 두 사람. 그 인간 왜 찾아? 반갑지도 않은 사람을."

"궁금해서요."

"때 되면 오겠지."

"안 오니까 더 불안하네요."

"솔직히 나도 그렇긴 해."

김원우도 그가 무척 궁금했다. 그가 최면에 걸리지 않았다면 다시 찾아오겠지만 그런 일은 일어나지 않았다. 김원우는 그를 통해 자신의 최면술이 성공했다는 사실을 알게 되었다.

이에 자신감이 생긴 김원우는 퇴근 후 명상을 통해 정신력을 키웠다. 바른 자세로 앉아 깊게 심호흡을 했다. 명상은 사람의 정신력을 키우는 데 큰 도움이 된다. 명상을 하면 잡생각이 없어지고 머리가 맑아지고 체내도 안정되는 효과가 있다. 그러다 김원우는 유체이탈을 경험하게 되었다.

영혼을 육체에서 천천히 분리했다. 영혼이 허공에 떠서 명상에 잠겨 있는 육체를 내려다보았다. 영혼이 공중으로 솟구쳐 우주까지 올라가는 상상을 했다. 슈퍼맨처럼 우주에 도달한 영혼이 지구를 내려다보고 다시 육체로 돌아왔다. 이 유체이탈을 통해 경험하지 못한 곳을 여행할 수 있을 것만 같았다. 집중만 하면 세계 곳곳을 여행할 수 있을 것 같았다. 하지만 아직 그 단계는 아니다. 그는 이런 명상 훈련과 유체이탈을 통해 정신력을 강하게 키우고 있었다.

과수반 이지혜

박인식은 알몸 상태로 침대에 누워 있었다. 그의 옆에는 장은영이 이불 속에 파묻혀 있다.

박인식이 그녀의 뾰족한 젖꼭지를 손가락으로 비틀며 말했다.

"같이 살까?"

"장난치지 말아요."

"진짜로."

"저 출장마사지 다닌다고 너무 쉽게 보는 거 아니에요."

"쉽게 보는 거 아니야."

"언제 봤다고 같이 살재. 웃겨."

"장난 아니고 진짜야. 같이 살고 싶어."

그녀가 이불 밖으로 고개를 내밀고 박인식을 쳐다보았다. 돈 받고 성관계를 했다. 자주 불러주니 그가 호구로 보였다. 손님 그 이상은 아니다. 그런데 이제 같이 살자고 한다. 싫지는 않지만, 문제는 돈이다.

"저 빚도 많아요. 같이 살아도 계속 이 일을 해야 해요."

"빚이 얼마 있는데?"

"삼천만 원이요."

"내가 갚아줄게."

그녀는 자신의 귀를 의심했다. 삼천만 원이 적은 돈도 아니고 진짜일까? 확인하고 싶었다.

"정말요?"

"응. 혼사 산나변서?"

박인식은 이 여인이 마음에 들어서 이러는 게 아니었다. 경찰을 피해 모텔을 전전하다 보면 경찰에 붙잡히는 건 시간 문제였다. 그의 목표인 십억 원을 모으기 위해서 새로운 은신처가 필요했다. 서울이 넓다지만 숨을 곳이 마땅치 않다. 자신의 심부름을 해줄 사람과 은신처가 지금은 돈보다 더 중요했다. 이 걸레를 이용해서 잠시 시간을 벌어 볼 생각이었다.

"저 45살 아니에요."

"그럼 몇 살인데."

"50살이요."

실제는 54살이다. 하지만 그녀는 화장하고 꾸미면 40 중반까지 충분히 속일 수 있다고 믿고 있다.

"나이가 뭐 중요해. 마음이 중요하지."

그녀의 눈이 빛났다.

"정말 돈 있어요? 제 빚을 갚아줄 거예요?"

"물론이지. 나와 동거하자."

"동거하면 생활비도 줄 수 있어요?"

"당연한 거 아니야."

그녀는 그가 강도 살인범이라는 사실을 몰랐다. 그저 자신에게 호감을 느끼는 호구로만 보였다. 그녀가 두 팔로 그의 가슴을 껴안고 파고들었다. 그의 눈에 그녀의 두꺼운 뱃살이 보였다. 아마 날마다 술을 마셔서 생긴 술배일 것이다. 조금 역겹다는 생각이 들었다.

'조금만 참자. 이용하고 버릴 터이니 조금만 참자.'

*

한양보험사 사무실 벽면에 각 개인의 실적을 나타내는 막대그래프가 걸려 있다. 막대그래프마다 설계사들의 사진이 큼직하게 붙어 있었다. 가장 실적이 저조한 그래프 밑에 김순희의 사진이 있었다. 비록 실적은 저조하지만, 그녀의 외모는 단연 돋보였다.

그녀는 자신의 책상에 앉아 보험서류의 계약내용을 살펴보고 있었다. 사망보험금 5억 원. 5억이라는 단어에 그녀의 눈이 꽂혔다.

"후!"

입에서 짧은 한숨이 나왔다. 다른 약관을 살펴보았다. 장애보험금은 등급에 따라 보상액이 나누어져 있었다. 자세히 액수를 살펴보고 또 짧은 한숨을 뱉었다.

"하아!"

그녀가 책상 위에 놓여 있는 전화기를 들고 번호를 손가락으로 꾹 눌렀다.

"친절하게 모십니다. 보상팀 윤미영입니다."

"안녕하세요. 영업3팀에 근무하는 김순희 설계사예요."

"네. 수고가 많으십니다."

"궁금한 것이 있어서 연락드렸어요."

"네. 말씀하세요."

"장애보상금 말이죠. 청구하면 보험료 받는 데는 얼마나 걸리죠?"

"SIU(보험사고조사팀)에서 아무런 문제없다는 보고서만 올라오면 다음 날 즉시 지급됩니다."

원하는 대답이다. 그녀는 전화를 끊고 머리를 싸맸다. 실명이 가장 크다. 앞이 안 보이면 사망 다음으로 거액의 보험금을 받을 수 있다. 다음으로 화상, 사지 절단 등 다양하다. 우선 실명을 시키고 하반신을 절단시킬까?

여리 빈 청구하면 의심하니 그냥 큰 것으로 한방 청구하는 게 깔끔해 보인다. 의심받지 않는 게 중요하다. 병신이 되었다고 하면 누가 가장 의심을 할까?

SIU?

경찰?

모두 아니다.

그녀는 휴대폰에서 연락처를 검색했다. '시엄마'라고 저장된 번호를 찾았다.

"어머니, 저예요."

"오, 우리 며느리. 그래, 어쩐 일이야?"

"어머님 요즘 우리 집에 너무 뜸하셔서 연락드렸어요."

"시어머니가 자주 가면 좋을 게 뭐 있어."

"보고 싶으니까 오셔요. 어머니 좋아하시는 아귀찜 해놓을게요."

"그래, 알았다. 나도 궁금해서 한번 들를까 했는데. 그놈 새끼 아직도 일 안 다니고 있지?"

"제가 버는데요, 어머니."

"그 새끼가 널 만나더니 호강을 한다. 부지런하던 놈이 갑자기 왜 그렇게 됐는지 모르겠어."

"저는 괜찮아요, 어머니."

"내가 미안해서 그러지. 이번에 가서 혼 좀 내줄까?"

"아니에요. 저한테 항상 잘해주니까 이대로가 좋아요."

"아이고, 우리 착한 며느리."

전화 통화를 하면서 실명을 시키는 방법이 번쩍 생각났다. 눈에 바늘을 찔러 실명시키자. 물론 아귀찜에 우울증 약과 수면제를 충분히 넣어 먹이고 말이다. 고통은 없을 거야. 실명이 되면 보상금이 꽤 된다. 명품 가방을 열 개 정도 살 수 있을지 모르겠다. 아니, 그보다 더 많이 구매할 수 있을 거다.

"어머니, 그럼 오늘 저녁에 꼭 오세요."

"그래, 아가. 고맙다. 씨름했던 놈이라 노가다 나가면 밥벌이는 금방이여. 걱정하지 마라. 착한 우리 아가."

자기 아들이 오늘 밤 실명된다는 사실을 알고 이런 말을 하는 것일까?

*

네 평 정도 되는 경찰서 과학수사실에 각종 실험용기들이 가지런히 놓여 있다. 경찰청에서 제공한 기본적인 장비가 있지만, 감식요원들의 개인 장비가 대부분을 차지하고 있다.

감식 목적에 따라 과학수사실 분위기가 크게 달라진다. 이곳은 방 안의 채광과 조명이 어두웠다. 혈액과 지문 발견이 주 업무라 방 안 분위기가 대체로 어두운 것이다.

혈액이 담긴 용기가 반딧불처럼 반짝였다. 영화 〈아바타〉 속 한 장면처럼 루미놀 시액에 반응한 옷가지, 카펫 등이 신비로운 에메랄드빛을 뿜어내고 있었다.

중앙에 놓여 있는 가로 180㎝, 세로 120㎝ 작업대가 분위기 좋은 칵테일 바를 연상시켰다. 작업대 위에 놓인 비이컵들이 마치 칵테일이 담겨 있는 것처럼 보이기 때문이다.

외국 드라마나 영화에서는 과학수사실이 꽤 그럴듯하게 첨단 장비들로 꾸며져 나온다. 하지만 이곳은 1990년대 장비들이 그대로 쓰이고 있다.

그녀가 작은 비닐조각을 현미경 재물대 위에 조심스럽게 올렸다.

"후."

현미경의 접안렌즈에서 눈을 뗀 그녀가 깊은 한숨을 내뱉었다. 올려진 비닐조각을 다시 밀폐용기에 담았다. 혹시나 하고 피해자가 입었던 옷에서 가져왔지만 쓸 만한 게 나오지 않았다.

수사연수원에서 실습으로 음모를 찾던 일이 떠올랐다. 실제 모텔방처럼 꾸며진 실습실에서 용의자의 음모를 시간 안에 찾는 실습이었다. 실습생들이 애를 먹는 모습을 보며 교수들이 어디를 중점적으로 수색해야 하는지 설명했다. 하지만 그녀는 너무 빨리 찾아 교수의 노력과 계획을 물거품으로 만들어버렸다. 당황한 교수는 그녀처럼 빨리 찾아낸 학생은 없다고 극찬을 했다. 그때를 떠올리면서 열심히 유류품들을 수거해 왔는데 건질 게 없다. 피해자와 가족들의 DNA뿐.

피해자의 집에서 채집한 지문은 모두 49개였다. 이중 경찰관의 지문이 무려 14개다. 현장에서 주의를 기울이지 않으면 이렇게 쓸데없는 일에 시간과 노력을 허비하게 된다. 남은 35개 중 가족과 지인들의 지문이 30개였다.

남은 5개의 신원을 모두 파악했다. 이 5명의 자료를 '망치귀신'을 수사하는 수사관들에게 넘길 것이다. 이들 중에 제발 범인이 나왔으면 좋겠다. 범인들은 대부분 장갑을 착용하여 지문이 나올 확률이 거의 없지만 간혹 작은 실수를 저지르는 경우도 있다. 그 실수로 인하여 범인이 검거된다.

얼마 전에 검거된 강간범은 장갑을 벗고 피해자의 몸을 만지는 실수를 저질렀다. 모든 접촉은 흔적을 남기게 되어 있다. 그 흔적을 찾지 못해 검거하지 못할 뿐.

그녀는 5명의 신원이 담긴 서류를 노란색 봉투에 담았다. 할 수 있는 일은 여기까지다. 편안하게 의자에 앉아 강력팀 사무실에 전화를 했다.

"지문 파악이 완료되었습니다."

"수고했어. 가지러 갈게."

"네. 혹시 저 없으면 책상 위에 올려진 노란 봉투 가져가시면 됩니다."

"오케이."

통화를 마친 그녀는 범인에 대하여 생각해보았다. 신발 크기로 보아 키는 작은 편이다. 흉기는 항상 지니고 있을 것이다. 흉기는 범행 도구이자 그 자식의 무기다. 단순 소모품으로 쓰지는 않겠지. 아마 망치를 개조해서 가지고 다닐 확률이 높다.

하지만 장갑은 버릴 확률이 높다. 피해자의 상처로 보아 장갑에 피가 묻어 있을 확률이 백 퍼센트. 장갑에 피해자의 피가 묻었으니 다시 쓰기는 힘들다. 피가 묻은 장갑을 습관적으로 벗어서 버릴 확률이 높다. 그 버린 장갑을 찾아 수거할 수 있다면 좋을 텐데. 나라면 현장 주변에는 버리지 않았을 것이다. 주거지나 은신처로 가서 버리거나 소각하겠지. 그래도 인간이기에 실수한다. 일단 현장으로 다시 가보자.

그녀는 증거 수거함을 챙겨 자리에서 일어났다. 시간이 지났지만 찾을 수 있다. 수사는 신념을 가지고 해야 한다. 특히 이런 일은 신념이 없으면 아무리 월급을 많이 줘도 할 수가 없다. 다시 현장으로 가려고 하니 지구대 경찰관의 얼굴이 떠올랐다.

"애인 있으신가요?"

뚱딴지같은 소리를 했던 키 큰 순경. 근무복에 붙은 명찰에는 '김원우'라고 적혀 있었지만 이름이 낯설다.

김원우! 왜 그런 소리를 했을까?

맞아. 날 알기 때문이다. 분명 나를 안다.

어디서 보았을까?

기억나지 않는데 다음에 만나게 되면 물어봐야겠어. 왠지 그 순경이 도움을 줄 것 같다.

사무실 문을 열자 바깥에서 시끄러운 소리가 들렸다.

"야 이 개새끼들아. 수갑 안 풀어. 다 죽여뿐다. 빨리 풀으라고."

아마 누군가가 체포되어 형사과로 끌려 들어가는 모양이다. 자주 있는 일상이다.

*

김원우가 눈을 떴다. 그는 깨달았다. 명상을 통해 자신의 영혼이 움직이는 공간이 한정되어 있다는 것을. 자신이 경험했던 곳으로만 영혼이 이동하고 있었다. 영화, 드라마의 장면 속이나 가보지 않은 곳으로 이동하려면 강한 상상력이 필요하다. 상상력을 키워야 한다.

눈앞에 책들이 보였다. 책꽂이를 보니 심리학, 최면에 관한 책들뿐이다. 두꺼운 책들 사이에 숨어 있는 작은 책 하나를 꺼냈다. 이 책이 상상의 힘을 키워줄 것 같다. 전설의 마법서적이나 절세무공 비급처럼.

몰입하여 읽으니 금방 한 시간이 지나갔다. 읽던 책을 덮었다. 그는 얇고 작은 마법서적을 원래의 자리에 꽂았다. 시집이 책들 사이에서 종적을 감추었다.

피부에 스치는 바람의 냄새를 생각했다. 두 가지 감각을 동시에 느끼자. 바다 위에 떠 있는 내 모습과 물의 온도를 느껴보았다. 비법서가 효과가 있는 것 같다. 바른 자세로 앉아 두 눈을 감았다. 영혼을 육체 밖으로 내보내는 일은 어렵지 않다. 늘 보던 사물을 다른 시각으로 바라보기만 하면 된다.

그의 영혼이 천천히 이동했다. 공중에 둥둥 떠서 앉아 있는 자신의 모습을 지켜보았다. 서서히 반지하 원룸을 나와 동네 주위를 돌았다. 매우 점잖게 생긴 중년의 신사가 주위를 살피고 있다. 반백의 머리가 잘 어울리는 중년의 신사다. 자주색 체크무늬 정장이 그를 한껏 멋지게 만들었다. 그런 그가 바지 지퍼를 내리고 구석 전봇대에 서서 소변을 보았다. 늘 누가 노상 방뇨를 하는지 궁금했는데 범인을 찾았다. 3층에 사는 노란 머리 양아치가 범인일 것이라고 생각했는데 예상 밖이다. 더 멀리 나가보자.

학생 세 명이 골목 담벼락에 앉아 담배를 피우고 있다. 그들은 담배를 피우며 누군가 지나가기를 고대했다. 이들의 탐욕스러운 눈빛을 보니 행인들을 갈취하려는 낌새다. 고등학생 시절에 이런 불량배에게 갈취 당하던 기억이 떠오른다. 그날 그녀가 구해주지 않았더라면 큰일 날 상황이었다.

나가서 이들이 정말 있는지 확인해보고 싶었다. 보고 있는 게 진짜인지 확인하고 싶었다. 그는 감았던 눈을 번쩍 떴다.

급히 옷을 입고 건물 밖으로 나갔다. 문을 열고 나오자 깜짝 놀랐다. 자주색 체크무늬 양복을 입은 중년 신사가 천천히 걸어가는 모습이 보였기 때문이다. 그리고 더 놀라운 것은 정말로 학생 세 명이 으슥한 골목길에 서 있는 것이 아니겠는가.

'이럴 수가.'

학생들이 있는 곳으로 다가갔다.

"이봐, 학생들."

"뭐야? 저희 학생 아닌데요."

그들이 앉아 있던 자리에 가래침과 수북이 쌓인 담배꽁초가 보였다.

"형이 경찰이야. 너희 아까부터 계속 지켜봤는데 담배 피우고 있더라. 학교랑 부모님에게 연락해줘."

"정말 경찰이세요?"

경찰 신분증을 꺼내어 학생들에게 내밀었다. 학생들이 의심의 눈으로 신분증을 뚫어지게 보았다.

"여기 더 있을래, 조용히 귀가할래."

한 학생이 인상을 구기며 말했다.

"들어갈게요."

김원우가 그를 향해 방긋 웃었다.

"그래. 어서 들어가."

학생들이 투덜거리며 사라졌다. 김원우는 그 모습을 묵묵히 지켜보았다. 그리고 미소가 번지다가 이내 웃음이 터져 나왔다.

"하하."

너무나 기분이 좋았다. 마법 같은 능력이 있다는 게 너무나 기뻤다. 이 능력으로 동네를 매일 순찰해볼까?

아니다.

살인사건을 수사해보자.

살인사건이 난 집 안이 궁금했다. 그날 밖에만 서 있었다. 집 안이 궁금했지만, 형사가 아니라서 들어갈 수 없었다. 이 능력으로 집 안을 확인할 수 있는지 궁금했다.

그는 급히 원룸으로 돌아갔다. 바른 자세로 편안하게 앉아 눈을 감고 명상을 시작했다. 천천히 그의 영혼이 집 밖을 벗어났다.

소리에도 한번 집중해볼까. 소리는 안 들린다. 아직 소리를 듣는 단계는 아니군. 동네를 천천히 이동했다.

구름처럼 둥둥 떠가는 상상을 했다. 이틀 전 살인사건이 일어난 그 집을 향해 천천히 이동하는데, 익숙한 모습이 보인다. 나를 구해준 이지혜 경사다. 그녀가 사건 현장 주변을 배회하는 게 보였다.

그녀가 무엇을 하는지 궁금하다. 그녀 곁으로 다가갔다. 그녀가 쓰레기봉투를 뒤지고 있다. 곰팡이가 가득 핀 음식물이 봉투 안에서 툭 튀어나왔다. 냄새가 느껴진다. 김원우는 코를 찡그리며 두 눈을 번쩍 떴다.

지금 그곳으로 가면 그녀를 만날 수 있다. 길게 생각할 필요가 없었다. 벗었던 외출복을 다시 주워 입고 재빨리 밖으로 뛰어나갔다.

*

동네 쓰레기 수거장에 쓰레기가 이틀간 쌓여 있었다. 무슨 이유인지 모르지만 쌓여 있다. 동네 주민들은 빨리 쓰레기를 처리하라고 구청에 민원까지 넣은 상황이었다.

이런 사실을 모르는 이지혜는 쓰레기가 산더미처럼 쌓여 있어 어디서부터 손을 대야 할지 몰라 당황했다. 그녀는 일단 가까운 쓰레기봉투부터 꼼꼼히 뒤져보았다. 의심이 가는 쓰레기봉투가 보였다. 비닐장갑을 끼고 있지만, 손에 묻을 것 같아 조심스럽게 개방했다. 역한 음식물 냄새에 빠르게 고개를 돌렸다. 범인의 장갑을 찾으려다 역한 냄새만 맡았다.

"오! 젠장! 이 냄새 뭐야?"

욕설이 그녀의 입에서 튀어나왔다. 그때 그녀의 등 뒤에서 거친 숨소리가 들렸다. 소리 난 곳으로 고개를 돌리니 웬 남자가 가까이 서 있다. 그녀는 깜짝 놀라 몸을 뒤로 빼며 소리쳤다.

"아! 시팔. 깜짝이야."

키가 큰 남자가 숨을 헐떡이며 서 있다. 당돌한 질문을 던진 그 순경이었다. 그녀는 그를 보고 놀라서 욕한 것이 부끄러웠다.

김원우는 자신 때문에 그녀가 놀란 것 같아 미안한 표정을 지었다.

"헉헉. 놀라게 해서 죄송해요."

"아니요. 혹시 조금 전 내 말 들었어요?"

"무슨 말이요?"

"못 들었으면 됐어요."

87

"전 그냥 우연히 지나가다 선배님이 보여서 왔어요."

"어머! 그랬어요."

그녀는 그를 자세히 쳐다보았다.

어디서 보았을까? 전혀 낯이 없는데.

"혹시 후배님을 내가 만난 적이 있을까요?"

김원우는 부끄러운 표정을 지으며 고개를 숙였다. 그녀는 그 모습을 보고 깨달았다.

"있구나? 미안해요. 내가 사람을 잘 기억하지 못해요. 우리 언제 봤어요?"

"7년 전 성문학원 앞에서."

"7년 전이라."

막 경찰관이 되어 좌충우돌 사고 칠 때다. 그 당시 신고출동만 나가면 사고 친다고 동료들에게 '싸움닭'으로 불렸다. 항상 술 취한 남성들과 멱살을 잡고 싸웠다. 이 후배랑 멱살잡이를 하였을까?

"그때 제가 깡패들을 만나 곤욕을 치르고 있었는데, 선배님께서 호루라기를 불며 나타나 저를 구해주셨어요. 갈비뼈에 금이 간 학생 기억나세요?"

"휴우. 다행이다. 그런 일이 있었어요? 아, 맞다. 이제 기억나요. 호호."

"선배님이 한참 선배이시니 편안하게 말 놓으셔요."

그녀가 기다렸다는 듯이 말을 놓았다.

"그럴까? 알겠어."

"그런데 선배님. 여기서 뭐하세요?"

"혹시 범인의 유류품이 있을까 하고 살펴보고 있어."

"제가 도와드리고 싶습니다."

"호호. 그럴래. 사실 여자가 쓰레기를 뒤지는 게 영 보기 좋지 않지?

보기 흉하지?"

"선배님은 무엇을 해도 다 예뻐 보이지만 제가 할게요."

혹시나 하고 뛰어왔는데 그녀가 있다. 유체이탈 능력이 이렇게 좋을 수가.

쓰레기봉투를 몇 개 살피다 고장 난 트럭 장난감을 발견했다. 자동차 바퀴가 빠져 굴러가지 않아서 버린 것 같다. 트럭 운전석 쪽에 작은 공룡이 들어 있었다.

순간 김원우는 한 아이의 모습이 기억났다. 무슨 말을 하려던 티라노사우루스.

"저. 선배님."

"응."

"여기서 이러지 마시고 저를 믿고, 다른 곳으로 가시죠."

"어디?"

김원우가 이틀 전 공룡 인형을 떨어뜨린 아이가 사는 집을 손으로 가리켰다. 그녀의 눈에 다세대 주택이 들어왔다. 쓸데없이 시간만 허비하고 있다는 생각이 들던 차였다. 그녀가 고개를 끄떡이고 펼치려던 검은 비닐봉지를 살며시 내려놓았다. 박인식이 쓰던 장갑을 담아 버린 봉지였지만 이 사실을 두 사람은 몰랐다.

목격자 티라노사우루스

　오래된 다세대 주택 건물이라 벽 곳곳에 실금이 보였다. 현관 입구에 설치된 인터폰은 1층과 2층으로 구분되어 있었다. 사람 얼굴도 확인할 수 있는 인터폰이 대세인데 여기는 그냥 초인종 수준이다.

　김원우는 2층이라고 적힌 낡은 인터폰의 버튼을 꾹 눌렀다. 잘 작동되는지 현관까지 벨 소리가 들렸다. 인터폰 스피커에서 젊은 여성의 목소리가 기계음처럼 튀어나왔다.

　"누구세요?"

　"경찰입니다. 잠시 물어볼 게 있어서 찾아왔습니다."

　조금 놀란 목소리가 인터폰에서 흘러나왔다.

　"네! 경찰이요? 그제 형사들이 다녀갔는데 또 오셨네."

　김원우가 그녀를 슬쩍 보고 나서 말했다.

　"네. 저는 다른 쪽으로 일하는 경찰이라서요. 문 좀 열어주십시오."

　"뭔지 모르겠지만 그냥 거기에서 궁금한 거 물어보세요."

　"저 그게…. 사모님이 아니라 아드님께 물어볼 것이 있어서요."

　약간 정적이 흐르고 경계의 목소리가 인터폰 밖으로 흘러나왔다.

　"우리 아들이요?"

　"네. 아주 잠깐이면 됩니다."

　잠시 후 문이 열리고 장난감을 가지고 놀던 그 꼬마와 엄마가 나왔다. 모자는 경계의 눈빛으로 두 사람을 번갈아가며 쳐다보았다.

　"우리 영수에게 뭘 물어보려고 그러세요?"

　"별건 아니고요. 이틀 전 요 앞에 일어난 사건에 관해서 물어보려고요."

아이의 엄마가 짜증내며 소리쳤다.

"지금 무슨 소리 하는 거예요. 아직 어린아이한테."

"어머니, 잠깐이면 됩니다."

김원우가 간절한 눈빛으로 아이 엄마를 쳐다보았다. 그녀는 못마땅한 표정을 지으며 그를 바라보았다. 두 사람은 눈싸움하듯이 서로를 응시하다 아이의 엄마가 고개를 살짝 끄덕였다.

"아주 잠깐만 허락하겠어요."

"감사합니다. 정말 감사합니다. 이름이 영수구나. 영수야! 혹시 말이야. 이틀 전에 정원이 넓은 집에서 경찰 아저씨들이 출동하기 전에 나오는 사람을 본 적이 있어?"

영수가 그를 빤히 쳐다보며 고개를 끄덕였다. 엄마의 눈이 커지며 영수를 끌고 집으로 들어가려고 한다. 어린 영수가 아무것도 모를 거라고 생각했는데 무언가를 알고 있자 당황한 모습이다. 이지혜가 재빨리 영수의 엄마를 막았다.

"어머님. 오죽하면 저희가 이렇게 찾아왔겠습니까. 부탁드립니다."

영수 엄마는 주춤하더니 몸을 돌렸다. 말은 하지 않았지만 단호하게 거절하려는 표정이다. 이지혜가 다시 간곡하게 말했다.

"부탁드립니다. 다시 찾아오는 일은 없을 겁니다."

영수 엄마가 마음이 흔들렸다.

"진짜 다시 찾아오지 않는 거죠?"

"네. 오지 않겠습니다."

영수의 엄마가 고개를 끄덕였다. 김원우는 그녀가 생각이 바뀌기 전에 일을 마쳐야 한다는 생각이 들었다.

그는 영수에게 재빨리 질문했다.

"영수야! 그 집에서 나온 아저씨가 어떻게 생겼는지 기억나니?"

영수가 생각하는 표정을 짓더니 고개를 가로로 흔들었다.

"생각 안 나요."

"얼굴이 생각 안 날 수도 있어. 경찰 아저씨도 며칠 지나면 잊어버리는 경우가 많아. 그래도 기억나는 게 있으면 생각나는 대로 말해줄래?"

이지혜의 눈빛이 한껏 기대로 반짝였다. 최초 목격자다. 하지만 이걸 다행이라고 해야 하나. 너무 어리다. 진술하러 경찰서에 나오지도 않을 것이다. 설령 진술한다 하더라도 신빙성이 부족해 법정에서 증거로 채택되기도 힘들다. 아이가 아니라 엄마가 봤으면 좋았을 텐데.

김원우가 영수의 손을 놓지 않는 엄마에게 말했다.

"어머니, 잠깐 영수와 단둘이 이야기를 나누도록 허락해주세요."

영수 엄마가 아이를 바라보았다. 싫어하는 모습이 보이면 가차없이 경찰들을 쫓을 생각이었다. 아이의 표정이 밝다. 영수가 고개를 끄덕이며 말했다.

"엄마. 경찰관 아저씨에게 알려주고 싶어요."

"좋아요. 잠깐만 물어보세요."

김원우는 영수의 손을 잡았다. 그리고 영수를 안심시키고자 건물 안으로 들어갔다.

이지혜는 영수의 엄마가 걱정하는 눈빛으로 아들을 바라보자 그녀를 안심시켜야겠다고 생각했다.

"어머니, 걱정하지 마세요."

"이런 일로 자꾸 찾아오고 우리 아이 귀찮게 하는 거 아닌지 모르겠어요."

"그런 일이 없도록 하겠습니다."

"정말이죠?"

만일 저 아이가 유일한 목격자라면, 솔직히 어렵다. 하지만 지금 그녀는 이렇게 말할 수밖에 없다.

"네."

영수 엄마가 다시 확인했다.

"정말이죠?"

지금은 어렵지만, 나중에 엄마를 설득시킬 수 있을 것이다. 그녀의 머릿속에 '죄송합니다'라는 단어가 떠올랐다.

"물론입니다. 아직 어린아이잖아요."

엄마가 안심하는 표정을 지었다.

"그런데 애한테 뭘 물어보려고 그러는 거예요? 애 아빠가 알면 난리 날 텐데."

"별거 없을 거예요."

김원우는 영수를 엄마와 떨어뜨리고 말했다.

"너는 그날 무엇을 보았어?"

"아주 무섭게 생긴 아저씨가 정원 넓은 집에서 걸어 나오는 것을 보았어요."

"옷차림 기억나?"

"검은색 등산복이요."

"우와, 우리 영수 기억력 좋은데. 그래, 그 아저씨가 걸어서 어디로 갔지?"

"골목에 세워둔 트럭을 타고 큰 도로 쪽으로 갔어요."

"혹시 차 번호 기억나니?"

영수가 고개를 흔들었다.

"그래 영수야. 눈을 감고 이 형의 말을 잘 들어봐, 아주 편안하게 눈을 감아. 편안하게 눈을 감고 형의 말에 집중해봐. 집중하면 마음이 편안해질 거야. 너는 천천히 시간을 거꾸로 돌아갈 거야. 경찰 아저씨가 오기 전에 집에서 뭐하고 있었어?"

"엄마 휴대폰으로 유튜브 보고 있었어요."

"잘 기억하는구나. 그럼 시간을 조금만 뒤로 가서 오늘 아침에 몇 시에 일어났는지 기억해볼까?"

"오늘 아침 8시에 일어났어요. 제가 울 형보다 빨리 일어났어요."

근처에 있던 이지혜는 영수 엄마와 일상적인 대화를 나누었다. 어디 화장품 제품이 세일 중인데 품질이 매우 좋다는 등 아는 정보들을 공유하면서. 그러다 김원우가 뭐하는지 궁금하여 고개를 돌려 살펴보았다. 김원우가 그녀들을 향해 걸어오는 게 보였다.

"어머니, 다 끝났어요. 영수가 많은 도움을 주었어요."

그녀들은 '벌써?'라는 표정으로 한 사람은 김원우를 또 한 사람은 영수를 바라보았다. 아이의 표정이 밝아 보여 안심하며 영수 엄마가 말했다.

"해결은 되었어요?"

"네, 어머님. 영수 덕분에 해결되었어요."

"그럼 이제 다시 찾아오지 마세요. 얘한테 자꾸 안 좋은 기억을 꺼내는 게 교육에도 좋지 않은 거 같아요."

이지혜가 아이를 보며 말했다.

"네. 걱정하지 마세요. 영수야, 고마워."

김원우도 고개를 끄덕였다.

모자가 집 안으로 들어가고 두 사람은 천천히 걸으며 이야기를 나누었다.

"최초 목격자인데 얻은 정보가 있어?"

"살인범의 얼굴은 구체적으로 기억하지 못하네요. 하지만 옷차림과 그가 타고 간 차량번호는 기억해요."

그녀가 놀란 표정을 지었다. 기대하지 않았는데 차량번호라니.

"차량번호?"

"네. 1톤 화물트럭이라는 것과 파란색, 차량 뒷번호 9867. 이렇게 세 가지를 기억해요."

"우와."

"이 정도면 충분할까요?"

"충분해."

그녀는 수첩에 파란색, 9867, 1톤 화물차라고 적었다. 김원우는 최면 이야기는 하지 않았다. 최면을 걸었다고 하면 그녀가 믿지 않을 것 같았다.

"범인이 검거되면 저 꼬마는 뺄 수 있을까요?"

"힘들겠지. 하지만 빼도록 해봐야지."

"가능할까요?"

"범인이 자백한다면 상관없는데…. 만일 부인한다면 목격자 말을 꺼낼 수밖에 없어."

"일단 이 사실은 우리 두 사람만 알고 있죠."

"그래. 그런데 그 영수라는 꼬마 대단하다. 이틀 전 일을 아직도 기억하고. 크게 될 녀석이야."

김원우는 조금 전 영수에게 최면을 걸었다. 영수는 범인이 피해자의 집에서 나오는 것을 보았다. 자신을 무섭게 쳐다보는 범인의 얼굴은 최면으로도 알아낼 수 없었다. 영수의 무의식이 범인의 무서운 얼굴을 완전히 지워버린 것이다. 하지만 차량번호는 기억해 술술 말했다. 김원우는 그녀에게 영수가 최면에 걸려서 말했다는 사실을 언젠가 때가 되면 말할 생각이다.

"영수라는 아이에게 다른 경찰관들이 찾아와 계속 물어볼까 걱정돼요."

"당분간 우리 두 사람만의 비밀로 하자고."

"네."

그녀가 들뜬 표정으로 말했다.

"너에게 오늘 큰 도움을 받았는데."

그녀가 좋아하니 그의 심장이 빠르게 뛰었다. 사건 말고 개인적인 이야기를 나누고 싶었다. 그녀의 취미가 뭔지 궁금하다. 아니, 이상형이 뭔지 궁금했다. 그의 눈에 커피숍이 보였다.

"저 선배님, 차 한잔 하실래요. 제가 맛있는 거 사드릴게요."

"아니. 그럴 시간이 없어. 지금 빨리 돌아가서 차량 조회해야지. 차는 다음에 하자."

"네."

"미안해."

"아니에요. 생명을 구해주신 선배님과 이런 시간을 가진 것만으로도 영광이에요."

"그렇다면 내가 한결 마음이 편안하네. 오늘 고마웠어. 다음에 봐."

그녀는 자신의 차가 주차된 곳으로 빠른 걸음으로 사라졌다. 그런 그녀의 뒷모습을 그는 아쉬운 표정으로 바라보았다.

*

과학수사실 책상 위에 서류뭉치가 올려져 있다. 차량번호와 차주의 인적사항이 기재된 서류뭉치. 김원우가 말한 차량과 거의 일치하는 차들의 숫자가 142개. 파란색뿐 아니라 다른 색까지도 포함시켰다. 아이의 기억이 정확하지 않을 수 있어서다. 그래도 많지 않아 다행이다.

그녀는 고개를 흔들었다. 하지만 이것도 많다. 이 많은 사람을 찾아가 조사하는 것은 시간이 오래 걸린다. 전국에 흩어져 있는 차 주인들을 일일이 찾아다니고 그들의 행적을 조사하려면 적어도 수사관 20명이 일주일 정도 이 일에 매달려야 한다.

범위를 좁혀보자. 초범이 돈 있는 집만 알아서 터는 것은 불가능하다. 거기다 CCTV를 피하는 방법도 잘 안다. 어느 정도 관련 전과가 있다는 말이다. 전과만으로도 부족하다. 지문 하나 남기지 않았고, CCTV에도 잡히지 않는다. 교도소를 다녀온 자다. 그렇지 않으면 수사관들의 수사 기법을 교묘하게 피할 수 없다.

그녀는 차량번호가 적혀 있는 서류를 내려다보았다. 이 원석들을 추려서 보석을 찾아내야 한다. 차주 하나하나 전과 의뢰하여 동종 전과자를 찾자. 강도, 절도, 살인 등이 들어간 전과자. 그러면 어느 정도 범위가 좁혀진다.

한 사람씩 전과 의뢰하고 전과 기록을 살피는 작업도 시간이 많이 소비된다. 그냥 강력팀에 넘길까? 아니다. 힘들다고 포기하면 나 이지혜가 아니지.

고된 노동의 시간이 지나갔다. 차주들의 전과 기록을 조회하고 하나하나 검토했다. 142명에서 30명으로, 다시 15명으로 점점 줄어들었다. 그리고 마지막 유력한 용의자 2명이 남게 되었다.

[박인식, 절도13범, 최근 대전교도소에서 출소함]
[이충식, 강도3범, 강간2범, 사기1범, 출소한 지 1년 넘음]

이 두 사람은 교도소를 다녀왔고 절도와 강도 전과가 있다. 이지혜는 이제 이 두 사람을 어느 팀에 맡겨야 할지 고민했다.

'망치귀신'을 수사하는 팀은 총 4개. 이들 중 믿을 수 있는 팀에게 이 자료를 넘길 생각이다. 누구에게 맡겨야 할까?

독사 박영철 팀장이 있는 강력1팀.

능구렁이 김희철 팀장이 있는 강력2팀.

공갈9단 조태성 팀장의 강력3팀.

맥가이버 이은범 팀장의 강력4팀.

다들 귀신같은 솜씨를 지녀 우열을 가리기 힘들다. 하지만 조태성과 일하면 편하다. 공갈쳐서 범인에게 자백을 받아내기로 소문난 조태성의 얼굴이 떠오른다.

'여유 있게 일하는 편이 좋겠어.'

수사의 시작

삼겹살 식당 내실에서 지구대 경찰관 열 명이 술자리를 하고 있다. 불안한 시기에 서충길 팀장이 회식 자리를 만들었다. 가중된 업무로 인한 스트레스를 풀자고 만든 자리였다.

사실 팀원들보다 팀장이 더 스트레스를 받고 있었다. 높은 분들이 자주 지구대에 찾아오니 서충길 팀장은 좌불안석이었다. 팀원들은 순찰차를 타고 밖으로 나가면 그만이지만 팀장은 사무실에만 있으니 답답할 노릇이었다. 불만스러운 표정으로 서 팀장이 입을 열었다.

"요즘 관내에서 살인사건 터져 힘들다는 거 아는데. 이럴수록 원칙대로만 하면 돼."

모두 묵묵히 팀장의 말을 들었다.

"원칙대로 하면."

팀장이 말을 멈추고 고개를 숙였다. 갑자기 그가 고개를 번쩍 들고 소리를 버럭 질렀다.

"그놈의 보고서. 보고서. 씨발 왜 맨날 보고하라고 지랄이야."

옆에 앉아 있던 팀의 서무인 장수영 경사가 말했다.

"맞습니다. 범인 잡는 것보다 보고서 만드는 게 더 힘들어요."

박두만이 옆에서 깐죽거리며 말했다.

"서장을 잘 만나야 한다니깐요. 좆같은 서장이 오니까 이런 일이 터지는 거라고요."

팀장은 살인사건이 터지고 나서부터 출근하기가 싫어졌다 이 자리에서 자신보다 더 힘든 사람은 없는 것 같았다. 박두만이 옆에서 위로하는 척 말했다.

"윗분들은 밑에 사람을 조져야 잘 돌아간다는 사고방식을 가지고 있는 것 같아요. 중간에서 팀장님이 고생이 많으시네요."

팀장이 공감하는지 고개를 끄덕였다. 박두만은 그 모습을 보고 흡족한 미소를 지으며 말을 이어갔다.

"팀장님. 저희가 이럴 때일수록 일을 열심히 한다는 걸 보여줘야 합니다. 그래야 윗분들에게 능력을 인정받을 수 있거든요."

"어떻게?"

박두만이 자신보다 어린 후배들을 둘러보며 말했다.

"내일부터 각자 교통스티커 열 장씩 끊자."

모두 스티커 이야기에 눈살을 찌푸렸다. 서 팀장도 스티커는 아니라는 듯이 손을 흔들었다. 박두만은 이를 못 본 척 이야기를 계속한다.

"팀장님. 경찰서 모든 부서가 우리 지구대를 주목하고 있잖습니까. 위기가 기회다, 저는 그렇게 생각합니다."

서 팀장이 소주잔을 빙글빙글 돌리며 말했다.

"씨발! 기회는 무슨."

"아닙니다. 높은 분들은 다 보고 있어요. 위로 올라갈수록 아래가 잘 보입니다."

서 팀장이 술에 취했는지 혀가 꼬여서 말했다.

"야! 잘 보기는. 어떤 새끼를 조질까 하고 보는 거야. 희생양 삼으려고. 개똥 같은 소리 그만하고 술이나 마셔."

다들 말은 안 했지만 날마다 경찰서 과장들이랑 형사들이 지구대를 출입할 때면 은근 심적 부담을 느끼고 있었다. 마치 자신들이 사람을 죽인 죄인처럼 말이다. 모두 이런 불만이 잠재적으로 쌓여 있었다.

"야! 오늘 2차는 없다. 오늘은 1차에서 끝."

"네. 팀장님."

"그러니까 빼지 말고 마음껏 마셔. 치얼스!"

건배하고 모두 잔을 비웠다. 술을 잘 못 마시는 김원우도 벌써 소주를 한 병 이상 마셨다.

서 팀장이 어눌한 말투로 부팀장 김두한에게 물었다.

"오늘 교통과 어디서 음주단속하는지 알아보세요."

고지식한 부팀장이 걱정스럽게 물었다.

"차 끌고 가시게요?"

"술 조금밖에 안 먹었어요."

모두 팀장을 불안한 눈빛으로 쳐다보았다. 부팀장이 마지못해 말려 본다.

"팀장님. 요즘 분위기도 안 좋은데 대리를 부르시죠."

"대리비가 아까워서가 아니라 정신이 말짱해서 그래요."

박두만이 간사한 표정을 지으며 말했다.

"제가 알아보겠습니다. 부팀장님, 걱정하지 마세요. 팀장님 운전 경력이 벌써 삼십 년이 넘었는데 별 걱정을 다 하세요."

박두만이 휴대폰을 꺼내 교통과에 전화했다.

"교통관리계? 순경 누구라고? 응. 나 고담지구대 박두만이야. 그래. 오늘 음주단속 어디서 몇 시에 해? ….그래 알았어. 수고."

모두 박두만을 쳐다보았다. 그는 뜸들이지 않고 말했다.

"지금은 안 하고 이따 새벽 1시에 단속할 예정인데 장소는 아직 못 정했다고 합니다. 아마 이동식으로 할 예정이라고만 말하네요."

"어차피 집에 가면 12시도 안 되니 신경 안 써도 되겠네."

김봉구가 재차 만류한다.

"팀장님, 그래도 하지 마세요."

서 팀장이 주위를 둘러보며 말했다.

"내가 알아서 할 테니까 운전 이야기는 그만. 밖에서 우리 이야기 들을 수 있으니까 모두 운전 이야기는 그만해."

모두 불안한 표정이다.

"다른 사람들이 들으면 오해할 수 있으니까. 편안하게 마시자고. 막내야, 고기 좀 더 시켜라. 술도."

김원우는 팀장이 차를 끌고 가는 것을 막아야겠다고 생각했다. 최면술이 지금까지 잘 먹혔다. 술꾼 김씨와 어린 영수. 이제 팀장에게 최면을 걸어볼 생각이다. 기회를 엿보았다. 팀장이 화장실에 가려고 자리에서 일어났다. 지금이다.

김원우도 비틀거리며 자리에서 일어났다. 약간 어지러웠다. 딸꾹질까지 나오려고 했다. 숨을 멈추고 딸꾹질을 참으며 화장실로 비틀비틀 걸어갔다.

남자 화장실에는 소변기 세 개가 나란히 세워져 있었다. 팀장이 가운데 소변기 앞에 서서 바지 지퍼를 내렸다. 그가 힘을 주자 엉덩이 사이로 트랙터 지나가는 소리가 났다.

"들룩! 드르륵!"

김원우가 인상을 찌푸리며 팀장 곁으로 다가갔다. 팀장이 그를 힐끗 쳐다보더니 자신의 다리 사이를 내려다보았다.

김원우가 호흡을 가다듬고 말했다.

"팀장님. 제 말을 잘 들어보세요. 딸꾹!"

"응."

"팀장님은 이제부터 술을 딸꾹! 마시고 운전대를 잡지 않게 될 거예요. 딸꾹! 왜냐하면 술을 마시면 운전하는 방법을 잊어버리게 될 테니까요."

"평소에 나에게 말도 잘 못하던 녀석이."

"자, 이제부터 술을 마시면. 딸꾹!"

팀장이 볼일을 다 보았는지 지퍼를 올리며 말했다.

"취했어?"

"네? 딸꾹!"

"까불지 말고."

"네."

"볼일이나 보고 나와."

최면술이 전혀 먹히지 않았다. 막아야 하는데, 머릿속이 빙글빙글 돌고 어질어질하다. 술을 너무 많이 마셨다. 결국 그날 팀장은 음주운전으로 귀가했다.

집으로 돌아오는 길에 김원우는 '왜'라는 단어가 계속 머릿속에 맴돌았다.

왜 최면이 안 걸린 거지? 왜?

집중이 안 된 사람이 걸리겠는가? 팀장은 취해서 자신의 말에 집중하지 않았다. 그러면 술꾼 김씨는 왜 걸렸을까?

그렇다. 최면을 거는 최면술사가 문제였다. 정확한 발음과 억양, 사람의 말투에 따라 그 사람에 대한 호감도가 올라가고 신뢰가 형성된다. 최면을 걸려면 상대방과 교감이 되어야 하는데 당연한 결과다. 그는 비틀거리며 다짐했다.

'다시는 실패하지 않을 거야.'

다음 날 팀장은 평소와 다름없는 모습으로 조회를 했다.

"다들 어제 잘 들어갔지?"

박두만이 당연하다는 표정으로 말했다

"1차만 했는데 당연하죠."

"오늘은 사건 주변 지역에 순찰차를 고정 배치하라는 지시가 있으니까 순 345호 근무자는 오전에 거기 가 있어. 오후에는 순 346호 근무자가 배치하고. 2시간 타임으로 현장 교대하라고."

"네."

"오늘 순 345호 첫 근무자가 누구지?"

김원우가 손을 들어 말했다.

"저하고 박두만 경사님입니다."

팀장이 고개를 끄덕이며 말했다.

"그래. 두 사람 신경 좀 써서 근무해줘. 순찰차에 앉아만 있지 말고."

박두만이 웃으며 말했다.

"그야 당연하죠."

팀장은 그가 휴대폰 게임만 하는 것을 잘 알고 있었다.

"순찰차 안에서 휴대폰 보고 있으면 시민들이 욕하니까 휴대폰만 보지 말고."

박두만은 자신은 아니라는 표정을 지으며 말했다.

"누가 차 안에서 휴대폰을 봅니까. 걱정하지 마세요."

팀장이 김원우를 보며 말했다.

"그리고 너."

김원우가 놀라며 대답했다.

"저, 저는 진짜 안 봅니다."

"너 어제 나한테 뭐라고 했지?"

"네?"

"화장실에서 나한테 뭐라고 했잖아."

"그게."

팀장이 부끄러운 표정을 지으며 말했다.

"아니야. 잘했어. 다음에는 꼭 좀 만류시켜 줘."

팀장도 알고 있었다. 음주운전을 해서는 안 된다는 것을. 하지만 술을 마시면 그 생각을 잊는 게 문제다. 그는 일전에 음주운전 사고로 1계급 강등당하고 정직을 먹었다. 그 일만 아니었더라면 지금쯤 지구대장 자리에 있었을 것이다. 아니, 경찰서 과장 자리에 앉아 있었을 것이다. 그는 항상 이런 식으로 다음 날 후회했다.

조회를 마치자 각자 부여받은 임무를 수행하기 위해 일어섰다. 모두 지구대를 빨리 벗어나기 위해 서둘러 나섰다. 곧 형사들과 형사과장 어쩌면 의경이라는 별명이 붙은 좆같은 경찰서장도 지구대에 올 수 있다. 높은 분들을 마주하는 일은 너무나 불편하고 어색하다.

순 345호 근무자가 사건 발생지로 먼저 출발했다. 김원우는 현장에 도착하자 차에서 내려 동네 주민들에게 인사했다. 순찰차 안에서 휴대폰 게임을 하던 박두만이 그 모습을 보고 욕을 했다.

"병신 꼴값은!"

김원우가 미소를 지으며 지나가는 할머니에게 인사를 했다.

"안녕하세요. 행복한 하루 되세요."

"범인은 잡혔어요?"

"아! 그게."

"아직 안 잡혔구만. 이거 불안해서 집에 애들만 두고 다닐 수 있나."

"곧 검거될 거예요. 형사님들이 열심히 수사하고 있어요."

"당신들은 안 잡고?"

"저희도 나타나면 잡죠."

"그 쳐죽일 놈은 아직도 안 잡히고 어디서 뭐 하나 몰라."

*

장은영은 싸구려 원룸에서 생활하고 있었다. 보증금 천에 월 사십만 원. 서울에서 이런 원룸을 구하기란 쉽지 않다. 몸을 팔면서 생활비를 버는데 이제 나이가 들어 점점 힘들다.

이런 찰나에 난데없이 박인식이 나타났다. 그는 그녀의 생활비 걱정을 한 방에 해결해주었다. 같이 살자며 삼천만 원까지 그녀에게 건네었다. 그는 매일 그녀의 집에서 빈둥거리며 돈을 물 쓰듯이 썼다. 매일 맛있는 요리를 사주고 좋은 옷들을 사주니 금방 정이 들었다. 처음에는 보잘것없던 그가 매력적으로 보이면서 첫사랑 같은 존재가 되었다. 사람을 죽였다고 말해도 사랑할 것 같다는 생각을 할 때쯤에 그가 그녀에게 말했다.

"사실 나 도둑놈이야."

"네?"

"남의 집에서 물건을 훔쳐서 생활하고 있어."

"그걸 왜 저에게 말해요."

"사랑하는 사람을 믿어야 하니까."

"그럼 더는 말하지 마세요."

"아니, 그래도 해야겠어. 내 목표가 도둑질로 십억을 모으는 건데 네가 도와줬으면 좋겠어."

믿기 힘든 표정과 존경이 담긴 눈으로 그녀가 말했다.

"십억이요?"

그녀에게는 전혀 이룰 수 없는 꿈이지만 왠지 그는 해낼 것 같았다.

그녀는 그의 목표를 알고 난 후부터는 더욱 헌신적으로 그를 떠받들었다. 그가 말하면 그가 싼 똥까지 치울지 모른다. 거기다 워낙 술을 좋아하는 그녀이지만 그를 위해 금주까지 하고 있었다. 박인식은 술을 못 마시는 건 아니지만 술에 취하면 긴장이 풀린다는 사실을 잘 알기에 술을 마시지 않았다. 긴장이 풀리는 순간 검거된다.

그녀는 경찰에 신고 같은 것은 전혀 생각지도 않았다. 오히려 그가 붙잡히지 않도록 최선을 다해 돕겠다는 마음만 가졌다. 박인식은 그녀가 자신을 배신하지 않을 거라고 확신했다. 그래도 그녀의 행동에 촉각을 곤두세우고 감시했다. 혹시나 배신하려는 움직임이 보이면 죽이고 도망갈 생각이다. 하지만 그녀에게는 전혀 이런 낌새를 드러내지 않고 진짜로 그녀를 좋아하는 사람처럼 행동했다.

평소처럼 그녀가 주방에서 식사를 준비했다. 그런 그녀 곁으로 박인식이 다가와 코를 벌렁거리며 물었다.

"무슨 요리야? 냄새가 좋은데."

"갈비찜 하려고요."

그녀는 그가 준 돈으로 사치를 누리고 있었다. 이런 요리는 설날이나 추석에만 하지 않았던가.

"우와, 맛있겠는데."

그가 그녀의 두꺼운 허리를 꼭 껴안았다.

"이러지 말아요."

"가만있어봐."

그의 손이 그녀의 빨간 원피스 잠옷을 위로 말아 올렸다. 능숙한 손놀림으로 그녀의 팬티 안을 파고들더니 어딘가를 건드리자 그녀의 턱이 위로 올라갔다.

둘둘 말린 그녀의 105 사이즈 팬티가 그녀의 무릎에 걸렸다. 팬티까지 내린 그의 손이 그녀의 한쪽 무릎을 들어 올리자 그녀가 짧게 신음을 뱉었다.

"헉."

자세가 불편한지 그가 말했다.

"엎드려서 발목을 잡아."

"아이 참."

그녀가 이상한 자세로 몸을 숙였다. 그가 그녀의 엉덩이에 자신의 몸을 밀착시켰다. 그러자 파리 두 마리가 한 몸이 된 것처럼 두 사람의 몸이 붙었다. 갈비찜이 타지 않았더라면 두 사람의 몸이 쉽게 떨어지지 않았을 것이다.

"은영아!"

"네."

"나 지방으로 내려갈 생각이야."

"저는요?"

"같이 내려가자."

"정말이죠? 너무 좋아."

"뭐가 좋아?"

"서울 생활이 이제 지긋지긋했어요."

"그래. 그런데 말이야."

"네."

"한 건은 하고 내려갈 생각이야."

그녀가 그의 품속으로 파고들며 말했다.

"자기야. 이제 그 일 그만하면 안 돼요? 너무 위험하고 자기 붙잡힐까 걱정돼요."

"괜찮아. 걱정하지 마."

그녀는 불안한 눈빛으로 그를 바라보았다.

"내가 지정한 장소에 옷들을 놔둬. 한 건 하고 나와서 옷을 갈아입고 튈 생각이니까. 할 수 있겠어?"

그녀가 말없이 고개를 끄덕였다.

"옷들은 어두운 계열의 등산복으로 사줘. 메이커보다는 시장에서 파는 싸구려로 사."

"네?"

그가 오만 원권 지폐 한 묶음을 그녀에게 건넸다.

"가발하고 안경도 사와."

"가발이요?"

"응. 경찰 눈을 피해 변장은 해야지."

그녀도 어쩔 수 없다는 것을 잘 알고 있다. 자신에게는 돈 한 푼 없다. 그가 만일 돈이 없다면 슬프게도 헤어져야 할지도 모른다. 그리고 지금 그의 말을 들으니 붙잡힐 것 같지도 않았다. 전문가다워 더 믿음직스러워 보였다.

"알겠어요."

박인식은 어려운 결심을 했다. 위험하지만 마지막으로 한 건 하고 지방으로 내려갈 결심을 말이다.

*

이지혜는 조태성 팀장을 만나 유력한 살인 용의자 박인식과 이충식의 자료를 건넸다. 매부리코에 날카로운 턱선을 가진 50대 후반의 조태성은 그녀와 서류를 번갈아가며 보았다. 그의 눈빛에 산전수전 다 겪은 노장의 경험이 비쳐 보였다.

그는 두 사람의 기록을 귀찮은 듯 대충 훑어보았다. 그리고 의아한 표정을 지으며 물었다.

"이게 뭐야?"

"방지귀신으로 보이는 유력한 용의자들입니다."

"증거는. 아니 잠깐."

범인이라면 증거는 만들면 된다. 그가 고개를 끄덕이며 말했다.

"이걸 어떻게 알아냈어?"

"그것을 어떻게 알았는지는 팀장님이 밝혀주세요."

그는 그녀를 보며 생각했다.

'무언가 있기는 있군.'

그녀가 건네준 서류를 다시 살펴보았다. 이번에는 건성건성 보는 게 아니라 세밀하게 읽었다. 서류에서 범인의 냄새가 물씬 풍겨나왔다.

"좋아. 이 중에 범인이 있다면 주 공적은 당연히 이 경사에게 안겨주지."

"감사합니다."

"확실하겠지?"

그의 날카로운 눈을 보며 그녀는 생각했다.

'확실해야만 한다.'

그녀가 말없이 자신 있게 고개를 끄덕였다.

"자네가 확신하니 이 안에 범인이 있겠군."

"제가 그동안 망치귀신의 행적을 연구해본 결과, 이자는 낮에 범행을 저질러요. 그렇다면 피해자를 물색할 때도 낮에 활동할 가능성이 큽니다. 이런 수법은 쉽게 변하지 않죠. 두 번째, 이자는 돈이 많은 집을 귀신처럼 찾아내고 흔적을 남기지 않습니다. 세 번째, 범행의 대범함을 보면 교도소를 자주 출입한 전과자 그것도 상당히 오랜 기간 수감되었던 자일 거예요. 이 두 용의자가 그 부분에서 많이 일치합니다."

"그 정도는 나도 알고 있어. 그거 말고 더 있겠지?"

말은 그렇게 했지만, 그는 그녀를 인정했다. 지금 수사팀은 사건을 원한관계가 있는 면식범의 소행으로 보고 피해자 주변만 수사하고 있었다. 그럴 수밖에 없는 것이 피해자의 집에서 너무나 많은 현금이 없어졌다.

분명 집안에 2억 원이 넘는 현금이 있는 것을 잘 아는 면식범일 거라고 그는 생각하고 있었다.

이로 인하여 피해자와 가까운 지인들이 형사들에게 고초를 겪었다. 고인의 가족들까지 조사를 받았다. 가족들은 피해자가 죽은 것도 슬픈데 의심까지 받으니 이런 수사팀이 어이없고 괘씸하다고 생각하였다. 수사팀을 검찰에 고발하고 청와대 게시판과 국민신문고 등에 수사팀 교체를 요구하는 글을 올렸다.

조태성은 가족들의 행동을 당연하다고 생각했다. 형사는 욕먹는 직업이다. 범인을 잡기 전까지는 더 심한 욕설도 감내해야 한다.

이지혜가 돌아간 후 그는 그녀의 말들을 수첩에 적었다.

1. 낮에만. 왜?
[오전 시간에는 사람이 없다. 이것도 하나의 수법이다. 인간의 성격이
안 바뀌듯이 한번 형성된 수법도 바뀌지 않는다.]
2. 돈 많은 집을 어떻게 찾아낼까?
[정원이 있으니 돈이 있어 보이잖아.]
3. 전과자. 왜?
[범행수법이 대범하고 경찰 수사망을 잘 피하고 있다.]
4. 둘 중 하나가 진짜다. 누굴까?
[…?]

조금 전 그녀의 말이 머릿속을 맴돌았다.

'그것을 어떻게 알았는지는 팀장님이 밝혀주세요.'

팀장님이 밝혀주세요. 팀장님이 밝혀주세요. 좋아. 이제부터 내 일이나. 살인까지 저지른 녀석이라 조용히 있지는 않을 것이다. 다시 활동할

거라는 게 느껴진다. 또다시 범행을 저지르기 전에 막아야 한다.

내가 범인이라면 어떻게 할까? 안전한 곳에서 은신하고 있겠지. 누구도 생각할 수 없는 곳에. 가장 좋은 은신처는 애인이 사는 집이다. 망치귀신에게도 숨겨둔 애인이나 내연녀가 있겠지. 돈이 많으니까. 대한민국은 돈으로 안 되는 게 없는 나라다. 심지어 청부살인도 쉽게 이루어지고 있다.

그는 자신의 팀원들을 불렀다. 팀원들이 모두 모이자 그가 명령 투로 말했다.

"막내야, 이거 다섯 부 복사해."

그녀가 가져온 자료를 복사해 팀원들에게 나누어주었다. 모두 자료를 꼼꼼히 살펴보았다.

"문영이는 여기 용의자들 연락처부터 파악해."

"네, 팀장님."

"기철이는 이 용의자들과 가까운 지인을 찾아봐. 교도소 동기들이면 더 좋고."

"알겠습니다."

"남은 사람들은 나와 함께 이 두 사람의 교도소 출소 이후 행적을 파악한다. 이상."

모두 일어나 각자의 임무를 수행하러 이동했다.

갑자기 형사과 사무실이 썰렁해졌다. 다른 수사팀도 망치귀신에 대한 단서를 찾기 위해 분주하게 외근 중이었다. 심지어 사무실에는 당직 형사마저 없었다. 모두가 떠난 빈 사무실에 전화벨 소리가 시끄럽게 울렸다.

따르릉, 따르릉.

한참 울리더니 전화가 끊어졌다. 사무실 출입문이 열리고 형사 한 명이 급히 들어왔다. 그는 무언가를 놓고 갔는지 책상 서랍을 뒤져서 필요한 물품을 챙겨 서둘러 밖으로 나가려고 몸을 돌렸다. 이때 전화벨이 다시 울렸다.

따르릉.

나가려던 건장한 체구에 형사가 돌아서서 전화를 받았다.

"감사합니다. 형사과 강력1팀 경사 강두원입니다."

기계적인 멘트를 날리자 상대방이 정중하게 인사를 했다.

"안녕하세요. 저는 한양보험사 보험조사팀에서 근무하는 조사관 김인규라고 합니다."

강두원은 보험조사관이라는 단어를 듣자 인상을 구겼다.

'귀찮은 친구에게 전화가 걸려왔군.'

강 형사의 말투가 약간 퉁명스러워졌다.

"네."

"다름이 아니라 보험사기로 의심되는 일이 있어서 문의 좀 드리려고 연락하였습니다."

강 형사의 양 미간이 좁혀졌다.

'보험사기! 문의는 무슨? 자기 업무를 떠넘기려고 하면서.'

강 형사의 말투가 더욱 퉁명스럽다.

"그래서요."

"혹시 임기수와 김순희 부부에 대해서 사건 접수된 것이 있을까요? 그분들 주소가 서부서 관할이라 여쭈어봅니다."

"무슨 내용인지 자세히 말씀해보세요."

"남편 눈이 실명되었는데 매우 이상해요. 부인이 이런 일이 일어날 것을 예상한 것처럼 장애 특약에 보험금을 많이 넣어서 매우 의심이 가는 상황입니다. 거기다 갑자기 실명이 되셔서 의아한 점들이 많습니다."

실적이 되는 사건이기는 하지만 현재 망치귀신 때문에 수사할 여력이 없다. 그렇다고 무시할 수도 없었다.

"주민등록번호와 인적사항 좀 알려줘 봐요. 확인해볼 테니."

"아 네. 감사합니다. 남편 분 인적사항이⋯."

전화를 끊은 강 형사는 이 부부를 조사해볼 필요가 있다는 촉이 왔다.

"망치귀신 때문에 바빠 죽겠는데 이것까지 신경 써야 하나."

문제 있는 집이라면 지구대에서 어느 정도 파악하고 있을 거다. 딱 거기까지만 조사하고 망치귀신이 검거되면 다시 알아보자. 생각을 정한 강 형사가 고담지구대에 전화를 걸었다.

*

교대 시간도 아닌데 많은 경찰관이 좁은 공간에 있으니 답답함마저 느껴졌다. 지구대 벽에 걸린 텔레비전에서는 월드 스타 손흥민이 해외에서 축구경기를 하는 녹화 방송이 나오고 있다. 지구대 경찰관들이 순찰을 나가지 않고 손흥민의 경기를 보면서 쉬고 있었다.

지구대에는 네 개의 팀이 있는데 팀마다 특성이 있다. 김원우가 속해 있는 팀은 '개판오분전'이라는 단어가 어울리는 팀이었다. 몇몇 미꾸라지 같은 동료들 때문에 팀 분위기가 완전 개판이었다.

사무실 유선 전화가 울렸다.

따르릉, 따르릉.

많은 경찰관이 있었지만 모두 전화를 받지 않았다. 팀장은 스트레스가 쌓였는지 휴가를 내고 오늘 나오지 않았다. 팀장이 있었으면 누군가 나서서 전화를 받았을 것이다. 팀장까지 없으니 정말 막장 드라마처럼 개판이었다.

전화가 계속 시끄럽게 울렸다. 받아봐야 민원인에게 시달릴 게 분명하다. 고소 고발 사건에 대해 물어보거나 교통범칙금 문제로 귀찮게 할 게 뻔하다. 아니면 늦은 시간 사내의 목소리를 듣고 싶어 하는 발정 난 두산 위브 108동 박성희 미친년일지 모른다. 그녀는 '사랑해'라는 말을 들어야 전화를 멈춘다. 모두가 저절로 전화가 끊어지길 기다렸다.

따르릉, 따르릉.

그때 지구대 출입문이 열리고 순찰을 마친 김원우와 권석우가 들어왔다. 박두만이 들어오는 김원우를 보며 소리쳤다.

"막내야! 뭐 하냐? 전화 받아야지."

"네."

김원우가 서둘러 전화기 쪽으로 다가갔다. 하지만 권석우가 그보다 더 빨리 성큼성큼 걸어가더니 전화를 받았다.

"감사합니다. 고담지구대 순경 권석우입니다."

김원우는 권 선배를 보며 감탄했다. 성실성과 적극적인 행동은 단연 으뜸이다. 그런 그가 열심히 무언가를 적으며 통화를 했다.

"네. 네."

뭘까? 김원우는 궁금했다. 자신이 받아야 할 전화였으니 더욱 궁금했다.

전화를 끊고 그가 말했다.

"저기 혹시 역마로 9가길 2, 이 주소로 신고출동 나가신 분 계세요? 강력팀에서 물어볼 것이 있다고 하는데요."

"야. 주소지 말해봐야 소용없어. 신고사건 목록으로 조회해봐."

김원우는 서둘러 신고 내역을 조회했다.

"이 주소는 가정폭력 신고 1건이 접수된 게 있는…. 어?"

"뭐야?"

"어. 여기는."

"김 순경. 뭐가 있어?"

115

"여긴 저와 박두만 선배님이 출동 나간 곳인데요."

휴대폰 게임을 하던 박두만이 고개를 들었다.

"어디? 누군데?"

"선배님, 그 남편이 자해한다고 얼마 전에 신고 들어온 곳입니다."

"아, 거기. 깨끗하잖아. 권 순경! 형사과 누구한테 전화 왔어?"

"강두원 경사라고 하던데요."

"내가 말해줘야겠다."

평소엔 잘 나서지도 않던 박두만이 형사과로 전화를 걸었다.

"고담지구대 박두만 경사입니다. 제가 거기 신고출동 나가서 잘 알고 있습니다. 네. 거기는 남편이 미친놈이에요…. 아내가 불쌍하죠. 며칠 전 다녀왔는데 여자는 착해요. 요즘 여자 같지 않아요. 남편이 정신병이 있는지 약을 먹더라고요. 우울증 약이요…. 거기는 남편만 문제가 있고 다 정상이에요. 남편이 개새끼라니까. 맞아요. 사람 새끼라면 그런 여편네를 두고 1년간 놀겠어요. 근데 왜 그러시죠? 남편이 실명되었다고요…. 아이고야. 아내만 불쌍하게 되었네요."

박두만이 고개를 계속 끄덕인다.

"문제없는 집이에요. 제가 장담해요. 네. 수고하세요."

박두만이 전화를 끊고 다시 휴대폰 게임에 몰두했다.

모두 별일 아니라 생각하고 하던 일을 했다. 하지만 김원우는 아니었다. 그녀가 남편을 해코지했다는 생각이 들었다. 이를 박두만에게 말해봐야 소용없을 것이다. 김원우는 수첩을 꺼내 '김순희'라는 이름을 적었다. 분명 남편에게 해코지했을 거다. 왜? 이유를 알면 좋을 텐데.

담당 형사와 통화를 해봐야겠다. 망치귀신을 잡는 것도 급하지만 이 사건도 중요하다.

망치귀신의 검거

김순희는 보상팀에게 어서 치료비를 달라고 재촉했다.

"병원 치료비와 간병인 비용이 만만치 않아요. 이른 시일 안에 입금해주셨으면 좋겠어요."

보상팀에서는 조사팀에 의뢰했다는 것을 말하지 않고 시간을 끌었다.

"네. 저희도 최대한 빨리 보상금이 나가도록 하겠습니다."

그녀는 너무 재촉하면 의심받을 수 있기에 더는 재촉하지 않았다.

"조금만 서둘러주시면 고맙겠습니다."

그녀는 시간이 조용히 흘러가기만을 바랐다. 병원에서는 남편이 실명된 정확한 이유를 찾지 못했다. 각막을 바늘로 찔렀다고 말하지 않으니 병원에서도 이유를 몰라 정밀검사만 계속했다.

책상 서랍에서 다이어리를 꺼내 앞으로의 계획을 깔끔하게 정리했다. 시어머니와 함께 잠을 자고 있던 남편이다. 누가 의심을 하겠는가! 그동안 이 일을 위해서 남편 스스로 자해하도록 꾸며왔으니 조용히 끝날 것이다. 계획대로 장애보험금을 타고 잠잠해지면 집을 태울 것이다. 남편과 함께 활활. 그가 사라지고 거액의 화재보험금과 사망보험금만 남겠지.

상상만으로도 즐겁다. 김순희가 웃었다.

"호호."

건너편에 있던 회사 동료가 그녀를 쳐다보았다. 동료는 실적 부진으로 저기압 상태다. 자신보다 실적이 안 좋은 그녀가 웃고 있으니 의아한 눈으로 쳐다볼 수밖에.

그녀는 그런 시선을 신경 쓰지 않고 더 크게 웃었다.

"호호."

동료의 못마땅한 시선도 오늘따라 왜 이렇게 재미있어 보이는지 모르
겠다.

*

박인식은 그녀의 원룸에서 최대한 편안한 자세로 누워 드라마를 시청
하고 있었다. 평안함을 깨듯 그의 휴대폰이 울렸다.

'빠밤바~ 빠라밤~.'

그가 일어나 번호를 확인했다. 모르는 번호가 화면에 뜨자 받을지 말
지 고민했다. 아쉬우면 다시 연락 오겠지. 전화를 무시했다. 5분 후에
다시 벨이 울렸다.

'빠밤바~ 빠라밤~.'

같은 번호다. 느낌이 좋지 않지만 피할 수만은 없다.

"여보세요."

"인식이 형! 잘 지냈어요? 저 형민이에요. 대전에서 같은 방 쓰던."

"누구라고?"

"5234호. 박형민이요."

"5234호?"

"네, 형님. 얼굴 한번 뵙고 싶어 연락드렸어요."

"그래. 반갑다. 그런데 내 번호는 어떻게 알고."

"4673호 형님이 알려주셨어요."

수감번호 4673은 아직 형기가 끝나지 않았다. 그는 내 번호를 아는
몇 안 되는 지인이다.

"형님. 어디 계세요? 드릴 말씀도 있고 해서 찾아뵙고 싶은데요."

"무슨 할 말?"

"이번에 좋은 건수가 생겨서 형님도 껴드리려고요."

"무슨 건이야?"

"30억짜리 비즈니스를 전화로 말하라고요."

액수가 크다. 큰 액수라 의심스럽지만 놓치고 싶지 않다.

"30억?"

"네. 30억이요."

큰 건을 의논할 정도로 5234호와 내가 친했던가? 의심해볼 만한 상황이다.

"40억이라면 만나서 얘기해야지. 어디가 좋을까?"

"형님 편한 곳으로 잡으세요."

다시 확인하자.

"정말 나랑 40억 일을 할 거야?"

"물론입니다. 형님 솜씨가 필요한 일이거든요."

형사들이 시켰다. 30억을 40억이라고 말했는데 숫자에 반응을 보이지 않다니. 내 위치가 노출되었다. 최대한 자연스럽게 시간을 끌어야 하는데.

"좋아. 3호선 타고 불광역 4번출구에서 만나면 어떨까?"

"시간은요?"

시계를 보니 오후 두 시다. 짐을 챙겨 도주하려면 한 시간 정도 필요하다.

"세 시에 볼까?"

"네, 형님. 그럼 그때 뵙겠습니다."

이곳에 형사들이 금방 들이닥칠 것이다. 휴대폰 위치추적을 하였을 터이니.

아닐 수도 있지만, 모험할 수는 없다. 내 패는 약하고 상대의 패는 알수 없다. 이럴 때는 죽는 게 상책이다. 어서 짐을 챙겨 이곳을 벗어나자. 그는 가발 등을 사러 나간 그녀에게 문자를 남겼다.

[잠깐 시골 좀 내려갔다 올 거야. 혹시 경찰이 오면 나에게 문자로 알려줘. 침대 밑에 금목걸이 등은 남겨두니까 절대 팔지 말고 잘 보관해.]

침대 밑에 숨겨둔 금붙이들을 모두 가방에 쓸어담았다. 그녀도 믿을수 없다. 시간을 벌기 위해 장물이 있다고 속인 것이다. 곧바로 그녀에게 전화가 걸려왔다.

'빠밤바~ 빠라밤~.'

전화 받을 시간이 없다. 빨리 짐을 챙겨야 한다. 지문이나 모발들을 제거하고 나가야 하나?

아니다. 그럴 필요가 없다. 이곳에 형사들이 출동한다면 내 신분이 노출되었다는 뜻이니 굳이 치우지 않아도 된다. 최대한 빨리 이곳을 벗어나자.

*

조태성은 그의 앞에서 떨고 있는 절도범 박형민을 노려보았다. 마치 독사가 눈앞에 있는 작은 먹잇감을 노려보는 것처럼.

"어때, 나올 것 같아?"

절도범이 조심스럽게 입을 열었다.

"믿지 못하는 것 같은데요."

"나도 그렇게 생각해."

절도범이 웃으며 말했다.

"이제 수갑은 풀어주셔야죠."

"까불지 마."

"네?"

"이게 어디서 눈알 굴리고 있어."

"반장님 이러시면…. 아, 진짜 너무하시네. 저 못 믿나요?"

"김 형사! 이 자식 유치장에 도로 넣어. 문형아! 상황실에 기지국 위치 파악되었으면 빨리 알려달라고 연락해."

순수한 표정을 짓던 절도범의 표정이 일그러졌다.

"야 이 개새끼야. 씨발. 날 이용한 거니?"

조태성이 빙긋 웃으며 말했다.

"강 형사. 녹음해. 공무집행방해까지 추가로 엮게."

그의 표정이 다시 급변한다. 억울한 표정을 지으며 애원하듯 말한다.

"반장님. 이것만 협조하면 나갈 수 있게 해준다고 하지 않았습니까."

"내가?"

"네."

"언제?"

*

CCTV 통합관제센터 요원들이 배당받은 구역의 CCTV 화면을 지켜보고 있다.

삐익 삑!

버저음이 울리자 소리가 난 곳으로 관제센터 요원들이 고개를 돌렸다.

몹시 뚱뚱한 여성이 자신의 구역에서 버저음 소리가 나자 그곳의 위치를 확인했다. 그러고는 익숙하게 책상 위에 놓인 무전기의 송신키를 두꺼운 손가락으로 누르며 말했다.

"용의자 차량 발견하였습니다. 북한산 방면으로 진행 중. 서부서 상황실은 확인 바랍니다. 다시 말하겠습니다. 서부서 강력3팀에서 긴급수배 요청한 차량 발견. 서부경찰서 상황실은 확인하여 주시기 바랍니다."

그녀는 몸과 비교하면 목소리는 가늘고 매우 여성스러웠다.

*

서부경찰서 상황실은 현재 준전시 체제였다. 관내에서 살인사건이 터져버렸으니 어쩔 수가 없다. 여러 개의 현황판과 관내 지도와 우범자들의 동선 등이 벽면에 설치되어 있고, 수시로 이곳에서 브리핑이 진행되었다.

상황실 요원들은 전화 통화 중이거나 지구대 순찰차에 무전을 날리며 지시를 내리고 있었다. 이때 무전기 스피커에서 아름다운 여자 목소리가 흘러나왔다.

"치칙. 서부서 강력3팀에서 긴급수배 요청한 차량 발견. 서부경찰서 상황실은 확인하여 주시기 바랍니다."

무전을 듣던 김무훈 경사는 이 여인이 무척이나 아름다울 거라고 생각했다.

'목소리가 차분하고 여성스럽다. 아마 무척 가냘픈 몸매를 가졌겠지.'

상황실 지령요원 김무훈 경사가 부드럽게 응답했다.

"잘 알겠습니다."

무전 내용을 듣고 있던 상황실장 박도건 경감이 그의 앞으로 급히 다가왔다.

"무슨 일이야?"

"강력3팀에서 수배 걸어둔 차가 발견되었답니다."

"강력3팀이라고 그랬지?"

"네."

박도건은 공갈9단 조태성으로부터 대충 이야기를 들어 알고 있었다. 몇 건의 살인사건과 연관이 있는 차가 드디어 발견된 것이다.

"드디어 걸렸다, 망치귀신."

김무훈은 자신의 귀를 의심했다. 최근 악명을 떨치고 있는 망치귀신이 타는 차라니. 이곳이 준전시 체제인 것도 다 그자 때문이 아닌가. 지금 이 자를 검거하면 특진은 떼 놓은 당상이다.

"망치귀신이요?"

어지간한 일에는 나서지 않는 박 경감이 무전기 앞에 앉았다.

"김 경사, 내가 무전 날릴게."

"네. 실장님."

"뚜두. 상황실장이 일방 지시한다. 각 지구대 순찰차와 형사 기동은 긴급배치 장소에 도착하여 검문검색하기 바란다. 용의자가 탄 용의차량 번호는 충남 86 라, 라디오 라에 9867호 파란색 1톤 화물트럭으로 지금 북한산 방면으로 이동 중이다."

무전을 날리고 순찰차들이 이동하는지 한쪽 벽면을 바라보았다. 순찰차들의 실시간 동선이 커다란 전광판에 표시되고 있다. 빨간 불빛들이 깜빡였다. 불빛 위로 순찰차 번호가 적혀 있다. 멈춰 있던 빨간 점들이 이동하는 모습이 보인다.

"뚜두. 각 지구대 형사 기동은 지금 즉시 긴급배치 장소로 이동 바란다, 중요 용의자가 탄 차량번호는 충남 86 라, 라디오 라에 9867호 파란색 1톤 화물트럭이다."

지구대와 파출소에 대기 중이던 빨간 점들까지 움직이기 시작했다. 박 경감은 마지막까지 멈춰 있던 빨간 점이 이동하자 전광판에서 고개를 돌렸다.

*

고담지구대 순찰팀원들도 상황실의 무전을 듣고 긴급배치 장소로 이동했다. 박두만과 김원우도 지구대 주차장에 세워둔 순찰차에 올라탔다. 얼떨결에 순찰차에 탄 박두만이 김원우에게 물었다.

"무슨 난리야?"

"살인 용의자 차량이 발견됐나 봐요."

"그러면 형사들이 잡겠지."

"혹시 모르잖아요. 우리 앞으로 지나갈지."

"야! 내가 경찰 생활 20년 넘게 해봤지만, 그 흔한 도둑놈 한 명 못 잡아봤어. 그런데 우리가 잡겠냐? 꿈도 야무지네."

제발 불평 좀 그만했으면 좋겠다. 김원우는 순간 이런 생각이 들었다.

'박두만을 상대로 최면을 걸어볼까?'

"김 순경. 우리는 그냥 대충 한적한 곳에 차 세워두자고."

"이번에는 분위기가 심상치 않으니 근처라도 가보시죠."

"운전대를 네가 잡았으니 알아서 해. 나는 네가 고생할까 봐 말한 거니까."

"네."

차가 막혀서 경찰 사이렌을 켰다. 차들이 양보해주기 시작했다. 목적지까지 5분 이내에 도착할 것 같다. 무전기에서 다급한 목소리가 들렸다.

"뚜두. 역수로1길 KT 건물 방향으로 용의차량 도주한다."

김원우의 눈이 커졌다. KT 건물이면 여기서 가깝다.

"저, 선배님."

고개를 돌려보니 그는 이미 잠이 들었다. 저렇게 자는 것도 능력이라면 능력이다. 내 판단대로 행동하자. 긴급배치 장소에서 약간 벗어나기는 하지만. 목적지로 가기 위해 유턴을 했다.

KT 건물 방면으로 1㎞쯤 진행하던 김원우는 깜짝 놀라 자신의 눈을 의심했다. 멀리서 파란색 화물차량이 순찰차 방향으로 오고 있는 게 보였다. 무전에서 말한 용의차량이었다.

"선배님."

불러도 대답이 없다.

"저 차가 맞는 거 같은데. 선배님."

달려오던 파란 화물차가 순찰차를 보더니 방향을 바꾸었다. 너무 급하게 차선을 변경했는지 옆 차선으로 진행하던 승용차와 충돌했다.

콰쾅.

충격을 받은 파란색 화물차가 지그재그로 움직이더니 또 다른 차량과 연쇄적으로 부딪혔다. 화물차는 범퍼와 조수석쪽 바퀴가 심하게 망가져버렸다. 굴러가기는 하겠지만 속도를 내기는 어려워 보인다.

화물차에서 박인식이 비틀거리며 내리더니 인도로 달리기 시작했다. 김원우는 순찰차를 급히 길가에 세우고 차에서 내려 그를 쫓았다.

어깨에 견착된 무전기를 손에 쥐고 무전을 하면서 달렸다.

"치칙. 용의자 수정병원 방면으로 차를 버리고 도보로 도주 중."

"뚜두. 용의자 인상착의 설명 바람."

달리는 용의자의 모습이 검고 흐리게 보였다.

"용의자는. 헉헉. 검은색 상하의를 입었으며, 헉!"

김원우가 놀라 무전을 멈추었다. 용의자가 돌아서서 자신이 있는 방향으로 달려왔기 때문이다. 용의자의 뒤에는 지구대에서 자주 보았던 삭막한 인상의 형사들 한 무리가 그를 쫓고 있었다. 그는 형사들을 보고 놀라 방향을 바꾼 것이다.

그런데 하필 또 그의 앞에 지구대 경찰관이 서 있다. 그는 순간 당황했지만 그것도 잠시뿐이고 곧장 김원우가 있는 쪽으로 달렸다. 형사들보다는 지구대 경찰관을 상대하기가 수월할 것으로 판단한 것이다. 그는 마른 체형의 김원우를 쓰러뜨리고 도망칠 생각을 했다.

형사들이 그를 바짝 쫓으며 소리쳤다.

"멈춰, 새끼야."

"지구대! 거기 막아."

김원우가 긴장하며 양팔을 벌렸다. 놓치면 안 된다. 꼭 잡아야 한다. 그때 그의 등 뒤에서 익숙한 목소리가 들렸다.

"김 순경! 비켜."

그리고 퍽 하는 소리와 함께 김원우의 몸이 붕 하고 공중으로 날아올랐다. 박두만이 어깨로 사정없이 그를 받아버린 것이다. 김원우가 의식을 잃으며 바라보니 박두만이 웃으며 양팔을 벌리고 서 있는 게 보였다. 살인범을 검거하겠다고 동료를 밀어버렸다.

*

병원 응급실 침대에서 김원우가 눈을 떴다. 그를 걱정스럽게 바라보는 지구대 동료들의 모습이 보였다.

팀장이 위로하듯이 말했다.

"가벼운 뇌진탕이래. 이틀 병가처리 했으니까 푹 쉬어."

그 말에 머릿속에서 궁금했던 상황이 정리되었다.

"범인은 잡았나요?"

"응."

"다행이네요."

"이제 지구대 고생은 끝났어. 맘 편히 쉬고 나와."

"네, 팀장님. 그런데 누가 검거했나요?"

옆에 서 있는 박두만의 표정이 좋지 않다. 그의 얼굴에는 커다란 반창고가 붙어 있었다. 팀장이 질문에 대답하지 않고 박두만과 김원우를 번갈아 보더니 말했다.

"편히 치료받아. 걱정하지 말고."

"네. 감사합니다."

"그럼 우린 가볼게."

응급실 밖으로 나가는 동료들의 목소리가 들렸다. 박두만이 투덜거리는 소리가 여기까지 들린다.

"저 병신만 아니었어도 제가 검거했다니깐요, 팀장님."

"그만하라고. 자네 왜 그래?"

"아무도 제 말을 안 믿어주니까 그러죠."

"믿어. 믿는다고."

그들의 목소리가 점점 멀어져갔다.

팀장 말로는 가벼운 뇌진탕이라고 했는데 생각보다 가볍지 않았다. 박두만이 얼마나 세게 들이받았는지 움직일 때마다 골이 흔들렸다. 속이 울렁거리고 토할 것 같았다.

응급실로 머리가 베토벤처럼 보이는 남자가 들어왔다. 베토벤이 다가와 말했다.

"어떠세요?"

"어지럽고 토할 것 같아요."

베토벤이 옆에 서 있던 간호사를 보며 말했다.

"CT 촬영 준비해주세요. 선생님, 뇌좌상이나 급성 경막외출혈 등의 문제가 있는지 살펴보겠습니다."

"네."

"혹시."

"네."

"미세출혈이 보이면 뇌 MRI도 고려해봐야 합니다."

말하기 힘들어 고개를 끄떡이고 싶었다. 하지만 머리를 숙이자 또 어지러워 간신히 대답했다.

"네."

그 의사는 간호사들에게 무슨 말인가를 하고 응급실을 나갔다.

곧 간호사들이 이동식 침대에 김원우를 눕혔다. 잠깐 움직였는데 어지러웠다. CT 촬영실로 이동하면서 생각했다.

'몸을 강하게 할 필요가 있다. 경찰업무 특성상 몸을 쓰는 일이 많으니 강해져야 한다.'

피부가 하얀 간호사가 병원 마크가 새겨진 옷을 주며 말했다.

"가운만 입고 나오세요."

겨우 일어나 탈의실로 걸어 들어갔다.

몸을 강하게 만들자. 범인보다 훨씬 강해져야 한다.

병원에 입원하고 다음 날이 되었다. 병실은 4인실이지만 현재 2명만 입원 중이었다. 함께 병실을 쓰고 있는 남성은 50대 후반의 남자인데 쉬지 않고 과자 등을 먹고 있었다.

과자를 먹던 환자가 김원우에게 관심을 보였다. 그는 과자를 일회용

그릇에 담아 김원우에게 건네며 말했다.

"어이, 젊은 친구. 무슨 일 해?"

전부 맛없어 보이는 과자뿐이다.

"감사합니다. 잘 먹겠습니다. 공무원 하고 있습니다."

"지금은 공무원이 최고지. 좋은 직장 다니고 있는데, 결혼은?"

"아직."

똑똑. 노크 소리와 함께 베토벤이 검진하러 병실로 들어왔다. 베토벤은 나이가 많은 환자에게 먼저 다가가 말했다.

"나상수 씨. 이제 퇴원하세요."

"벌써요?"

"네."

"너무 빠른 거 아닌가요?"

"치료할 게 없어요."

불만 섞인 표정으로 나상수가 말했다.

"조금 더 있고 싶은데. 꼭 나가야 해요?"

베토벤이 그 환자를 무시하고 김원우에게 다가왔다.

"김원우 씨. 약 잘 먹고 있죠?"

"네. 저는 언제쯤 퇴원할까요?"

"김원우 씨는 경과 좀 보고 내일 다시 얘기합시다."

말을 마친 베토벤이 휙 하고 돌아섰다. 들어오고 나가는 데 1분도 안 걸렸다.

담당 의사가 나가자 나상수가 말했다.

"근데 무슨 공무원이야?"

"경찰공무원이요."

"경찰?"

"네."

"경찰이 왜 다친 거야?"

동료가 뒤에서 밀어 다쳤다고 하면 어떤 반응을 보일까? 공무원 직업이 최고라고 말했는데 아마 비웃겠지.

"범인을 검거하다가."

"저런."

"경찰관이면 몸이 튼튼해야지. 범인에게 얕보이지 않게 말이야."

맞는 말이다. 몸을 강하게 할 필요를 다시 느꼈다.

솔직히 살인범이 달려올 때 그의 눈빛이 무서워 피하고 싶었다. 경찰복을 입고 있지 않았다면 피했을지도 모른다.

경찰이라는 직업 특성상 또다시 흉악범과 마주할 일이 생길지 모른다. 그때는 지금처럼 당하면 안 된다. 어떻게 몸을 강하게 만들 수 있을까.

킥복싱을 배우러 다닐까? 그건 별로다. 종합격투기나 주짓수는 어떨까? 좋은 운동이긴 하지만 시간과 노력이 많이 든다. 단기간 내에 몸을 강하게 할 방법이 없을까?

병실 침대에 누워 이 문제를 곰곰이 생각했다. 그럴싸한 방법이 떠올랐다. 바로 최면이다. 최면 공연을 관람하던 때가 생각난다. 어둡고 몽환적인 무대가 생생하게 기억났다.

"저는 운동을 좋아하는 사람이 되고 싶어요."

"운동하고 싶은 이유라도 있으세요?"

"몸짱…. 몸짱이 되고 싶어요."

최면이 끝나자 탈북민이 자리에서 일어나 인사를 하고 자신의 좌석으로 돌아갔다. 역도선수처럼 양팔을 벌리고 팔자로 걸어가는 모습이 금방 몸짱이 될 것처럼 보였다.

감았던 눈을 떴다. 운동을 좋아하는 남자가 되도록 최면을 걸자. 이게 가능할지 모르겠다. 휴대폰을 꺼내어 녹음 기능을 작동시켰다. 휴대폰에 입을 가까이 대고 차분하게 말했다.

"편안하게 눈을 감으세요. 온몸에 기운을 빼고 편안하게 눈을 감습니다. 하나, 둘, 셋. 딱. 이제 김원우 당신은 운동을 좋아하게 됩니다. 운동광이 됩니다. 운동하면 잠을 안 자도 피곤하지 않습니다. 운동하면 피곤해지지 않습니다. 몸이 점점 강해집니다. 이제 하나 둘 셋을 외치면 눈을 뜨세요. 하나, 둘, 셋, 딱."

녹음을 마치고 스스로 최면을 걸 준비를 했다. 마침 병실에는 아무도 없었다. 아마 나상수라는 환자는 간호사들 몰래 외출하였을 것이다. 전등을 끄고 편안하게 심호흡을 시작했다.

*

이틀 후, 지구대로 김원우가 출근을 했다. 출근해보니 박두만이 보이지 않았다. 궁금함을 참지 못하고 친한 권석우 선배에게 물어보았다.

"선배님, 박 경사님이 보이지 않네요."

"박 경사님 2주간 병가 내셨어."

"네?"

"망치귀신 검거되고 다음 날 쓰러지셨어."

"왜 쓰러지셨대요?"

"그날 망치귀신이 앞을 막는 박 경사님 얼굴에 주먹을 한 방 날렸나 봐. 주먹을 정통으로 맞고 쓰러지셨지. 그런데 망치귀신 펀치가 장난 아닌가 봐. 검거할 때 형사들도 많이 다쳤대. 나중에 들은 얘긴데 그 망치귀신 말이야."

131

"네."

"교도소에 있을 때 하루에 턱걸이를 500개씩 했던 놈이래."

"500개요?"

"그래. 그런 놈의 주먹을 정통으로 맞았으니 무사할 리 있나. 박 선배는 괜찮은 줄 알고 그날 네가 있는 병원까지 찾아갔잖아. 정작 본인이 심각한 줄도 모르고 말이야."

"박 경사님 지금은 어떻게 되었어요?"

"어떻게 되긴. 후유증이 생겨 병원에 입원해 있지. 평소엔 나서지 않던 분이. 그러니까 사람은 안 하던 짓을 하면 탈이 생겨."

"그렇군요."

김원우는 이야기를 듣고 나서 팔굽혀펴기 자세를 잡았다. 권석우는 그의 뜬금없는 행동에 웃으며 말했다.

"너 지금 뭐 하냐?"

"몸 좀 튼튼하게 만들려고요. 지난번 같은 일을 겪지 않으려고요."

"그래. 좋은 생각이다."

잠깐이지만 팔굽혀펴기를 했다. 일어나 출입구를 보니 턱걸이를 할 만한 공간이 보였다. 김원우는 지금까지 턱걸이 다섯 개가 한계였다. 몸을 날려 턱걸이 자세를 잡았다.

"하나. 둘."

턱걸이하는 모습을 보며 권석우가 말했다.

"그러다 다시 병원 가는 거 아니냐."

"여섯."

"무리하지 마. 아까 내가 말했지. 사람이 안 하던 짓을 하면 탈이 난다고."

"일곱."

"병원에서 산삼이라도 먹었어?"

"여어덟. 윽."

운동하면 마음이 편해진다. 최면이 성공적인지 점점 운동광이 되어가고 있다.

그때 김원우의 휴대폰이 울렸다.

"여보세요."

"나야."

이지혜 선배다. 반가운 목소리를 들으니 너무나 기뻤다.

"선배님. 어쩐 일이세요."

"뭐가 어쩐 일이야. 너 병원 입원했다고 해서 병원 왔는데 벌써 퇴원했어?"

생명의 은인께서 병문안을 와주다니.

"네."

"지금은 어디야?"

"지구대요."

"벌써?"

"네."

"만나서 차 한 잔 할까?"

"네."

"내가 그쪽으로 갈게."

"네. 팀장님께 말씀드리고 나갈게요."

*

커피숍 창가 의자에 김원우가 앉아 있다. 그녀를 만날 생각을 하니 가볍게 흥분이 되었다.

딸랑딸랑. 출입문에 걸려 있던 종이 울리고 반가운 얼굴이 들어섰다.

"선배님, 여기요."

"응. 빨리 왔네."

"저도 지금 막 왔어요."

차를 주문하고 일상적인 대화를 나누었다. 잠깐 대화를 나누었다고 생각했는데 한 시간이 훌쩍 지나가버렸다. 팀장님이 특별히 허락하셔서 한 시간 외출을 할 수 있었다. 이제 신데렐라가 마법이 풀리기 전에 귀가할 시간이다.

김원우가 시계를 보며 말했다.

"전 이제 가봐야 해요."

"그래. 내가 시간을 많이 뺏었지. 덕분에 망치귀신을 잡을 수 있어서 고맙다는 말 하고 싶었어."

"선배에게 도움이 되었다니 다행이에요."

"혹시 너도 내 도움이 필요하면 언제든지 말해줄래."

"그렇다면."

"응."

"한 가지 있어요."

그녀가 웃으며 물었다.

"그게 뭐야?"

그녀의 미소에 빨려들 것 같다.

"한 여성이 있는데 조금 수상해요."

"뭐가 수상해?"

"함께 사는 남편에게 못된 짓을 하는 것 같아요. 그 이유를 모르겠지만."

"구체적으로 어떻게 못된 짓을 하는데?"

"남편은 건강한 사람이에요. 그런데 얼마 전 출동을 나갔는데 우울증 증세를 보이고 스스로 자해를 했어요. 자해할 사람으로 보이지 않았는데. 그리고 이번에는 실명까지 되었다고 하니 너무나 이상해요."

"그래."

"형사과 강두원 경사가 지구대에 이 부부에 관해 물어보았어요. 무슨 문제가 있어 물어보지 않았나 싶어요."

"강두원 형사님은 나와 아주 친해. 그래, 이 문제는 내가 알아볼게."

"네."

"혹시 그 부인의 직업이 뭔지 알아?"

"보험회사 다닌다고 그랬어요."

"보험?"

그녀는 무언가 알겠다는 표정을 지었다. 보험은 많은 범죄와 관련이 있다.

"조만간 다시 만나자."

"네. 연락 주세요."

김원우는 그녀와 인사를 나누고 헤어졌다.

그녀의 모습이 사라지자 지구대까지 달렸다. 오래도록 달리고 싶었다. 지구대까지는 500미터 정도지만 그 이상 달리고 싶었다. 달릴수록 기분이 좋아졌다. 아마 그녀를 만나서 기분이 좋은 것 같다.

커피숍에서 그녀와 나누었던 이야기를 되새겼다. 자신도 모르게 그런 질문을 하다니. 생각해보니 부끄러웠다.

"저, 어떤 스타일의 남자를 좋아하세요?"

"난 재미있는 남자가 좋아."

"재미있는 남자요?"

그녀가 웃으며 말했다.

"응. 내가 재미없는 일을 하니 웃을 일이 없잖아."

"저는 유머하고는 거리가 먼데."

"호호. 너는 그냥 편한 동생이야. 딴생각하지 마."

그때 기분이 별로였다. 어떻게 이렇게 사랑스러운 여인을 두고 딴생각하지 않을 수 있다는 말인가. 결과적으로 그녀와 나는 사랑을 이루게 될 것이다.

최면수사의 시작

동네 공원에는 간단한 운동기구가 설치되어 있다. 나이 드신 분들이 주로 운동하는 기구이기에 젊은 사람들은 이곳에서 운동하지는 않는다.

20대 후반의 백수 박철민은 날마다 같은 시간에 이곳에 나왔다. 집에서 빈둥거린다는 잔소리가 듣기 싫어 공원에 나오는 것이었다. 그런데 이틀 전부터 자신처럼 백수로 보이는 남성이 죽기 살기로 운동하는 게 보였다. 김원우가 철봉에 매달려 떨어질 줄 몰랐다. 박철민의 눈에는 그가 동물원 원숭이처럼 보였다. 구경하는 것이 재미있어 그의 눈이 김원우에게서 떨어질 줄 몰랐다.

턱걸이 운동은 상체 전반을 골고루 단련시켜준다. 상완 이두근과 등근육, 전완근을 발달시키지만, 기본적으로 악력이 없으면 오래 매달리기도 힘들다. 며칠 전에는 김원우의 손마디에 물질이 잡혀 철봉을 잡기도 힘들었다. 그래도 성취감 때문에 기분이 좋았다.

김원우의 입에서 짧은 신음이 흘러나왔다.

"으응. 끅."

턱걸이만 제대로 단련해도 어깨와 등이 넓어지면서 힘깨나 쓴다는 소리를 들을 수 있다. 일단 남들이 자신을 무시하지 못하게 할 생각으로 턱걸이 운동에 중점을 두었다. 망치귀신도 교도소에서 하루에 500개씩 했다고 하지 않았던가. 매일매일 하다 보니 어느새 턱걸이를 한 번에 열 개 정도 하게 되었다. 그 이상은 도저히 안 올라갔다.

구석에 놔둔 운동가방 안에서 휴대전화 벨이 울렸다. 번호를 확인하니 이지혜 선배였다. 옅은 미소를 지으며 전화를 받았다.

"여보세요."

"나야."

"제가 마침 전화 걸려고 했는데. 텔레파시가 통했나 봐요."

"호호. 그랬어. 전화 끊을게, 네가 할래?"

"농담인데."

"알아. 일전에 네가 알아봐 달라는 그 부부 말이야."

운동하고 몸을 단련하는 일에 집중하느라 그 부부 일을 잊고 있었다.

"네."

"강두원 형사님이 알아봐 줬어. 보험사기 같지만, 전혀 증거가 없대. 심증은 있는데."

"보험사기요?"

"응. 그런데 그 김순희라는 여자가 실신까지 해서 더는 알아보기도 힘든 상황인가 봐."

"실신까지 해요?"

"응. 자신을 의심한다고 입에 거품을 물고 실신해버렸대. 숨도 안 쉬고 거의 죽는 것처럼 쓰러졌나 보더라고. 연기하는 것처럼 보이지는 않았나 봐."

"그래서 어떻게 됐어요?"

"119 불러서 병원으로 후송하고 곤욕을 치렀다고 하더라고. 강두원 형사님이 얼마나 놀랐는지 그 여인을 다시는 만나지 않겠대."

통화가 길어질 것 같아 공원 벤치에 자리를 잡고 앉았다. 낡은 운동복을 입은 동네 청년이 힐끗힐끗 쳐다보는 게 느껴졌다. 자꾸 쳐다보니 신경이 쓰인다.

"선배님, 이제부터는 제가 그 부부를 알아보겠습니다."

"어떻게?"

유체이탈을 통해 알아볼 생각이지만 그런 말을 하면 믿지 않을 것이다.

"그냥 잠복 수사해서 조사해보려고요."

"잠복? 네가?"

"하하. 저만의 수사 수법이 따로 있습니다."

"참. 지난번 망치귀신 일 때문에 경찰청장 표창 나왔어. 그리고 어쩌면 내가 원하는 부서로 이동할 수 있을 것 같아. 다 네 덕분이야. 고마워."

"잘됐네요. 선배님이 원하는 부서가 어딘데요?"

"서울청 형사과 부서 내에 미제사건 전담 수사팀이 있어. 그곳에서 프로파일러를 한 명 모집하나 봐. 잘하면 네 덕에 그곳으로 갈 수 있을 것 같아. 참! 그리고."

"네."

"망치귀신이 전혀 자백을 안 하나 봐."

"그럼 어떻게 되나요?"

"강력팀에서 피해자 물품을 지니고 있던 정황과 증거로 강도살인 혐의로 검찰에 송치할 계획인데, 그래도 자백을 해야 여죄들도 밝히니까 계속 자백 받으려고 노력해야지."

"여죄들이라면 저희 관내 살인사건 말고도 더 있다는 뜻이지요?"

"응. 망치귀신의 소행으로 보이는 사건이 몇 개 있는데, 입을 열지 않아 밝히기 어려운가 봐."

"음. 제가 망치귀신에게 최면을 걸어볼까요?"

"뭐라고? 최면?"

김원우는 자신도 모르게 최면 이야기를 꺼내버렸다. 그는 계속 그녀를 속이기 싫어 까놓고 말하기로 했다.

"솔직히 말씀드릴게요, 선배님. 실은 지난번 목격자 아이도 제가 최면을 걸어서 차량번호를 말하게 한 거예요."

139

잠깐의 침묵이 있었다. 그녀가 여러 가지 생각을 하는 게 느껴졌다.

"믿기 힘든데. 정말이야?"

"네."

"좋아. 그러면 너 나 좀 도와줘."

*

몇 시간 후, 두 사람은 서부경찰서로 들어오는 입구에서 만났다. 형사과 심문실 입구에 서서 김원우와 이지혜가 대화를 나누었다.

그녀가 의심에 찬 눈빛으로 다시 물었다.

"너 정말 최면술을 할 줄 아는 거야?"

"네."

"믿기 힘들어."

"저를 보세요."

"뭘 봐?"

"몸이 달라지지 않았나요?"

그의 말에 그녀가 자세히 살펴보았다.

"며칠 사이에 살이 조금 빠지고 어깨가 넓어진 것 같은데."

"하하. 그렇죠. 그럼 믿어보세요."

"그게 무슨 말이야?"

"저 자신에게 몸이 강해지도록 최면을 걸었거든요."

"무슨 말인지 도통 모르겠어."

"저를 믿으세요."

"어렵게 자리를 만들었어. 만일 잘 안 되면 나 얼굴 들고 다니기 힘들다."

그녀는 조태성 팀장에게 그가 심문을 할 수 있도록 부탁했다. 조태성 입장에서는 지구대 순경이 심문한다고 하니 자존심이 허락하지 않았다. 형사들을, 아니 자신을 무시하는 것 같아 절대로 허락할 수가 없었다. 하지만 그녀의 부탁은 한 번 정도 들어주고 싶었다. 나중에 그녀에게 사건과 관련된 일을 청탁할 일이 생길 것 같아서다.

김원우는 중요한 일을 앞두고 있으니 몸이 떨렸다. 옆에 있는 그녀가 느낄 정도로 떨었다. 긴장을 풀고 편안한 마음으로 심문을 하고 싶은데 몸이 생각대로 움직이지 않았다. 그녀가 옆에 있는데 바보처럼 긴장하다니.

김원우는 긴장한 모습을 감추기 위해 그녀에게 농담을 던졌다.

"선배님! 선배님은 언제부터 예뻤나요?"

잠시 아무런 말이 없다.

"야. 너 진짜. 왜 그래?"

"원래 이쁘셨어요?"

"너 자꾸…. 그래. 너무 긴장하지 마. 너를 믿고 힘내."

그녀가 그를 보며 미소를 지었다. 그리고 그의 손을 꽉 잡아주었다. 김원우는 그녀가 손을 잡아주자 어느 정도 마음이 안정되었다.

떨리는 손으로 심문실 문고리를 잡았다. 심문실 안에 박인식이 일찍 와 기다리고 있었다. 책상 위로 수갑을 찬 그의 두 팔이 보였다. 그의 두꺼운 손목을 보니 다시 긴장되었다.

불이 켜져 있는데도 밝지가 않다. 방 안 분위기는 대체로 어두웠다. 어두운 데는 다 이유가 있다.

피의자의 표정을 관찰하고.

질문자는 표정을 감추고.

때에 맞는 분위기를 연출하고.

두려움을 주는 분위기도 조성하고.

마지막으로 피의자의 심리를 위축시켜서 원하는 대답을 듣기 위해서다.

심문실 벽은 하프 미러라는 유리로 되어 있다. 안에서는 밖을 볼 수 없지만, 밖에서는 안을 볼 수 있다. 심문실 밖에서 조태성과 이지혜가 안을 들여다보며 이야기를 나누고 있었다.

"저놈 입을 열게 하지 못하면 몇몇 사건은 영원한 미제사건으로 남게 될 거야."

"검찰에서 거래하지 않을까요?"

"그래 봐야 무기징역인데 입을 열겠어?"

"팀장님도 설득할 수가 없었나요?"

조태성은 형사 생활만 25년이 넘은 베테랑이었다. 웬만한 사건엔 몸이 먼저 반응했고 범죄자들이 무슨 생각을 하는지 속속들이 꿰뚫고 있었지만, 박인식에게는 통하지 않았다.

그가 답답한 표정을 지으며 말했다.

"나도 별 방법을 다 동원했어. 안 통해. 미치겠어. 저 자식이 사달라는 탕수육도 몇 번을 시켜줬는지 모르겠어. 같이 식사하고 담배 태우면서 이야기를 하면 자백할 것 같은 뉘앙스를 풍겨. 근데 막상 조서를 꾸미려고 하면 안 죽였다고 해. 앞으로 못 먹을 음식은 잘도 말하면서. 미치겠어. 날 가지고 논다니까."

"증거를 보여줘도 안 죽였다고 하나요?"

조 팀장이 고개를 끄덕였다.

"그러면서 국밥이랑 중국요리는 잘 먹어."

심문실 문이 열리고 김원우가 들어가는 게 두 사람의 눈에 보였다.

"저 순경이 심문하면 달라질 게 뭐 있어?"

그녀는 아직 김원우의 최면술을 완전히 믿지 못했다. 그래서 조 팀장에게 최면술 이야기는 꺼내지 않은 상황이다.

"저 후배가 심리학을 공부하고 많이 연구했나 봐요."

"이론과 실무는 다르지."

"그렇기는 한데."

"난 저 친구를 믿는 게 아니라 자네를 믿어. 그래서 특별히 이런 자리를 만든 거고."

"감사합니다. 팀장님."

김원우가 의자에 앉아 박인식을 바라보는 모습이 보였다. 과연 그가 어떤 모습을 보여줄까?

*

김원우는 크게 심호흡을 하고 심문실 안으로 들어갔다. 어둠 속에서 살인자의 눈동자가 빛을 뿜었다. 김원우는 순간 몸이 움찔했다. 마음의 준비를 하고 들어왔지만, 이 정도로 사람의 기를 눌리게 할 줄은 몰랐다. 사람을 주눅 들게 만드는 눈빛이다.

긴장과 두려움에 몸이 떨렸지만 최대한 자연스럽게 의자에 앉았다. 무슨 말부터 먼저 꺼내야 할지 몰라 말문이 막혔다. 이래서는 최면을 걸기가 쉽지 않다. 손에 땀이 나기 시작했다. 기선 제압을 해야 하는데 바보같이 몸이 얼어버린 것이다.

최면을 걸기 위해서는 상대가 최면술사의 말을 집중하고 믿어야 한다. 처음 실패했던 경험이 떠올랐다. 술에 취한 팀장에게 최면을 걸려고 했었다. 다시 그때로 돌아가는 기분이다.

박인식은 그의 심리를 잘 아는지 위로하듯이 부드럽게 말했다.

"왜 그렇게 긴장해?"

"네?"

"자연스럽게 행동해. 밖에서 우리 두 사람을 보고 있잖아."

"아! 네."

그가 비웃으며 말했다.

"긴장 풀고 궁금한 것을 물어봐."

김원우는 범인에게 심문당하는 느낌을 받았다. 범인에게 추가 살인을 했는지, 살인에 쓰인 도구가 어디에 있는지 물어봐야 한다. 그리고 자백을 받아야 한다. 그런데 이렇게 범인의 기에 눌려서 말도 못하고 있다.

그가 물끄러미 쳐다보며 물었다.

"형사 같지는 않고, 그렇다고 일반 시민이 들어오지는 않았을 텐데. 정체가 뭐야?"

"저는 지구대에서 근무하는 경찰관입니다."

"입사한 지 얼마나 됐어?"

"4개월 됐습니다."

그가 재미있는지 미소를 지었다.

"일은 할 만해?"

"네."

"적성에 맞냐고."

"그럭저럭."

"내가 보기에 너는 경찰이 적성에 맞지 않아 보여."

"네?"

그가 갑자기 버럭 소리쳤다.

"이 친구야! 범죄자에게 쫄아서 어디 경찰관을 하겠어."

맞는 말이다. 김원우는 그의 말에 공감했다. 그리고 반성하듯 고개를 떨구었다. 그의 얼굴과 눈을 보지 않으니 마음이 한결 편안해졌다.

'마인드 컨트롤 하자. 자신감을 가지고. 이곳에 온 목적을 생각하자.'

"긴장 풀어. 하고 싶은 말은 해야 할 거 아냐. 어이, 괜찮아?"

김원우는 대답하지 않고 깊게 심호흡을 했다.

"여자친구는 있어?"

그의 질문에 그녀의 단아한 모습이 떠올랐다. 김원우는 주먹을 움켜쥐며 길게 숨을 뱉었다.

"뭐야? 한숨만 쉬고. 나랑 이야기하지 않기로 한 거야?"

김원우는 눈을 감고 심호흡을 이어갔다.

"고개를 들고 나를 봐야지. 이건 예의가 아니지."

김원우가 천천히 머리를 들었다. 그리고 살인범의 눈을 피하지 않고 부드럽게 말을 꺼냈다.

"박인식 씨."

"응."

"박인식 씨. 제 말을 잘 들어보세요."

"듣고 있어."

"박인식 씨는 제 말을 들으면 편안해지실 겁니다. 눈을 감고 들으면 더 편안하고 집중하게 돼요. 한번 제 말을 믿고 눈을 감고 들어보세요."

"내가 왜 그래야 하는데?"

"저랑 이야기를 나누시면 마음이 안정되고 편안해지거든요. 편안해집니다. 무척이나 편안해집니다. 자, 눈을 감아보세요."

대답하지는 않았으나 그가 눈을 감는 모습이 보였다.

"제 말에 점점 귀 기울입니다. 하나, 둘, 셋, 하면 더욱 귀 기울입니다. 하나, 둘, 셋, 딱! 눈을 감고 제 말을 들으니 마음이 편안해지셨나요?"

"응."

"이제 오른손을 앞으로 뻗어보세요."

천천히 그가 앞으로 손을 뻗었다.

이지혜와 조태성이 커다란 유리창을 통해서 심문실 내부를 주시하고 있었다. 한참을 바라보던 조 팀장이 몸을 돌렸다.

인상을 찌푸리며 그가 말했다.

"실망이야."

그녀는 부끄러운 기분이 들었다. 그를 믿고 어렵게 이 자리를 만들었는데 범죄자의 기에 눌려 아무것도 못하다니. 조 팀장에게 너무 미안했다.

"죄송합니다. 팀장님."

그녀가 고개 숙여 깊이 사과했다. 조태성은 큰 기대를 하지 않았다. 그저 그녀의 부탁을 들어준 것에 만족했다.

"저 친구 그만 나오라고, 어?"

그녀가 심문실 상황을 보지 않고 대답했다.

"네. 팀장님 제가 들어가서 나오라고 하겠습니다."

"잠깐. 어."

조태성이 놀란 표정을 지으며 심문실을 응시했다. 그녀도 조태성의 눈을 따라 심문실을 바라보았다. 자리에서 일어난 김원우가 무서운 살인마 박인식의 어깨에 손을 올리고 무슨 말인가를 하고 있다. 그녀와 조태성은 자신들이 놓친 것이 있는지 생각했다.

"저 자식이 순순히 있다니 뭐지? 저 순경이 무슨 말을 한 거야?"

조태성은 박인식의 표정을 의아하게 바라보았다. 비아냥거리는 표정이 아니다.

'이지혜가 정말로 물건을 데리고 왔군.'

그는 갑자기 교도소에 수감 중인 한 남자가 떠올랐다.

변태 방문식.

피해사의 시체를 보는 순간 분명 처음이 아닐 거라는 생각을 했다.

'칼로 원하는 부위를 찌르고 피를 빼내었다. 주저흔이 전혀 없이. 처음이 아니라는 뜻이야.'

처음 하는 솜씨가 아니라고 다른 형사들도 같은 말을 했다. 수사관뿐 아니라 국과수 연구원들도 같은 소견이었다.

정말 천운이 따라 방문식을 검거했다. 살인마를 보는 순간 확신했다. 또 다른 사람을 죽였다는 것을. 하지만 전혀 물증이 없었다. 분명 다른 사건에도 관련이 있을 텐데. 김원우를 보면서 왜 방문식의 얼굴이 떠오르는지 알 수가 없었다. 그놈을 검거하고 한동안 잠을 자지 못했다. 잊기 위해 나름 노력했는데. 갑자기 왜 그 악마의 얼굴이 떠오르는지 모르겠다. 조태성은 변태 방문식의 얼굴을 지우려고 머리를 좌우로 흔들었다.

*

아담한 동네 커피숍에 김원우와 이지혜가 앉아 이야기를 나누고 있다. 커피숍 내부는 일본 애니메이션 여자 캐릭터로 도배되어 있었다. 만화 포스터 때문인지 카페 사장이 오타쿠로 보였다.

밝은 여자 캐릭터 사진과 다르게 커피숍 내부는 어둡고 칙칙했다. 이 커피숍이 마음에 드는 점은 손님이 없어 조용하다는 것이다.

"정말이었네."

"이제 믿어주시나요."

"응."

"살인범을 직접 마주하니까 진짜 떨렸어요."

그녀가 공감하는 표정을 지으며 웃었다.

"그런데 어떻게 자백을 받아냈어? 신기하다."

"그러게요."

그녀가 그를 뚫어지게 바라보았다.

"솔직히 처음에 긴가민가했지만, 살인범의 자백과 여죄까지 알아냈으니 널 인정할 수밖에 없네."

"직접 살인자를 보는 건 처음이라 많이 떨렸어요."

"앞으로 많이 보게 될 거야."

"그게 무슨 말이에요?"

"차 마셔. 신경 쓰지 말고."

그녀는 그의 능력으로 미제사건들을 하나둘 밝혀볼 생각이었다. 그녀의 속마음을 모르는 김원우는 그녀가 자신을 계속 바라보자 기분이 좋았다. 사랑하는 연인을 바라보는 눈빛 같다고 느꼈다. 물론 착각이라는 것을 알지만 그렇게 믿고 싶었다. 그리고 이런 생각까지 하게 되었다.

'이러다 CF의 한 장면처럼 너 우리 집에서 라면 먹고 갈래? 이런 말을 주고받는 사이로 발전하지 않을까?'

그녀는 그가 딴 생각하는 것을 알았다.

"야. 너 무슨 생각을 하길래 혼자 실실 웃는 거야?"

"네?"

"무슨 생각 하냐고."

"네. 아무것도."

사춘기 소년처럼 그의 얼굴이 빨개졌다.

미제사건수사팀

며칠 후, 이지혜는 자신이 원하던 서울지방경찰청 형사과 미제사건 수사부서에 프로파일러로 들어가게 되었다. 이곳은 아무나 들어오는 곳이 아니다. 돈 있고 빽이 있어도 근무할 수 있는 곳이 아니다. 대체 불가능한 수사 능력을 인정받아야 근무할 수 있는 곳이었다.

그녀는 사무실 분위기에 매우 만족했다. 스무 명의 열혈형사가 이곳에서 근무하고 있었다. 그들은 잊혀져가는 미제사건들의 진범을 찾고 있었다. 모두가 잊고 있던 사건들이 이들에 의해서 세상에 모습을 드러내고 있다. 이들은 퍼즐을 맞추듯이 범인을 검거하고 엄청난 희열을 느꼈다.

한번 그 맛에 빠지면 마약에 중독된 것처럼 헤어나올 수 없다. 누가 시키지 않았는데도 다들 헤로인보다 열 배 이상 강한 그 맛을 보려고 일에 집중했다. 중독자들은 자신만의 수사기법으로 미제사건들을 수사했다. 그녀는 이들 모두가 베테랑이라 보기만 해도 듬직했다.

사무실은 넓고 깨끗했다. 가장 마음에 드는 것은 책상과 개인 공간이 넓다는 것이다. 하지만 며칠 지내다 보니 책상이 넓은 이유를 알게 되었다. 그녀는 2000년대 초반에 벌어진 미제사건들을 배당받았다. 사건 기록을 살필 때마다 관련 파일들이 팔만대장경처럼 잔뜩 쌓였다. 기록을 제대로 보기 위해서 파일들을 꺼내다 보면 넓은 공간이 꽉 차고 좁게 느껴질 때가 많았다.

그녀는 이곳에서 일찍 출근하고 가장 늦게 퇴근했다. 실적을 강요하는 상사가 있는 것도 아니지만 열심히 일하는 성과를 보여주고 싶었다. 종일 사건 기록들을 꼼꼼히 살펴보았다.

담당 형사들이 놓친 증거가 없는지 찾고 또 찾았다.

한 가지 흥미 있는 사건이 눈에 들어왔다. 이 사건에 김원우의 도움을 받는다면 범인을 찾을 수 있을 것 같았다. 2006년도에 발생한 은평구 여대생 살인사건. 모델처럼 키도 크고 얼굴도 연예인처럼 예쁜 여대생이 살해된 사건이다.

2006년 11월 8일 여대생이 실종되었다고 처음 신고가 접수되었다. 그리고 40일 뒤인 12월 18일 그녀의 시신이 인근 야산에서 발견되었다. 사건 파일을 읽던 그녀의 입에서 욕지거리가 툭 튀어나왔다.

"이런 씨발."

청순하고 단아한 그녀의 입에서 욕이 나오자 사무실에 있던 다른 형사들이 놀란 눈으로 쳐다보았다. 그녀는 덮었던 파일을 다시 펼쳤다. 정액이 묻은 여대생의 치마를 국과수에 의뢰했었다.

이런 제기랄. 입 밖으로 욕설이 튀어나오려는 것을 입을 틀어막으며 참았다. 그녀가 짜증을 내고 욕지거리를 하는 이유는 국과수의 답변서 때문이다.

[시료 훼손으로 확인 불가]

현장에서 어떻게 했길래 증거물이 훼손된 거야. 더욱 그녀를 화나게 만드는 것은 따로 있다. 지금 이 증거물이 사라진 것이다. 담당 형사들은 국과수 의뢰가 끝난 후에 유족들에게 돌려주었다고 주장했다. 유족들은 피해자의 휴대전화만 돌려받았다고 말하고 있다.

이 치마만 찾는다면 지금의 기술로 범인의 DNA를 찾아 검거할 수 있을 텐데. 그런데 사라져버린 것이다. 사건의 기록들을 더욱 자세히 파고들수록 동료 경찰관들에 대한 욕이 절로 나왔다.

같은 경찰관이지만 너무했다는 생각이 들었다. 피해자의 시신이 40일 후에 발견되었다. 피해자의 유류품이 있던 장소에서 불과 삼백 미터 떨어진 곳이었다. 조금만 신경 써서 수색했더라면 피해자의 시신을 일찍 발견하고 거기서 범인의 많은 정보를 알아낼 수 있었을 텐데.

인근에 거주하던 시민의 제보로 피해자의 시신을 겨우 발견했다. 이 시민은 들쥐들이 몰려 있는 것을 수상히 여겨 살펴보다 피해자의 시신을 발견했다. 설치류들이 피해자의 머리를 반쯤 먹고 난 후에 말이다. 피해자의 부패된 사진을 보자 더는 참지 못하고 욕이 튀어나왔다.

"아! 씨발. 좆같네."

*

새벽시간이라 막힌 도로가 시원하게 뚫려 있다. 고요한 이 시간에 경찰차의 사이렌 소리가 울려 퍼졌다. 순찰차가 경보음을 울리며 천천히 이동하는 차들을 추월했다.

조수석에 앉아 있던 박두만이 소리쳤다.

"야! 천천히 가."

"그래도 화재신고인데 빨리 가야 하지 않을까요?"

"이 새끼가. 야 인마! 우리가 소방관이야?"

김원우가 찔끔거렸다.

"네?"

"네가 슈퍼맨이야? 불난 곳에 가면 불을 끌 수 있을 거 같아?"

"도움이 필요하면 그래야 하지 않을까요?"

"미친놈! 가봐야 우리 경찰들은 할 일이 없어. 불구경밖에 더 하냐, 그러니까 천천히 가라고."

151

경찰관이 위급한 순간에 천천히 가야 한다고 그는 열변을 토하며 말했다. 국민의 생명과 재산을 지켜야 할 의무가 있는 경찰인데 김원우는 잘 이해할 수 없었다. 그렇다고 선배에게 아니라고 말하기도 어려웠다.

"알겠습니다. 선배님."

"상황 봐서 낄 때 안 낄 때 가려서 끼자."

검은 연기가 시야에 들어왔다. 화재 현장에 도착하기도 전에 매캐한 냄새가 콧속으로 파고들었다. 이 냄새가 폐로 들어가면 건강에 해로울 거라는 걸 본능적으로 느끼고 손으로 입과 코를 재빨리 막았다.

이미 출동한 소방차가 비좁은 골목길을 가득 메우고 있었다. 소방관들이 무거운 장비를 들고 분주히 움직이는 모습이 눈에 들어왔다. 그들은 소방모와 소방두건, 소방화 및 소방장갑으로 몸을 보호하고 있었는데 그 모습이 인공위성을 수리하는 우주인처럼 보였다.

김원우는 검은 연기가 피어오르는 연립주택을 보며 말했다.

"사람은 안 죽었을까요?"

"아마 피했겠지."

"저기는 우리가 예전에 가정폭력으로 한번 출동한 곳 같은데요. 남편이 도박쟁이고 술 먹고 집에서 행패 부리고 있다는 신고 기억나세요?"

"그러네. 한번 안 좋은 일이 생기면 계속 재수 없는 일들이 터지게 되어 있어. 그나저나 윗집 사람들은 무슨 피해야. 층간소음 때문에 윗집도 잘 만나야 하지만 아랫집도 잘 만나야 해."

화재가 난 주택에서 한 블록 뒤에는 자해 소동을 벌인 임기수 부부가 사는 집이 있다. 두 사람은 그 사실을 잘 알고 있지만 한번 설전을 벌여서인지 그 일에 대해서는 말하지 않았다.

소방차 뒤에 순찰차를 주차했다. 소방차의 큰 덩치에 가려져 순찰차의 모습이 사라졌다. 김원우는 차에서 내려 화재 상황을 파악했다. 불길은 잡혀가는 상황이다. 큰 도끼를 쥐고 건물 안으로 들어가는 소방관의 뒷모습이 보였다. 산도 아니고 도심 한복판에서 도끼질이라니. 멋있다는 생각이 순간 들었다.

박두만에게 어떻게 해야 할지 물어보려고 순찰차로 고개를 돌렸다. 그가 순찰차에 앉아 평화롭게 휴대폰 게임을 하는 모습이 보였다.

"개새끼."

욕이 나왔다. 그의 귀에 들리지 않을 거라는 것을 알기에 욕을 입 밖으로 뱉었다. 그는 끝까지 차에서 내리지 않을 것이다.

일단 화재 현장 주변에 있는 소방관 지휘부를 찾았다. 지휘부 역할을 하는 차량을 발견했다. 화재 상황을 파악해서 경찰서에 보고할 생각으로 그곳으로 뛰어갔다. 우선 보고부터 하고 내려오는 지시를 따르자, 이게 김원우의 판단이었다. 경찰 생활 4개월이 넘어가니 군대처럼 보고만 잘 하면 별 탈이 없다는 것을 알게 되었다.

소방 지휘부 역할을 하는 승합차로 다가갔다. 소방관들의 계급장이 먼저 눈에 들어왔다. 직업 특성 때문인지 사람 얼굴은 보이지 않고 계급부터 보였다. 하지만 누가 높은 간부인지 알 수가 없었다. 그들 중 만만해 보이는 젊은 소방관에게 다가가 물었다.

"피해 상황을 알 수 있을까요?"

경찰관이라 당연히 물어볼 줄 알았다는 듯이 고개를 끄덕이며 그가 대답했다.

"아직 화재가 완전히 진화된 것이 아니어서 구체적인 상황은 말씀드릴 수 없습니다. 대략적으로라도 말씀드릴까요?"

"네. 감사합니다."

"재산피해가 5천만 원."

"5천만 원이요?"

"네. 그리고 인명피해가 1명 있습니다."

"상태가 어떤가요?"

"한 분이 연기에 질식해서 중상입니다."

"제가 알기로는 저 집에는 일가족이 사는 것으로 알고 있는데요."

소방관이 고개를 끄덕이며 말했다.

"다른 분들은 가장 되시는 분께서 모두 피신시켰어요."

"아. 그럼 중상을 입은 분이 그 집 가장이신가요?"

"네. 맞아요. 그분께서 연기를 많이 마셔서 병원으로 이송되었어요."

그는 도박 중독자지만 가족을 위해 희생했다.

"어느 병원으로 갔나요?"

"대명병원으로 후송되었는데 생명에는 지장이 없어요."

수첩에 대명병원이라고 적었다.

"화재 원인을 알 수 있을까요?"

"주방에서 시작된 것으로 추정하고 있습니다. 정확한 것은 저희도 잘 모르겠고 경찰 과학수사팀에서 그 부분은 따로 조사할 겁니다."

*

김순희가 졸피뎀에 취해 자는 벌레 같은 남편을 내려다보며 서 있다. 그녀의 등 뒤로 붉게 물든 창문이 보였다. 소방차의 사이렌 소리가 아주 가깝게 들렸다. 그녀의 손에는 양초가 들려 있었는데 마치 종교의식을 치르려는 듯 엄숙하게 보였다.

양초를 임기수 머리 옆에 올려두고 불을 붙였다. 양초 밑에는 두루마리 화장지가 불이 쉽게 붙도록 뿌려져 있었다. 석유통의 뚜껑을 열고 그의 몸에 석유를 부었다. 약물에 취해 자고 있어 전혀 미동도 없다.

원래는 한 달 후에 실행할 계획이었다. 그런데 옆 건물에 화재가 발생하니 순간 지금이 기회인 것처럼 느껴졌다. 그녀는 준비해왔던 거사를 실행했다. 그녀의 눈동자가 반짝였다.

'이건 기회야.'

휴지에 불을 붙이고 안방에 던졌다. 그리고 연기에 질식하도록 방문을 닫았다. 방문을 닫은 그녀는 아차 싶었다. 재빨리 방문을 열었다. 다행히 휴지만 타고 있었다. 그녀는 휴지에 붙은 불을 맨발로 밟아 껐다.

'이런 신상 가방을 태울 뻔했잖아.'

*

화재는 30분 만에 진화되었다. 김원우는 이곳에 도착하고 20분쯤 후에 또 다른 곳에서 화재가 발생했다는 무전을 들었다. 그곳과 가까웠지만 지원 갈 수가 없었다. 같은 구역에서 이렇게 연속으로 화재가 발생하다니, 우연치고는 너무나 이상했다.

재산피해 5천만 원, 인명피해 1명, 최초 발화지점은 주방, 가스레인지 위에 올려진 검게 그을린 냄비를 통해 실화로 추정됨.

소방에서 내린 결론이다. 과학수사반이 오면 더 자세한 진실을 밝혀낼 것이다. 소방관들은 불을 끄는 게 목적이지 현장 수사는 하지 않는다. 수사는 경찰이 하는 것이니까.

김원우는 '과수반은 언제쯤 도착할까?' 생각하며 시계를 보았다. 나중에 안 사실이지만 과학수사반은 이미 도착해 있었다. 그들은 현장에서 불이 완전히 진화되기를 기다리고 있었다.

형사들을 태운 승합차가 현장에 속속 도착했다. 그들은 최초 목격자들을 찾고 또 신고자를 찾아 분주히 움직였다. 젊은 형사 한 명이 박두

155

만이 앉아 있는 순찰차로 다가왔다.

"고생하십니다. 혹시 신고자는 만나보셨을까요?"

박두만은 차에 앉아 창문을 내리고 말했다.

"우리도 이제 도착해서 찾는 중이네요."

젊은 형사가 의아한 표정을 짓더니 재빨리 다른 곳으로 향했다. 순찰차에 김원우가 타자 박두만이 방금 온 형사를 가리키며 말했다.

"젊은 새끼가 날로 먹으려고 하네. 요즘 형사들은 일을 도통 안 한다니까."

"무슨 일 있었어요?"

"나보고 신고자 찾아달래. 뻔히 연락처 떠서 알 것인데 말이야."

"그래서 어떻게 했어요?"

"뭘 어떻게 해. 모른다고 했지. 젊은 새끼가 기본이 안 되었어."

그가 가장 싫어하는 부류가 형사다. 2010년에 그의 가족이 실종된 뒤 사망하였지만, 아직 범인을 검거하지 못했다. 이게 그가 형사를 싫어하는 이유다.

"선배님. 화재가 진화되었으니 여기 있지 말고 대명병원으로 가시죠."

"대명병원은 왜?"

"저 집에 사는 분이 병원으로 후송되었는데 상태를 한번 봐야 하지 않겠습니까?"

"음. 그래. 여기 있어봐야 좋을 것이 하나 없다. 괜히 형사들이 우리에게 뭐 건질 것이 없나 귀찮게 할 거고. 대명병원으로 가보자."

무전기를 잡고 박두만이 말했다.

"상황실 여기는 순 345호."

"뚜두. 여기는 상황실."

"순 345호는 화재 피해자가 있는 대명병원으로 출발하여 사고경위 조사하겠다. 아울러 화재는 진화되었음."

"알겠다. 수고 바람."

그가 씩 웃으며 말했다.

"상황실에 보고했으니까 대명병원으로 어서 가자."

"네. 알겠습니다."

"그런데 넌 도착하면 차에만 있어."

"네?"

"여기서 네가 고생했으니까 거기서는 내가 알아볼게."

김원우는 그의 말이 무슨 뜻인지 알았다. 김원우가 일을 키울까 봐 미리 막은 것이다. 김원우는 반대하면 그가 짜증을 낼 것을 알기에 말없이 고개를 끄덕였다.

순찰차의 앞쪽은 소방차들 때문에 막혀 있어 천천히 후진했다. 비좁은 골목에 수많은 소방차와 경찰차가 뒤섞여 차를 돌리는 게 쉽지 않았다. 김원우는 운전이 쉽지 않은지 자꾸 멈춰서 앞으로 갔다 뒤로 가기를 반복했다.

답답했는지 박두만이 짜증을 내며 말했다.

"야! 너 면허 어떻게 땄어? 내려. 내가 운전할게."

"그냥 뒤에서 봐주시면 안 될까요?"

"그냥 내려. 내가 뺄 테니까."

그는 빨리 이곳에서 벗어나고 싶었다. 이곳에 있으면 쓸데없는 일에 휘말릴 것 같았다. 순찰차에서 내려 서로 자리를 바꾸어 다시 탔다.

그런데 그가 운전을 시작하자마자 주차된 차와 접촉사고를 냈다. 사고 충격음이 두 사람의 귀에 천둥처럼 들렸다. 주차된 승용차 측면과 경찰차 운전서 쪽 뒤범퍼가 부딪힌 것이다. 그는 당황했는지 브레이크가 아닌 액셀러레이터를 밟아버렸다. '끼익!' 하는 마찰음과 함께 쿵 하는 소리가 다시 들렸다.

그는 놀랐는지 넋 나간 표정으로 혼자 중얼거렸다.

"살짝 닿았어. 괜찮아."

자신에게 말하는 것처럼 들렸다. 그리고 자연스럽게 다시 운전했다. 순찰차가 아무 일 없다는 듯이 천천히 앞으로 갔다 후진했다.

김원우가 걱정스러운 표정으로 말했다.

"차에서 내려 살펴봐야 하지 않을까요?"

"괜찮아. 살짝 닿아서 찌그러진 곳도 없어. 이대로 그냥 가면 돼."

"누가 보지 않았을까요?"

"아무도 없어. 걱정하지 마. 다들 불난 곳만 구경하고 있으니 그냥 이대로 가는 게 최선이야."

운전하지 않았지만 묵인하였으니 어느 정도 공범이 된다. 경찰관이 사고를 내고 아무런 조치 없이 가도 되는 것일까? 김원우는 혼란스러웠다. 순찰차가 간신히 좁은 골목을 빠져나오자, 안심한 듯이 그가 길게 숨을 뱉었다.

이때 무전기에서 차가운 음성이 나왔다.

"뚜두두. 순 345호 여기 상황실이다."

조수석에 앉은 김원우가 무전기를 잡고 대답했다.

"여기는 순 345호."

"상황실로 유선 하기 바람."

김원우가 송신키를 누르며 대답했다.

"상황실 알겠다."

상황실 번호를 확인하고 김원우가 전화를 하자, 기다렸다는 듯이 상대가 물었다.

"순찰차로 주차된 차를 박았어?"

"네?"

"나 상황실장인데 누가 신고했어. 주차된 차를 박고 순찰차가 가버렸다고 그래서 확인하는 거야. 사실이야?"

박두만이 김원우를 보며 고개를 흔들며 속삭였다.

"김 순경. 제발 이번 한 번만 날 살려줘. 부탁할게. 이번에만 도와주면 자네가 하자는 대로 모두 할게."

"무엇을 말입니까?"

"자네가 운전했다고 해줘. 부탁이야."

그가 파리처럼 두 손을 모아 싹싹 빌었다. 그의 초라하고 애절한 모습을 보니 거절하기가 힘들었다. 김원우는 휴대폰에 대고 떨리는 목소리로 말했다.

"제가 모르고 순찰차로 박은 것 같습니다."

"감찰에 통보할 테니까 일단 상황실로 들어와."

"네."

박두만의 얼굴은 하얗게 변해 있었다. 그는 자신이 감찰조사를 받으면 안 되는 이유를 차근차근 설명했다.

"2010년에 막내 여동생이 실종되었다가 몸 안에 피가 절반이 사라진 채로 발견되었어. 그런데 그런 끔찍한 살인사건을 형사들이 제대로 조사하지 않아 아직 미제사건으로 남아 있어. 내가 경찰인데도 전혀 힘을 쓸 수가 없다는 사실에 얼마나 분하고 원통했을 거 같아? 그때부터 나는 우리 조직을 좋게 보지 않아. 내부망에 항상 그때의 형사들에 관해 부정적인 글들을 올렸어. 감찰조사도 몇 번 받았는데 모두 나를 탓해. 이게 말인데⋯. 이때부터 상사들의 비위들이 조금만 보이면 삐딱하게 게시판에 글을 올렸어. 상사들의 눈에 내가 가시 같은 존재일 거야. 그런데 이런 일이 터졌어. 날 자르지는 않겠지만 보나마나 중징계를 먹일 거야. 최소

3개월 정직 아니면 감봉. 하지만 자네는 몰랐다고 하면 그냥 경징계로 끝날 거야. 그건 내가 약속할 수 있어. 솔직히 징계 그런 건 무섭지 않은데 난 이번 해만 무사히 넘어가면 경위로 근속 승진하게 돼. 이런 좆같은 조직이지만 우습게도 경위라는 계급은 달고 퇴직하고 싶어. 그러니 이번 한 번만 날 좀 도와줘."

*

경찰서 청문감사관실은 컴퓨터 책상이 'ㄱ' 형태로 놓여 있고 손님을 접대하는 긴 소파와 의자가 중앙에 있었다. 정돈되고 깨끗한 분위기지만 늦가을 아침이라 내부 공기는 차가웠다.

고급 정장을 입은 임민재 경위가 컴퓨터 앞에 놓인 키보드를 연신 두드리며 물었다.

"성명?"

고개를 숙이고 김원우가 대답했다.

"김원우입니다."

"생년월일?"

김원우는 입이 탔는지 일회용 커피가 담긴 종이컵을 잡고 벌컥 마셨다.

"앗! 뜨거. 죄송합니다. 1995년 4월 2일입니다."

임민재는 기분 나쁜 표정을 지으며 거칠게 키보드를 두드렸다.

"경찰 경력?"

"5개월 정도 되었습니다."

"소속과 계급?"

"고담지구대 1팀 순경입니다."

"현 부서는 언제부터 근무했어?"

"2019년 6월 30일입니다."

"인권교육은 받았어?"

"아직 신임이라서."

"보통 교육 중에 인권교육을 받고 발령받지 않나?"

김원우가 머쓱한 표정을 지으며 말했다.

"죄송합니다."

솔직히 그가 죄송한 이유는 박두만 때문이다. 이른 아침부터 감찰부서에 오니 기분이 착잡했다.

임 경위는 자신 앞에 조사받으러 온 김원우가 마음에 들지 않았다. 자기를 별로 무서워하지 않는 것 같아 한번 기를 꺾어줄 필요가 있겠다 싶었다. 그는 쓰고 있던 안경을 벗고 양미간을 좁혀 무섭게 김원우를 노려보았다. 내가 너 하나쯤은 쉽게 옷을 벗길 수 있다는 눈빛으로. 보통 조사받다 이런 시선을 받으면 다들 움찔하고 겁을 냈다. 이런 모습을 그는 은근히 즐겼다.

부담스러운 시선을 느꼈는지 김원우가 고개를 들었다. 서로의 눈이 마주쳤다. 김원우는 상대방에게 눈으로 말했다.

'그만 조져요. 힘들어요.'

그가 표현하기 힘든 김원우의 강렬한 눈빛에 재빨리 시선을 돌렸다.

"흠…. 험. 이번에 사고를 내고 그냥 가버렸네. 주변에 있던 시민이 보고 신고했는데 어떻게 생각해?"

"죄송합니다. 그게 화재현장 주변이라 어수선해서 사고가 난 줄 몰랐습니다."

"알고 있었다고 적겠어."

"아니. 왜요?"

"이래야 정상참작이 되니까 그냥 알았다고 쓰는 게 좋아."

"그래도 몰랐으니까 그냥 간 거 아닙니까. 몰랐다고 해주세요."

"그렇게 부인하면 본인에게 불리하다니까."

그는 어떻게든 징계를 먹여 자신의 실적을 쌓고 싶었다. 이런 햇병아리 신임 순경은 그에게 좋은 먹잇감이다. 김원우를 달래가며 원하는 내용으로 조서를 만들 생각이다.

"알았지만 피해가 크지 않아 그냥 간 것으로 쓰는 게 솔직하잖아."

솔직하지만 많이 불리하다. 그가 도움을 주는 것 같기도 하지만 아닐 수도 있다. 어떻게 들어온 첫 직장인데 불안하다. 가벼운 징계로 끝나지 않을 것 같은 예감이다.

김원우가 길게 심호흡을 하고 부드러운 목소리로 말했다.

"감찰관님."

"응."

"제 말을 집중해서 잘 들어보세요."

"응."

"감찰관님은 제 말을 들으면 마음이 편안해지실 겁니다. 편안하게 눈을 감으세요. 편안하시죠?"

"응."

"하나, 둘, 셋 하면 오른손을 들어주세요. 하나, 둘, 셋!"

손가락으로 '딱' 하고 튕기자 임 경위가 오른손을 천천히 들었다.

"지금부터 잠시만 제가 몇 가지 물어보겠습니다. 사실대로 말하면 기분이 정말 좋아집니다. 정말 행복해집니다. 제가 모르고 간 게 정상참작이 될까요, 알고 간 게 정상참작이 될까요."

"당연히 모르고 가는 게 정상참작이 되지. 이런 건 업무 중에 일어나는 과실이라서 보고서만 잘 올리면 징계 없이 끝나."

"그런데 왜 저에게 자꾸 알고 간 것으로 하라고 강요하시나요?"

"나도 실적을 올려야 하잖아요. 감찰부서도 실적이 있어야지."

"잘 알겠습니다. 이제 제가 말하는 대로 조서를 만들어주세요. 그리고 아주 좋게 마무리하세요. 징계가 없도록 서류를 만들어야 당신의 마음이 편안해집니다. 당신은 좋은 사람이니까요. 동료들에게 해를 가하는 일을 앞으로 하지 않습니다."

"응."

"이제 하나, 둘, 셋 하면 눈을 뜨세요."

"응."

"하나, 둘, 셋. 딱!"

                                    *

십 분 뒤 김원우가 감찰실 문을 열고 나오자 밖에서 박두만이 기다리고 있었다. 그는 아직도 몸을 떨고 있었다.

"어떻게 됐어?"

"몰랐다고 말하고 나왔어요."

"그래. 그렇게 말해야지. 우린 몰랐잖아. 그리고 징계 준다고 그래?"

"별일 없을 거예요."

"나 때문에 미안하다. 맞다, 아침 안 먹었지! 내가 사줄 테니 밥 먹으러 가자."

"아니, 괜찮습니다. 너무 피곤해서 그냥 들어가 쉴게요."

"그래. 야간근무에 퇴근도 못하고 조사받느라 피곤하겠다. 그럼 밥은 다음에 살게."

"네. 들어가 쉬세요."

그가 안심하고 빠른 걸음으로 사라졌다.

시계를 보니 열 시가 넘어가고 있었다. 청문감사관실에서 일곱 시부터 대기하다 아홉 시가 넘어 조사를 받았다. 두 시간 대기하고 삼십 분 조사를 받았다. 조사시간보다 대기시간이 더 길었다. 기다리는 것도 짜증스러웠지만 조사 과정은 더 짜증스러웠다.

문득 이런 생각이 들었다. 경찰관이 같은 경찰관에게 조사받는 것도 기분 더러운데 일반인들은 어떤 기분이 들까? 피해자라면 그런대로 부담스럽지 않겠지만 약간의 죄가 있는 자들이라면 심적 부담감이 상당할 것 같았다.

휴대전화가 울렸다. 번호를 확인해보니 이지혜 선배다. 한동안 뜸했다. 내가 아니라 그녀가. 일상적인 안부 문자에도 답장이 오지 않아 조금 서운해하고 있었는데 그래도 연락이 오니 너무 반가웠다.

"선배님. 오랜만이네요."

"응. 잘 지내고 있어?"

"잘 못 지내요."

"아니 왜?"

"선배가 제 까톡 맨날 읽씹 하잖아요."

"야. 미안. 진짜 미안. 새로운 업무 적응하느라 바빠서 그래. 이해해주라. 응?"

"알겠어요."

"근데 너 지금 어디야?"

"경찰서 청문관실 앞이요."

"거기 왜 있는데?"

"말도 마세요. 오늘 새벽에…."

하소연하듯 그녀에게 장황하게 설명을 했다.

"걱정하지 마. 내가 형사과장님이랑 청문감사관님과 친해. 네 얘기 해줄 테니까 너도 나 좀 도와주라."

"제가 도울 일이 뭐 있나요?"

"있어. 너 말고는 해결할 수 없는 일."

은평구 여대생 살인사건

김원우의 눈이 에반게리온 여주인공 레이의 포스터에 꽂혀 있다. 한참 재미있게 보던 애니메이션이었는데 의리로 레이의 피겨를 하나 사야 하나 하는 생각이 잠깐 들었다. 포스터 때문에 가게 안이 더 좁게 느껴졌다. 오타쿠처럼 보이는 카페 사장은 무료한지 꾸벅꾸벅 졸고 있었다.

"여기는 항상 우리밖에 손님이 없어요."

이지혜가 달콤한 초코 라떼를 마시며 힐링하는 모습이다.

"그치. 이런 조용한 곳을 계속 사람들이 몰라야 하는데."

"우리도 솔직히 자주 오지는 않잖아요."

"아니야. 앞으로 여기서 자주 만나게 될 거야."

"무슨 일인데 그래요?"

"사건 파일을 가져왔어. 이거 다른 사람들에게 말하면 알지? 너랑 나랑 바로 아웃되는 거. 요즘 정보공개에 민감하잖아."

그녀가 검은색 큰 가방에서 사건 파일 뭉치를 꺼내어 테이블 위에 올려놓았다. 김원우는 가방 안에 감식 장비가 들어 있는 줄 알았다.

그가 파일들을 살펴보며 물었다.

"이게 뭐예요?"

"미제사건 기록이야."

김원우는 흥미롭다는 표정으로 사건 파일들을 천천히 살펴보았다.

"미제사건이요?"

"응. 지금 내가 한 사건을 파고 있는데 너라면 해결할 수 있을 것 같아서."

"무슨 사건인데 그래요."

"2006년 11월에 일어난 사건이야. 여대생이 납치되어 서울 근교에 있는 야산에서 시신으로 발견된 사건이지."

"오래된 사건이네요. 그런데 이렇게 오래된 사건을 제가 어떻게 도울 수가 있어요?"

"기록들을 보면서 이야기하자."

"네."

여대생의 부패된 시신 사진이 먼저 눈에 들어왔다. 시신이 오래된 상태라 공포영화 속 소품으로 보였다. 기괴하고 끔찍했지만 무서울 정도는 아니다. 실제로 보면 무서울 수도 있겠지만.

그가 사진에 관심을 가지는 것을 보며 그녀가 말했다.

"시체 배 부위에 세로로 베인 자국이 보이지?"

"네."

"세로로 일정하게 상처가 나 있는 걸 보면 범인이 두 명이라는 뜻이야."

"왜 그런 거죠?"

"한 사람은 팔을 잡고 또 한 사람은 다리를 잡고 시체를 옮긴 거지. 그래서 배가 아래로 처진 거고. 이때 배 부위가 작은 돌조각이나 풀, 나뭇가지에 쓸려서 이 사진처럼 상처가 난 거지. 만일 혼자 옮겼으면 이렇게 세로로 일정하게 나지 않아. 좌우로 긁히게 돼. 그리고 여대생의 유류품이 도로에 버려져 있었는데 운전석 쪽으로 버려진 게 아니라 조수석 방향에서 버려졌어. 운전하면서 도로 중앙에 버릴 수는 있지만 길가에 버리기는 힘들지. 이런 걸 보면 범인은 한 명이 아니라 최소 두 명이라는 뜻이지."

두 사람이 여대생을 납치해서 성폭행하고 죽인 후 외진 곳에 시체를 버렸다. 아직 사건 파일을 자세히 읽지 않았지만 대충 내용이 파악되었다.

"피해자의 시신을 빨리 찾았으면 엄청 많은 증거물이 나왔을 텐데. 진짜 이 사건을 보면 욕만 나와."

"시체가 깊숙이 감춰져 있어 늦게 발견된 게 아닌가요?"

"범인들이 보란 듯이 피해자의 유류품을 도로에 뿌려놓았어. 피해자의 시신은 그 유류품들과 불과 삼백 미터 떨어진 곳에 낙엽으로 덮여 있었지. 처음 수색에 동원된 형사들이 내 가족이라는 마음을 갖고 수색했더라면 분명 쉽게 찾을 수 있었다는 뜻이야. 그리고…."

말하던 와중에 감정이 격해졌는지 그녀의 눈에 눈물이 촉촉하게 고였다.

"유류품 중에는 피의자의 정액이 묻은 피해자의 치마가 있었어. 그런데 관리를 잘못했는지 국과수에서 판별할 수 없다고 나왔어. 더 웃긴 건 지금은 그 치마가 사라졌다는 거야. 그 치마를 찾을 수 있다면 지금의 기술로 충분히 범인의 DNA를 검출할 수 있을 텐데."

"치마는 어디로 사라졌는데요?"

"담당 형사는 피해자 가족들에게 전해주었다고 하는데 가족들은 받은 사실이 없다는 거야. 같은 경찰이지만 담당 형사가 경찰관이 맞나 싶어. 그런 중요한 증거물 관리도 잘 못하면서 어떻게 수사를 하겠다는 건지. 처음부터 쉽게 해결할 수 있었던 사건이 엄청나게 꼬여버린 케이스지. 이 사건의 범인을 네 도움으로 밝혀내고 싶어."

"선배. 자꾸 제 도움을 말하는데 수사해본 적도 없는 제가 어떻게 도와요."

"노란색 파일철 54페이지를 한번 읽어봐. 피해자의 성격이 나와 있어."

그녀의 말대로 노란색 파일철을 펼쳐 읽어보았다. 피해자는 당시 21세의 여대생이었다. 생전의 모습이 담긴 사진을 보니 한눈에도 그녀가 상당한 미모를 가졌다는 것을 알 수 있었다. 그녀는 조심성이 많아 항상 택시를 타고 귀가할 때 택시 번호를 엄마에게 문자로 알리는 습관이 있었다. 택시 번호를 전송하지 못한 경우에는 엄마와 통화를 하며 집 앞까지 왔다고 한다.

관광학과에 재학 중이던 그녀는 집과 멀지 않은 중국어 학원에 다니고 있었다. 학원이 끝나면 항상 택시를 타고 귀가했다. 사건 당일에 택시 승차장에서 그녀를 목격한 사람이 있었다. 그녀의 외모가 너무 아름다워 그녀를 기억한 것이다. 목격자는 그녀가 택시를 타는 것을 보지 못했다.

"면식범의 소행 같아."

"면식범이요?"

"그래. 택시를 타지 않고 분명 아는 누군가의 차를 탔을 거야."

머릿속에 그날 피해자의 행적을 그려보았다. 조심성이 많은 그녀에게 접근하여 자연스럽게 차에 태울 수 있는 사람이라면 면식범일 가능성이 높다. 만일 차에 타지 않았다면 더 많은 목격자가 나와야 한다.

"그럴 수 있겠는데요."

"난 확신해. 그녀가 아는 누군가에게 끌려가 변을 당했을 거라고. 얼굴 사진을 봐."

피해자의 반명함판 증명사진을 보았다. 눈도 크고 이목구비가 뚜렷하다. 이렇게 윤기 나는 긴 생머리를 싫어하는 남자가 과연 있을까 싶다.

"가족들 말로는 사귀는 사람은 없었다고 하지만, 그녀를 좋아하는 남자들은 분명 있었을 거야."

김원우는 공감하는 듯이 고개를 끄덕였다.

"사진만 봐도 그녀의 매력에 빠져드네요."

"너는 목격자를 만나 최면을 걸어. 그래서 그날 그녀에게 무슨 일이 있었는지 알아봐줘."

"당시 형사들도 목격자를 조사했잖아요."

"처음에는 검은색 승용차를 보았다고 진술했고, 두 번째 조사에서는 검은색 소나타라고 말했어. 검은색 차가 그녀 주변을 배회한 것 같다고 말이야. 그게 다야. 네가 목격자에게 최면을 걸어서 차 번호를 알아내 줘. 지난번처럼."

"혹시 택시 승차장 주변에 CCTV는 없었나요?"

"안타깝게도 없어. 목격자가 현재 유일한 단서야."

"목격자의 신원은 확보하셨어요?"

그녀가 장난스러운 표정을 지으며 말했다.

"물론이지. 너 만나기 전에 수소문해서 이곳으로 오기로 했어."

"네?"

김원우는 갑자기 목격자가 온다는 말에 깜짝 놀랐다. 그녀가 한쪽 눈을 감으며 윙크를 보냈다.

"여기 아늑하고 최면 걸기 좋잖아."

이렇게 어두운 곳이 최면 걸기에 안성맞춤이기는 하다. 그래도 미리 알려주지 않아 서운했다. 그런 그의 마음을 아는지 그녀가 웃으며 말했다.

"농담한 거야. 네가 오케이 하면 연락할 거야. 일단 서류를 꼼꼼히 살펴봐."

"네. 그리고 선배, 여기서 목격자를 만나죠."

생각해보니 이곳만큼 최면 걸기 좋은 곳은 없을 것 같다. 사건 파일을 보면서 목격자에게 무엇을 물어봐야 할지 상의했다. 그녀는 이미 이곳에 오기 전에 이미 답을 정해두었다.

"목격자에게 차 종류를 확실하게 물어보고, 차량번호를 알아내줘. 그러면 게임 끝난 거지."

"알겠어요."

"그래 좋아. 목격자를 찾아 다시 연락할게. 참! 너 따로 수사한다는 건 잘 돼?"

김원우가 인상을 찌푸리며 대답했다.

"그게…. 전혀 안 되고 있어요."

한동안 김순희에 대해서 잊고 있었다. 더군다나 그녀의 집에 불이 난 후 지방으로 이사를 갔다고 하니 조사할 동력을 잃어버렸다.

목격자 방문식

동네 공원 공터에 설치된 철봉에 김원우가 매달려 있다. 그는 아침에 퇴근하자마자 평소처럼 곧장 이곳으로 왔다. 턱걸이하는 모습을 젊은 백수가 줄곧 지켜보고 있다.

김원우는 신경이 쓰였지만 그를 의식하지는 않았다. 철봉에 거꾸로 매달려 몸을 흔들며 생각했다. 며칠이 지났지만 청문감사관실에서는 더는 연락이 오지 않았다. 그녀가 친분이 있다는 경찰서 과장들에게 부탁했을까? 아니면 감찰관에게 최면을 건 것이 효과를 발휘한 것일까? 이대로 별일 없이 끝나면 좋겠다. 불안해서 잠도 잘 오지 않는다. 이래서 사람은 죄를 짓고 살면 안 되나 보다.

휴대전화가 울렸다. 철봉에서 내려와 가방에서 휴대폰을 꺼냈다.

"네. 선배님."

"목격자 찾는 게 더 힘들어."

그녀의 괴로움이 목소리에 묻어 있다.

"그럼 못 찾았어요?"

"아니. 겨우 찾았어."

"다행이네요."

"다행이 아니야."

"왜요?"

"만나기가 어려워서."

"목격자가 어디 있는데요?"

"교도소. 그리고 면회를 거부해서 만날 수가 없어."

"무슨 죄목으로 교도소에 수감 중이죠?"

"여대생 살인으로 수감 중이야."

"네?"

"뭔가 연결고리가 있는 거 같지?"

"그러네요. 우리가 2006년 여대생 살인사건의 살인범을 잡으려고 그 자를 만나려고 하는데. 그놈이 혹시 범인인 거 아니에요?"

"내가 알아봤는데 다른 여대생을 살해해서 수감 중이야. 그리고 연결고리를 발견할 수가 없어."

"목격자는 몇 년도에 살인을 저질렀죠?"

"2012년."

"6년이 지난 뒤네요. 그래도 목격자를 만나면 뭔가 알아낼 것 같은 기분이 드네요."

"나도 그래. 일단은 네가 만나야 할 사람이 끔찍한 살인을 저지른 흉악범이야. 이 사실을 알고 있으라고 먼저 연락한 거야."

"하하. 감사합니다. 미리 연락해주셔서."

"어떻게든 면회할 수 있도록 만들어볼게."

"네. 기대할게요, 선배님."

"암튼 교도소에 수감 중인 살인범이 유일한 목격자야. 면회할 방법이 생각나면 다시 연락할게."

살인범을 또 만나야 하다니. 긴장했는지 몸이 살짝 떨렸다. 긴장감을 풀기 위해 철봉을 다시 붙잡았다. 백수가 김원우를 여전히 힐끗힐끗 쳐다보고 있다. 저 백수를 위해 묘기 하나 보여줘야겠군. 철봉 위로 몸을 360도 회전했다. 빙그르르 몸이 회전하자 머리에서 번쩍하고 생각이 떠올랐다.

"유레카."

기막힌 생각이 떠올랐다. 바로 유체이탈이다.

교도소에 수감 중인 목격자의 방으로 들어가 그를 살펴본다. 그리고 면회하는 방법을 찾는다. 아니면 약점이라도 알아내서 오는 거다.

하지만 문제는 요즘 유체이탈이 잘 되고 있지 않다는 거다. 가방을 챙겼다. 생각 난 김에 유체이탈을 시도해볼 생각으로 원룸을 향해 뛰었다.

*

김원우는 자신의 반지하 원룸에 도착한 후 바른 자세로 앉았다. 두 눈을 감고 크게 심호흡을 했다.

'편안하게 릴렉스 하자.'

몸이 건강해지면서 유체이탈이 되지 않고 있었다. 몸에 근육이 생기면서 영혼이 몸 밖으로 나가지 않았다. 하지만 지금은 해야 한다.

영혼을 육체 밖으로 내보내는 방법은 어렵지 않다. 늘 보던 사물을 다른 시각으로 바라보기만 하면 된다. 그의 영혼이 천천히 몸 밖으로 이동했다. 머리만 나오고 영혼 전체가 빠져나오지는 못했다. 고작 자신의 몸을 돌아보는 게 전부다. 영혼이 둥둥 떠 있는 상상을 해보려고 노력했지만 무언가 큰 벽에 가로막힌 느낌이다.

문득 영화 〈어벤져스: 인피니티워〉의 한 장면이 떠올랐다. 마크 러팔로가 박사와 헐크 연기를 했었다. 위급한 순간 헐크로 변해야 하는데 변신이 되지 않아 당황하던 장면이 생각났다. 박사가 헐크의 도움을 원하며 나와 달라고 애타게 불렀지만, 몸 안에서 헐크가 'No!'라고 소리쳤다.

지금 김원우의 모습이 딱 그 모습이다. 억지로 유체이탈을 무리하게 하지 말고 천천히 방법을 연구해보자. 언젠가는 될 것이다. 감았던 두 눈을 떴다.

이지혜는 여대생 살인범 방문식이 누구에게 검거되었는지 조사했다. 담당 형사를 만나면 자연스럽게 면회할 기회가 생길지도 모른다. 기록들을 살펴보니 7년 전 은평경찰서 강력팀에서 검거했다. 피해자의 신용카드를 사용한 기록을 추적하여 검거한 것으로 기록되어 있다.

피해자의 신용카드를 썼다고 해서 범인이 쉽게 검거되지는 않는다. 그런데 이 사건은 운 좋게 해결되었다. 정말 운이 좋았다고 볼 수밖에 없었다. 피해자의 신용카드로 범인은 세 번에 걸쳐 300만 원을 찾아갔다. ATM기에는 CCTV가 설치되어 있어서 범인의 얼굴이 나타났다. 범인은 아주 외진 편의점에 설치된 ATM기에서 현금을 찾았다. 주변에는 CCTV도 없고 단지 편의점과 ATM기에만 설치되어 있었다.

ATM기에서 현금을 인출하던 범인은 오토바이 헬멧을 착용하고 있었다. 헬멧을 썼기 때문에 그가 누구인지 알아볼 수가 없었다. 그런데 이 헬멧이 아주 특이하게 생겼다. 독수리 문양이 그려져 있는 평범하지 않은 헬멧이었다. 당시 수사팀은 이 헬멧을 공개수사하려고 했지만 지휘부에서 헬멧 사진을 공개수사하면 경찰이 무능하다는 소리를 듣는다고 공개수사를 막았다. 결국, 비공개로 수사가 진행되고 있었다.

그런데 여대생의 당일 행적을 조사하던 형사 두 명이 방문식이 운영하는 술집에 우연히 들렀다. 한 명은 방문식을 상대로 탐문 수사를 했고, 또 다른 한 명은 그냥 술집을 구경했다. 술집 내부를 구경하던 형사가 거기에서 문제의 오토바이 헬멧을 보았다. 그리고 우연히 ATM기 CCTV에서 헬멧을 착용한 범인이 돈을 찾는 모습까지 보게 된 것이다.

어디선가 본 적이 있는 헬멧이라고 생각하던 형사는 방문식의 술집에서 보았다는 사실을 기억해냈다. 정말 운이 좋았다. 두 조건 모두가 맞아떨어져야 가능했던 일이기 때문이다. 그렇게 해서 범인을 검거하였고, 당시 헬멧을 보았던 형사가 바로 공갈9단 조태성 경감이다.

이지혜는 조태성에게 전화하려다 생각을 바꾸었다.

'직접 찾아가서 물어보는 게 낫겠어.'

*

강력3팀은 형사과 중앙에 자리 잡고 있었다. 입구에서부터 순서대로 팀을 배정하여 중앙에 위치하게 되었다. 이지혜는 조태성이 직접 타준 믹스 커피를 마시며 앉아 있다. 믹스 커피를 많이 타 보았는지 그의 커피 맛은 나쁘지 않았다. 조태성은 그녀가 잊고 있던 지난 사건을 물어보자 당황했다. 아니, 어떻게 그녀는 그 일을 아는 것일까?

"자네는 왜 그 사건을 조사하는 거야?"

"제가 조사하는 사건의 목격자가 방문식이기 때문이에요."

"뭐?"

그는 매우 놀라는 모습이었다.

"그 변태 살인마가 목격자라고. 그것 참 의외로군."

"팀장님. 어떻게 범인을 검거했는지 대충 알고 있어요. 제가 원하는 것은 그자와 면회하는 거예요. 면회가 가능할까요?"

그의 입에서 긴 한숨이 흘러나왔다.

"음."

그는 두 눈을 감고 당시를 떠올렸다. 오토바이 헬멧은 정황증거일 뿐, 그가 아니라고 주장하면 당일 행적들을 조사해야 했다. 휴대폰을 압수하고 위치추적하려면 압수수색 영장이 필요하다. 영장을 발부받기 위해서는 많은 시간과 노력이 소모된다. 그렇게 되면 범인이 도망갈 시간을 줄 우려가 있다. 긴급체포하여 시간을 벌 수도 있다. 하지만 긴급체포는 수사팀에게 부담을 준다. 진짜 범인이 아닐 수 있기 때문이다.

조태성은 방문식을 체포하지 않고 그의 주변을 은밀하게 수사했다. 오토바이 헬멧에 관해서는 전혀 모르는 척, 헬멧은 결정적일 때 그의 알리바이를 깰 핵폭탄으로 감춰두고 말이다.

당시 그가 운영하는 작은 술집에는 종업원으로 일하는 여성이 있었다. 그녀는 그곳에서 아르바이트를 하면서 방문식을 만나 사귀게 되었다. 조태성은 그녀를 따로 만나 추궁 아닌 추궁을 했다. 자신의 장기인 모든 것을 다 알고 있다는 투의 표정과 말로 끈질기게 반복해서 물었다.

그녀에게 조태성이 질문했다.

"정말 그를 사랑해?"

이 질문에 그녀가 흔들렸다. 그리고 덜덜 떨며 말했다.

"피를 빼야 한다고, 저보고 몸을 밟고 있으라 했어요. 흑흑."

방문식은 여대생을 살해한 뒤 피해자의 몸에서 피를 빼내야 한다며 여자친구에게 시체를 발로 밟으라고 시켰다. 그녀는 시키는 대로 하지 않으면 방문식이 자신을 죽일 것 같아서 그의 말대로 했다. 방문식의 자백을 받을 수 있었던 것은 여자친구의 이 말 한마디가 있어서 가능했다.

"피를 빼야 한다고, 나에게 몸을 밟고 있으라고 시켰잖아."

문제는 피를 빼야 한다고 시켰다면 사람을 한두 번 죽여본 놈이 아니라는 것이다. 피를 빼는 이유는 시신의 무게를 가볍게 만들어 옮기기 수월하게 하기 위해서다.

여자친구가 죽은 여대생의 몸을 발로 밟고 있다가 무서워 기절하자, 방문식은 무거운 정수기 물통을 피해자의 몸 위에 올려두고 피를 뺐다고 나중에 실토했다. 그리고 토막 내기 전까지 시체와 섹스를 즐겼다. 여기까지 생각하던 그의 미간이 구겨졌다.

"그놈에게 여자친구가 있었어."

"여자친구요?"

"응. 아마 그놈은 여자친구가 죽었다는 사실을 모를 거야. 나도 최근에 우연히 알게 되었어. 그 일이 있고 난 뒤 심한 우울증을 겪다 결국 자살했다고 하더라고."

"죽은 여자친구를 이용하자는 말이군요."

"죽은 사람에게는 미안하지만 어쩔 수 없지. 내가 볼 땐 둘이 사귀는 게 아니라 거의 성노예 같았어. 그녀의 진술을 받을 때마다 수사관들 모두 깜짝깜짝 놀랐다니까. 여자친구가 대변을 보는 모습을 보면서 자위하고 또 그것을 먹이기도 했나 봐. 일단 그놈에게 자네 면회를 허락하면 여자친구를 만나게 해주겠다고 설득할 수밖에."

"여자친구가 먹힐까요?"

"죽일 수도 있었는데 살려둔 걸 보면 아마 사랑했기 때문이 아닐까 싶어."

살인을 목격한 여자친구를 죽일 수도 있었다. 하지만 결국, 살려두었기 때문에 검거되지 않았는가. 조태성의 말에 그녀가 고개를 끄덕였다.

"사람을 한두 번 죽여본 놈이 아니야."

"다른 사건도 팠나요?"

"물론이지. 그게 우리 일이잖아. 하지만 당시 수사팀은 그놈을 검거한 것에 만족했어. 여죄를 더 밝히고 싶었지만 원체 입을 안 열었지. 그저 그 녀석의 DNA를 데이터에 보관하는 것으로 만족했어. 보통 놈이 아니야. 조사하는 수사관 모두 그놈을 상대하기 싫어했어. 나 역시 그놈 때문에 가끔 악몽을 꾸거든."

살인범에게는 특유의 기가 있다. 살기(殺氣)라고 해야 할까. 쟁쟁한 조태성도 그 기에 눌리다니 보통 놈이 아니라는 것을 느꼈다.

"살해 동기는 뭔가요?"

"모욕감을 줬다고 하더라고. 술 취해서 진상을 부려 홧김에 그랬다고. 하지만 어디까지나 그놈 말이지. 그놈 말대로 진술은 받아줬지만, 섹스에 환장한 놈이야. 분명 강간하려고 죽였을 거야. 죽은 여자의 토막 난 부위마다 그놈의 정액이 한가득 나왔어. 완전 또라이야. 한두 번 사람을 죽여본 놈은 분명 아니야. 면회하게 되면 또 다른 여죄도 자네가 알아봐 줬으면 좋겠어."

"면회할 수 있도록 해주시면 꼭 알아보겠습니다."

"면회하면 그 자식의 입을 열 수는 있겠어?"

"저번에 봤던 김 순경과 같이 면회를 할 거예요. 그 후배라면 풀리지 않는 실타래를 풀 수 있을 것 같아요."

"지난번 망치귀신 자백을 받아낸 그 친구?"

"네."

이지혜도 대단하지만, 그 친구는 더 대단하다. 두 사람의 하모니라면 영구히 감춰진 사건들이 세상에 진실을 드러낼 수 있을 것 같았다.

"좋아. 내 장기를 살려서 설득해볼게. 아마 거절하지 않을 거야. 자네는 준비하고 있어."

역시 공갈답다.

"감사합니다. 팀장님."

＊

병실에 환자복을 입은 김순희가 누워 있다. 조금 전 간호사가 다녀갔다. 빨리 퇴원하라고 성화다.

'씨발. 나 같은 환자 때문에 입에 풀칠하는 것들이. 지랄이야.'

그나저나 사망보험금은 어떻게 해야 할까. 화재로 남편 임기수를 죽였다. 지금 바로 청구하면 의심을 살 게 분명하다. 보험계약서와 가족관계증명서가 바뀌지 않는 이상 몇 년 지나 청구해도 상관없다. 보험금을 청구하는 순간 보험사기가 시작된다. 보험금을 받지 못해도 보험사기로 처벌을 받는다.

그녀는 보험설계사라는 직업 덕택에 많은 것을 알고 있었다. 보험금 청구권은 3년, 보험료 또는 적립금의 반환청구권은 3년, 보험료 청구권은 2년간 행사하지 않으면 시효가 완성된 것으로 보아 권리가 소멸한다. 보험설계사 시험을 준비할 때 달달 외우던 내용이다. 2년 반만 꾹 참자. 저축했다 생각하고 아니, 보험을 넣었다고 생각하고 잊어버리자. 장애보험금 받은 게 있으니 일단 그걸로 생활하고 다음 희생양이나 찾아볼까.

그녀의 눈이 반짝거렸다. 새로운 물건을 물색해야지. 착하고 순진한 물건으로 말야. 그녀가 어딘가로 전화를 걸었다.

"감사합니다. 좋은 인연을 만들어드리는 행복연입니다."

"거기 회원으로 등록하고 싶어서 전화했어요."

"네. 감사합니다. 실례지만 초혼이신가요 아니면 재혼이신가요?"

"초혼입니다."

"네. 초혼이시면 연회비 80만 원이시고요. 1년간 매달 4회 이상 만남의 기회를 드립니다. 만일 상대의 조건을 낮추시면 더 많은 만남의 기회를 드리고요. 가입하시겠어요?"

80만 원이면 그다지 큰 금액도 아니라는 생각이 들었다. 이것은 어디까지나 투자금이다.

"가입하겠습니다."

"네. 그러면 이 번호로 담당 커플매니저가 연락드리도록 하겠습니다."

"네."

"감사합니다. 곧 연락하도록 말씀드리겠습니다."

전화를 끊고 거울 앞에 섰다. 얼굴이 많이 초췌해 보인다. 그래서인지 나이보다 더 늙어 보였다.

장례식장에서 평생 흘릴 눈물을 모두 쏟아내었다. 어딘가에 조문객으로 위장한 보험조사관이 있을까 봐 혼신의 연기를 했다. 설마 했는데 진짜 보험조사관이 숨어서 지켜보고 있었다. 조사관이 지켜보는 것을 알고는 바로 실신해버렸다.

그 연기는 지금 생각해도 너무 좋았던 것 같다. 구급차까지 출동하였으니 아카데미 여우주연상감이다. 덕분에 병원에 편안하게 입원하고 장례 문제도 신경 안 쓰고 좋았다. 남편 떠나보내는 여성의 연기는 이제 두 번 다시 하고 싶지 않다. 남편이 뭐야? 그냥 키우는 한 마리 햄스터였는데. 햄스터가 죽었다고 사람들이 나처럼 슬피 울까?

"올해의 연기대상은 김순희! 호호. 감사합니다 여러분, 감사합니다."

그녀가 두 손으로 트로피를 잡은 것처럼 포즈를 취하며 가상의 관객들을 향해 고개를 숙였다. 그녀는 자신의 나이가 조금만 젊었더라면 연기자가 되었을 거라고 생각했다. 퇴원하면 곧장 미용실에 들러야겠다. 산뜻하게 꾸미고 새로운 애완동물을 맞이할 준비를 하자.

*

이지혜는 조태성의 연락을 마냥 기다리고 있지만은 않았다. 2006년 은평구 여대생 살인사건 기록을 벌써 열 번 넘게 살펴보았지만 다시 펼쳐보았다. 사망시간이 없다. 가장 중요한 기록이 빠졌다, 사망시간이 나와야 용의자의 알리바이를 추궁할 수 있다. 당시 수사관들이 용의자들

181

을 추려놓고도 갈팡질팡한 이유가 여기에 있다.

시신이 너무 늦게 발견되는 바람에 사망시간을 추정할 수가 없었다. 이 사건은 범인에게 하늘이 도움을 주는 것만 같다. CCTV도 없고, 그나마 있던 것은 모형 CCTV가 아니면 불량이니 말이다.

범인에게 천운이 따르고 있지만 결국엔 검거될 것이다. 일단 목격자 방문식이 말한 차를 당시 수사팀에서 수사했었다. 검은색 소나타. 세 번째 조사에서 방문식은 차량번호도 말했었다. 끝에 한 자리 숫자만 말했다.

검은색 소나타이며 끝 번호가 5번인 차량이 서울에만 5천 대가 넘었다. 이 5천 대를 당시 수사팀에서 한 달 넘게 수사했다. 차 주인이 여자인 사람과 나이 많은 사람을 제외하고, 20~30대 남자로 범위를 좁혀 이들의 행적을 조사했다.

그래도 범인이 밝혀지지 않자, 수사팀은 5천 대를 다시 처음부터 재조사했다. 차주의 아들이 차를 끌고 나갈 수 있다는 생각으로 범위를 넓혀 5천 대 차주의 알리바이를 샅샅이 살펴보았다. 조사는 소득 없이 끝났고 수사팀의 체력을 바닥나게 했다. 차라리 목격자가 차를 몰랐더라면 다른 수사가 진행되었을 것을.

그녀는 피해자를 조사해보았다. 피해자는 어떤 사람이고 혹시 원한을 살 만한 일은 없었는지 자세히 살펴보았다. 조심성이 많고 배려심이 많은 여인이다. 거기다 학업 성적도 우수하고 미모까지 뛰어나 '짝퉁 김태희'라는 별명까지 붙은 여대생이었다. 남자관계도 깨끗하다. 이런 그녀를 범인은 어떻게 차에 태울 수가 있었을까?

범행은 차에서 이루어졌다. 그녀의 벗겨진 옷들이 말을 해주고 있다. 야외에서 벗겼다면 옷에 흔적이 묻어 있을 텐데 아무런 흔적이 없다는 것은 분명 실내에서 벗겼다는 뜻이다.

범인은 어떻게 그녀를 차에 태웠을까. 아무리 생각해도 이것은 그녀를 잘 아는 면식범의 소행이다. 모르는 사람이 차에 태웠다면 분명 많은 목격자가 있어야 한다. 하지만 목격자는 단 한 명뿐이다. 잘 아는 누군가가 그녀를 차에 태웠다. 그리고 차 안에서 우발적으로 살인이 벌어진 것이다.

우발적이라고 생각한 이유는 그녀의 옷들이 도로에 뿌려져 있고 그녀의 치마에 정액이 묻었다는 점이다. 계획적이라면 그녀의 옷들이 쉽게 발견되지 않았을 것이고 시신도 허술하게 보이는 곳에 놔두지 않았을 것이다. 그 시신을 빨리 찾지 못한 경찰이 문제다. 다시 생각해도 정말 범인들에게 천운이 따르는 것 같다.

면식범이고 계획적이지 않으며 한 사람이 저지른 일이 아니다. 시신을 옮길 때 난 흔적이 그것을 말해주고 있다. 그러면 최소 두 사람인데…. 두 사람. 그녀가 손으로 이마를 툭툭 치며 깊은 생각에 잠겼다.

어쩌면 목격자가 범인이 아닐까? 교도소에 수감 중인 목격자도 여대생을 살해하지 않았는가.

갑자기 소름이 돋았다. 목격자의 알리바이는 확실한가? 파일을 다시 살펴보았다. 그녀와 연관성이 전혀 없다. 알리바이도 확실하다. 휴대폰을 꺼내 조태성에게 연락했다.

"여보세요."

"저에요, 팀장님. 면회는 어떻게 되었나요?"

"그게 말이지."

그가 망설이며 말했다.

"어렵게 그 자식을 설득했는데. 그 자식이 조건을 걸었어."

"무슨 조건을."

"여자친구가 면회 오도록 주선하겠다고 하니까 여친이 입었던 팬티를 먼저 보내달라고 하는 거야."

"네?"

"아무 팬티나 보낼 수 있는데 입었던 팬티라고 하니 정말 난감해."

"세탁했다고 하면 안 될까요?"

"그 얘기를 그 자식이 먼저 했어. 깨끗한 것은 절대 보내지 말라고."

"여자친구의 성격. 혹시 기억하세요?"

"음. 내 기억에 약간 순진했어. 어찌 저런 악마 같은 남자를 만났을까 하는 생각이 들더라고."

"그럼 이건 어때요?"

"뭐?"

"여자친구가 부끄러워한다면서 팬티에서 스타킹으로 바꾸는 걸로. 그 정도면 제가 신던 스타킹을 벗어줄 수 있는데 말이죠."

"스타킹이라. 효과가 없을 텐데. 그래도 한번 말은 해보지."

"방문식은 그 사건으로 몇 년형을 받았어요?"

"15년형."

"네! 겨우 15년형이요?"

"웃기는 게 이 나라 법이야. 사람을 죽였지만, 초범이고 반성한다고 판사가 15년형을 선고했어. 우리나라 판사들은 너무 관대한 게 흠이야."

"출소하면 몇 살인가요?"

"지금 복역 중이며 서른여섯이니까…. 뭐야, 마흔셋이면 출소하겠는 걸. 그 나이면 뭐든 하겠지."

"일단 최대한 설득해주세요. 목격자이지만 왠지 냄새가 많이 나요. 꼭 형을 더 살게 만들겠어요."

그녀는 조태성과 전화를 끊고 다시 이마를 손가락으로 툭툭 치며 생각에 잠겼다. 팬티라. 그런 더러운 놈에게 내 팬티를 벗어줘야 하나 하는 생각이 살짝 들었다. 그녀는 인상을 찡그리며 고개를 좌우로 흔들었다.

방문식의 증언

2019년 11월 20일. 대전교도소.

대전교도소 3동 담당인 최 교사는 야간근무 시간의 무료함을 때우기 위하여 재소자들의 감방을 탐방하기로 마음먹었다. 발소리를 내지 않기 위하여 구두를 벗고 운동화로 바꿔 신었다. 그리고 조용하게 각 방을 순찰했다. 통로에 설치된 노란빛을 내는 작은 전구들이 최 교사의 눈에 노란 장미꽃으로 보였다.

어느 감방 앞에 최 교사가 멈추었다. 흥미로운 장면이 그의 눈에 들어왔다. 방 안에서 감방장으로 보이는 재소자가 성실하게 자위행위를 하고 있었다. 그의 입에서 신음이 흘러나왔다.

"허응."

그의 손이 부지런히 위아래로 움직이며 작은 마찰음을 내었다. 최 교사는 그 장면이 재미있는지 말없이 지켜보았다. 자위하던 재소자가 느낌이 이상했는지 뒤돌아보고 당황하며 말했다.

"단결! 교화! 근무 중 이상 없습니다. 담당님, 수고하십니다."

"아니. 자네가 더 수고하네. 빨리 끝내고 자."

최 교사는 조용히 지나갔다.

교도관이 완전히 지나간 것을 확인한 방문식은 재빨리 망사로 된 여자 팬티를 다시 꺼내 얼굴과 코에 문지르며 향기를 맡았다. 이곳에서는 맡을 수 없는 향이다. 찌든 홀아비 냄새와 축축한 곰팡내로 가득한 이곳에서 접할 수 있는 향이 아니다. 팬티의 주인 소미의 얼굴이 가물가물하다. 하지만 그게 뭐가 중요한가, 지금 이 팬티가 그녀인데.

185

"헉. 흑."

짧은 도취감과 쾌감이 머리끝에서 발끝까지 퍼졌다. 방문식이 몸을 꼬았다. 쾌감이 너무 짧다. 한 번 더 하고 자야지. 벌써 네 번의 자위를 하였지만, 오늘은 소미를 위해서 다섯 번을 채우고 잘 생각이다.

*

교도소 주차장에 소형차가 주차하기 위해 후진을 했다. 한 번에 부드럽게 주차선에 맞춰 주차했다. 만일 주차하는 모습을 본 사람이 있다면 운전자가 당연히 남자라고 생각할 것이다.

운전석 문이 열리고 이지혜가 내렸다. 곧이어 김원우가 조수석에서 내렸다. 먼저 와 있던 조태성이 또 다른 차에서 내려 그들에게 다가왔다. 두 사람은 조태성을 보고 깍듯이 인사했다.

"팀장님, 벌써 와 계셨군요."

"나도 이제 막 왔어."

"호호. 죄송해요. 서두른다고 했는데."

"제시간에 왔는데 뭐가 죄송해. 그리고 팬티가 효과가 있었어. 누가 입었던 팬티야?"

"누가 입기는요. 제가 과수반 출신 아닙니까. 기막히게 페로몬 향을 제조해서 뿌렸으니 아마 믿었을 거예요."

"너 그러다 향수 회사로 스카우트 되는 건 아니지?"

"호호. 그 정도는 아니에요."

김원우는 두 사람이 무슨 말을 하는지 알 수가 없었다. 그녀가 팬티 이야기를 전혀 해주지 않기 때문이다. 그는 그저 형사들이 쓰는 은어로 이야기하는 줄로만 알았다.

"자, 들어가자고. 여기 교도소장과는 오래전부터 잘 알고 지내는 사이라서 특별히 따로 면회실을 준비해뒀어."

"정말 다행이네요."

"그래도 교도관 한 명은 감시하며 지켜볼 거야. 상관없지?"

그녀가 김원우를 쳐다보며 말했다.

"네. 저는 상관없습니다."

"저도요."

세 사람은 교도소의 민원실로 향했다.

조태성은 이제 막 온 것이 아니라 30분 전에 도착하여 접견신청서 등을 모두 작성한 상태였다. 도착과 동시에 특별접견실로 안내되었다. 보통의 접견실은 수감자와 접견인의 사이를 투명 아크릴 칸막이가 막고 있지만 특별접견실은 그런 게 없었다.

5분도 안 되어 포승줄에 묶인 방문식이 교도관 두 명과 함께 들어왔다. 김원우가 그의 얼굴을 천천히 살펴보았다. 햇볕을 받지 못해서 피부가 하얗다. 방문식은 천진난만한 미소를 지어 보였는데 순수하다는 느낌이 들었다. 살인범이라고는 믿기 힘들 정도로 순한 모습. 이것이 김원우가 본 그의 첫인상이다.

그가 먼저 웃으며 인사를 했다.

"안녕하세요, 조 형사님. 많이 늙으셨네요. 그래도 건강해 보여 다행이네요."

"너도 건강해 보인다. 앉아."

그를 안내해준 교도관이 설명했다.

"접견시간은 원래 15분이지만 소장님의 특별 지시로 30분간 접견하시면 됩니다."

조 팀장의 말과는 다르게 교도관들이 밖으로 나갔다. 그들이 나가자 조 팀장이 시계를 보며 말했다.

"어서 시작하지."

이지혜가 고개를 끄덕이며 가볍게 잽을 날렸다.

"방문식 씨. 2006년 11월에 발생한 은평구 여대생 살인사건 기억나시죠?"

그가 잽을 가볍게 흘려보냈다.

"소미는 언제 면회 오기로 했어요?"

그녀가 다시 원투를 날렸다.

"그 사건의 목격자가 방문식 씨입니다. 방문식 씨는 그날 왜 거짓말을 했나요?"

처음부터 강하게 몰아붙였다. 그의 눈빛이 약간 흔들리는 게 보였다. 하지만 여전히 순박하게 미소를 지으며 말했다.

"설마 소미가 안 오는 건 아니죠? 팬티 향기는 소미가 맞는데."

그녀가 더 강하게 어퍼컷을 날렸다.

"경찰 수사에 혼선을 준 이유가 무엇인가요?"

그의 표정이 변했다. 웃음기가 얼굴에서 떠나자 전혀 다른 방문식의 모습이 드러났다. 그는 목소리를 낮게 깔며 차갑게 말했다.

"날 속인 건가."

그가 양미간을 좁히자 잔인한 모습이 드러나 보였다. 이지혜는 그의 얼굴을 관찰하며 다시 스트레이트를 뻗었다.

"그 여대생을 왜 죽였나요?"

그녀의 말을 담담히 받아들이는 방문식과는 달리 조태성은 깜짝 놀랐다. 그가 진짜 그 여대생을 죽였을까? 그렇다고 해도 7년 후 석방될 녀석이 자백할 리 없다. 더 일찍 나오려고 모범수로 지낸다고 들었다. 그녀도 그런 사실을 모르지 않을 텐데. 왜 저렇게 애무도 없이 적극적으로 들이대는지 모르겠다. 이러면 여기 온 목적이 사라지는데 말이야.

조태성의 예상대로 그가 사납게 의자에서 일어났다.

"뭐하자는 거예요? 저는 더는 말을 하지 않겠습니다. 돌아가겠습니다. 팬티도 거짓이군요. 교도관!"

면회는 단 한 번뿐이고 이제 두 번 다시 기회는 없다. 그 사실을 여기 온 세 사람 모두 잘 알고 있다. 이대로 방문식이 나가면 모든 게 끝이다. 문이 열리고 교도관이 들어오는 게 보였다.

이제 김원우가 나설 차례다. 이지혜는 김원우와 이곳에 오기 전에 각본을 짰다. 그녀는 시나리오대로 움직이고 있었다. 두 사람은 서울에서 대전교도소까지 오는 동안 계획을 짰다. 분명 방문식은 방어적으로 나올 것이다. 극도로 경계하며 유리한 말만 할 게 뻔하다. 그 방어본능을 깨기 위해 심리적 동요를 일으켜야 한다.

잔잔한 수면 위로 돌을 던지고 그 파문이 퍼지는 순간, 김원우가 그에게 최면을 건다. 그리고 진실을 말하도록 마술을 부린다. 한 사람은 악역을 맡고 나머지 한 명은 부드럽게 방문식을 위로하며 밀고 당기는 것이다.

김원우가 재빨리 방문식의 손을 부드럽게 붙잡았다.

"죄송합니다. 잠깐만 제 이야기를 듣고 싫으시면 나가셔도 됩니다. 부탁드립니다. 이소미 씨도 만나셔야죠."

그가 잠시 머뭇거렸다. 소미라는 이름은 대단한 영향력이 있었다.

그는 의자에 다시 앉았다. 들어왔던 교도관이 분위기를 살피더니 접견실 밖으로 나갔다. 이제부터 김원우가 부드럽게 애무를 시작할 타임이다.

"방문식 씨. 저는 선생님을 믿습니다. 선생님의 이야기를 백 퍼센트 믿습니다."

사실이다. 그의 말을 백 프로 믿는다. 최면에 걸려서 하는 말만 믿을 것이다.

그가 김원우의 두 눈을 바라보았다. 눈이 흔들리는지, 눈동자가 왼쪽 위를 바라보는지, 눈이 몇 번 깜빡이는지 확인했다. 거짓이 아닌 것을 확인하자 굳어진 얼굴이 다시 펴졌다.

김원우는 그의 교활한 눈동자를 빤히 들여다보며 말했다.

"선생님도 제가 하는 말을 믿어주세요. 서로 믿음을 가지고 대화를 나누면 마음이 안정될 거예요. 물론 저 역시 선생님의 이야기를 들으면 마음이 편안해져요. 그리고 사랑하는 이소미 씨를 생각하세요. 소미 씨도 곧 만나게 될 겁니다."

그의 얼굴에 옅은 미소가 번졌다. 김원우의 말을 듣고 있으니 나른한 기분이 들었다. 김원우의 입술이 그의 귓불을 자극했다.

"자, 숨을 깊게 들이마시고 후 하고 천천히 뱉으세요. 심호흡하면서 몸의 긴장을 풀도록 하세요."

그가 김원우의 말을 듣고 심호흡을 했다.

"쓰흡, 후."

김원우가 다시 달콤하게 속삭였다.

"긴장을 풀기 위해 몸 안의 힘을 뺍니다. 몸에 힘이 전혀 없도록 천천히 릴렉스 하세요."

그의 두툼한 입술 사이에서 비음이 흘러나왔다.

"아."

"제 말과 목소리에 집중하셨다면 눈을 감고 오른팔을 편안하게 올려보세요. 하나, 둘, 셋."

김원우가 손가락을 튕기며 '딱' 하고 소리를 냈다. 그가 눈을 감고 오른손을 천천히 올렸다. 그가 눈을 감자 이지혜가 휴대폰을 꺼내 동영상 촬영 버튼을 눌렀다. 그녀가 손가락을 둥글게 만들어 오케이 사인을 보냈다.

"방문식 씨는 과거로 돌아가실 겁니다. 27살로 돌아갑니다. 27살 방문식 씨!"

"네."

"지금 눈앞에 무엇이 보이나요?"

"자취하는 제 방이요. 그리고 천장에 붙어 있는 바퀴벌레가 보여요."

"달력을 확인해보세요. 오늘은 며칠인가요?"

"2006년 10월 30일이요."

"좋습니다. 이제 2006년 11월 8일 그날로 가보도록 하겠습니다. 11월 8일 수요일 아침이네요. 일기예보에서는 비가 온다고 했는데 그날 비가 왔나요?"

"11월 8일 수요일. 아! 기억나요. 비는 오후 늦게 그쳤어요."

"그날 일과가 잘 기억납니다. 아주 특별한 것을 목격한 날이기 때문입니다. 아주 특별한 추억이 생각나시죠?"

그가 묘한 표정을 지었다.

"네, 맞아요. 아주 예쁜 여대생과 섹스를 한 날이에요. 그녀는 죽었지만, 너무 황홀했어요."

"방문식 씨가 그녀를 죽였나요?"

"아니요. 제이라는 남자가 죽였어요."

"제이. 그 사람은 누구인가요?"

"저도 그날 처음 보았어요."

"그날 상황을 자세히 얘기해주세요."

"아르바이트를 마치고 밤 10시쯤에 고시원으로 귀가하는 중이었어요. 택시 타는 곳에서 예쁜 여대생이 택시를 기다리는 게 보였어요, 너무 예뻐 잠깐 지켜보다 돌아서 가는데 한 남자가 그녀에게 다가가는 게 보였어요. 그 남자가 제이인데 다짜고짜 작은 몽둥이로 그녀의 얼굴을 가격했어요. 그녀가 기절했는지 쓰러지자 자연스럽게 업고 자신의 차에 태우는 거예요. 그러다 저와 눈이 마주쳤어요. 자기가 애인인데 바람을 피웠다고 말하더라고요. 믿지 않는 표정을 짓자 저에게 자신의 차에 타면 믿게 해주겠다고 했어요."

그의 얼굴이 빨개지며 표정이 야릇해졌다.

"차 안에서 그녀의 옷을 벗기더니 저보고 만져보라고 했어요. 걱정하지 말라면서 그녀가 이런 상황극을 좋아한다고 했어요. 제가 만지자 그녀가 깨어나 비명을 질렀어요. 그러자 제이가 조용히 하라며 그녀의 얼굴 특히 입을 몽둥이로 마구 때렸어요."

"그녀가 폭행을 당해 죽었나요?"

"아니요. 제이가 목 졸라 죽였어요."

"그럼 방문식 씨는 그걸 보고만 있었나요?"

"네."

"왜 보고만 있었나요?"

"저는 옷을 모두 벗고 있었어요. 제이가 벗고 즐기라 해서. 죽은 여자와 하면 더 즐겁다고 말해주었어요. 그 사람의 말은 정말 사실이에요. 죽은 사람과 섹스는 정말, 정말로 환상 그 자체에요."

그가 사정했는지 엉덩이를 들썩이며 몸을 부르르 떨었다.

"당시 상황을 계속 얘기해주세요."

숨을 거칠게 몰아쉬며 그가 이야기를 이어갔다.

"좁은 차 안에서 그녀와 섹스를 즐겼어요. 그러다 문득 죽은 그녀의 몸에 제 정액이 들어가면 경찰이 저를 찾을까 무섭다는 생각이 들었어요. 그래서 몸 밖으로 사정했는데 그녀의 치마에 가득 싸버렸어요."

"그 사람도 섹스했나요?"

"아니요. 제가 하는 걸 디지털카메라로 촬영만 했어요."

이지혜는 제이가 악마가 아니라 방문식이 악마로 보였다. 더럽고 추잡하고 역겹다. 자신의 욕망을 위해 죽은 여자와 그 짓을 하고 목격자라고 떠들다니.

"죽은 그녀는 어떻게 했나요?"

"제이가 그녀의 시체를 버릴 테니 도와달라고 했어요. 차를 타고 한적한 곳으로 이동했어요. 이동 중에 제이가 그녀의 옷들을 바깥에 버리라고 하더군요. 그래서 제가 옷들을 도로에 버렸어요. 그러다 차가 멈췄어요. 제이가 이곳이 좋겠다고 말했어요. 어디인지 기억이 나요. 아주 잘, 그곳이 기억나요."

"저도 그곳이 어디인지 알고 있어요. 차에서 내려서 어떻게 했죠?"

"차에서 내린 후 저는 여대생의 팔을 잡고 제이가 다리를 붙잡고 시체를 야산으로 옮겼어요. 농로를 따라 걸었는데 너무 무거웠어요. 시체가 그렇게 무거운 줄 그때 처음 알았어요. 제이도 무거웠는지 시체의 무게를 줄이자고 말했어요."

"무게를 어떻게 줄였나요?"

"피를 뺐어요."

"피를요?"

"제이가 능숙하게 목 부위를 송곳으로 쑤셨는데 피가 농로 옆 수로에 콸콸 쏟아져 나왔어요. 그리고 몸을 발로 밟아 피가 더 잘 나오도록 했어요."

"그자는 송곳을 지니고 다녔나요?"

"바지 주머니에서 송곳이 나왔는데 평소에도 가지고 다니는 듯이 익숙해 보였어요."

"그 후 어떻게 되었나요?"

"저와 제이는 여자를 산꼭대기에 버리려고 했어요. 그런데 피까지 뺐는데도 무거워서 근처에 버렸어요. 저도 힘이 없지만, 그 사람은 저보다 더 힘이 없었어요. 흙과 나뭇가지로 가리려고 했는데 근처에서 사람 소리가 들려 그냥 차로 돌아왔어요. 제이는 저에게 경찰이 찾을 거라고 말했어요. 찾으면 검은색 차를 목격했다고만 말하라고 했어요. 그리고 정말 경찰이 절 찾아왔고, 제이가 시키는 대로 말했어요."

"그 사람의 나이와 얼굴 생김새, 키. 자세하게 말해보세요."

"제이는 스물둘 아니면 스물셋, 아니면 더 어렸을 거예요. 목소리가 가늘고 뾰족했거든요. 얼굴은 생각이 안 나요. 어두워서. 그냥 얼굴이 공처럼 둥글고 작다는 느낌만 들었고 눈이 굉장히 반짝거렸어요. 키는 167 아니면 더 작을 수도. 어두운 차 안에서 단 한 가지만 생생하게 기억나요."

"그게 뭐죠?"

"오른쪽 손등에 J라는 이니셜 문신이요. 제이."

"그자의 차는 무슨 색이죠? 차 종류와 번호는 기억나세요?"

"아니요. 어두워서 생각이 나지 않지만 차가 넓어서 카니발 종류로 생각해요. 차 색깔은 흰색이고 번호판은 보지 못했어요."

"제이는 본인 이름을 말하지 않았나요?"

"말하지 않았어요. 대신 누가 자신에 관해 물어보면 제이라고 말해주래요. 분명 자신을 찾는 사람이 있을 거라면서."

*

교도소 출입문이 열리고 세 사람이 걸어 나왔다. 모두 착잡한 기분이 들었다. 범인 중 한 사람을 알게 됐지만, 진짜 주범은 오리무중이다. 단서라고는 오른손에 'J'라는 문신이 있다는 것과 흰색 카니발 차량.

왜 제이라고 말하도록 했지? 수사기관을 농락하기 위해서. 그럴 가능성이 크다. 피해자의 옷가지들을 도로에 뿌리고 피해자의 시신도 잘 보이는 곳에 두지 않았는가. 시체만 빨리 찾았어도 농락당하지 않았을 것을.

이지혜는 방문식의 이야기를 듣고 머릿속이 더 복잡해졌다. 지문과 증거가 발견되지 않아 지능범일 거라고 생각했었다. 그런데 전혀 그렇지가 않다. 범행은 계획적이지 않고 즉흥적으로 이루어졌다. 묻지마 폭행, 강간, 도구 없는 살인 등을 보면 전혀 계획적이지 않다. 마치 조현병 환자가 범행을 저지른 것처럼 잔인하기까지 하다.

하지만 방문식을 만난 후에 '제이'가 보인 행동은 침착하고 계획적으로 바뀌었다. 방문식을 이용하고, 신고하지 못하도록 공범으로 만들어버렸다. 영상을 촬영한 것도 같은 맥락 같다. 수많은 의문점이 그녀의 머릿속을 헤집고 다녔다.

김순희와 희생양

젊은 층의 취향에 맞게 실내가 장식된 커피숍에 김순희와 잘생긴 남성이 마주 보고 앉아 담소를 나누고 있다. 그녀는 오랜만에 느끼는 달콤한 감정이 싫지 않았다. 그녀는 한 단어가 떠올랐다. 설렘.

결혼정보회사의 소개로 만난 이 남자의 이름은 김순권. 자신보다 두 살 어린 35살이다. 훤칠한 키와 수려한 외모를 보고 첫눈에 반하고 말았다. 특히 그의 미소는 그녀의 심장을 두근거리게 했다. 자신보다 어렸지만 전혀 어리다는 생각이 들지 않는다.

그녀가 적극적으로 리드하며 말했다.

"이름이 너무 비슷하네요."

"그러게요. 저도 깜짝 놀랐어요. 누가 들으면 남매인 줄 알겠어요."

"하시는 일을 물어봐도 될까요?"

김순권이 미소를 짓자 그의 하얀 치아가 모습을 드러냈다.

"운전기사로 일하고 있습니다."

운전기사가 아니라 회사 오너로 보였는데. 조금 실망했지만 그런 모습을 드러내지 않도록 노력했다. 다니는 회사를 물어보면 너무 속물처럼 보이는 것 같아 자세히 묻지 않았다. 하지만 이것은 묻지 않을 수가 없다.

"수입은 어떻게 되세요?"

"수입은 얼마 되지 않아요. 삼백 정도. 하지만 부모님이 하시는 식당이 상당히 잘되고 있어요. 현재 가맹점 식으로 또 다른 음식점을 차리려고 하는데 그곳을 제가 운영해야 할지도 모르겠어요. 아니, 할 것 같아요."

그렇지. 드디어 원하던 말이 나왔다. 점점 그가 마음에 들었다. 그가 타고 온 흰색 포르쉐도 마음에 쏙 든다. 아마 부모가 사줬을 거야.

"너무 잘생겨서서 여자 친구가 많을 거 같아요."

"하하. 그런 말 진짜 많이 들었어요. 근데 진짜 없어요. 하하."

웃음소리마저 그녀의 마음에 쏙 들었다. 왜 이러지? 뭔가 단점을 찾아보려고 해도 찾을 수가 없다. 그의 검은 정장에 흰 실이 붙은 게 보였다.

"어머! 뭐가 붙어 있네요."

그녀가 흰 실을 떼어내며 그의 어깨를 가볍게 손으로 툭 쳤다. 그리고 유혹의 눈빛을 보냈다. 눈으로 그에게 많은 의미를 보냈다. 어서 날 안아줘. 싸구려 모텔에 데려가도 따라갈 수 있어.

그가 물었다.

"실례가 될지 모르겠지만, 혹시 저 말고 행복연 회사에서 소개받은 사람이 또 있나요?"

"아니요. 전 오늘 처음 소개받는 거예요."

"다행이네요. 미인이시라 경쟁자가 많을 것 같아서 왠지 불안하네요. 식사하러 나갈까요? 드시고 싶은 거 있으세요?"

다행히 결혼정보회사에서 정보를 많이 알려주지 않은 모양이다. 지금 벌써 네 번째 만남이지만 시치미 뚝 떼자. 그리고 당장 커플 매니저에게 전화해서 말해놓아야지.

"술도 하면서 먹을 수 있는 곳으로 가요."

"술이요? 술 잘 드시나요?"

"잘은 못해도 기분 좋으면 마셔요. 오늘은 기분이 좋아서 마음껏 마시고 싶어요."

"하하. 설마 저 때문에 기분이 좋으신 건가요?"

그녀는 대답하지 않고 고개만 끄덕였다.

"좋습니다. 제가 잘 아는 일식집이 있는데 거기로 가시죠."

두 사람이 천천히 자리에서 일어났다. 그녀가 자연스럽게 그의 손에 자신의 손등을 부딪쳤다. '내 손을 잡아줘!'라는 뜻으로. 그는 그런 그녀의 마음을 모르는지 입구로 성큼성큼 걸어 나갔다.

*

서울지방청 미제사건수사팀 사무실에서 이지혜가 눈을 비볐다. 몇 시간째 모니터를 뚫어지게 쳐다보았더니 눈이 아프고 허리도 아팠다. 그녀가 보는 것은 전과자들의 전산 기록이다. 그중에서도 문신 있는 전과자들을 살펴보고 있었다. 경찰에서 수집한 모든 전과자의 빅데이터 속에 그녀가 찾는 남자는 없었다. 'J'라는 문신이 새겨진 남성은 전혀 발견할수 없었다. 어쩌면 기록에 누락됐을 수도 있다.

그녀가 다시 눈을 비볐다. 오랫동안 컴퓨터 모니터를 집중해서 보았더니 눈이 따끔거렸다. 수법의 잔인성으로 보아 또 다른 범죄를 저질렀을 것이다. 검거되지 않았다면 끔찍한 범죄들을 연속으로 저지를 가능성이 높다. 검거되었을 확률이 높은데 없다니. 설마 외국으로 나갔을까?

그녀는 문신 찾는 것을 포기하고 비슷한 사건 기록을 찾기 시작했다. 목록을 보니 천 개가 넘었다. 2006년 이후부터 이렇게 살인사건이 많이 벌어졌다니 놀랍다. 이중에서 미제사건 기록만 다시 검색하기 시작했다.

*

김원우가 자신의 원룸 중앙에 앉아 명상에 잠겨 있다. 최면술을 통해 몸은 갈수록 건강해지고 있다. 성격도 적극적으로 바뀐 것은 매우 마음에 든다. 유체이탈이 되지 않는 점만 빼고는 모든 게 완벽하다. 하지만

198

유체이탈을 통해 제이라는 남자의 행방을 쫓고 싶었다. 그가 제이를 잡
으려는 이유는 오로지 한 가지다. 바로 그녀를 위해서.

　온몸에 긴장감을 풀면서 숨을 뱉었다. 영혼이 몸 밖으로 서서히⋯. 하
지만 유체이탈이 되지 않는다. 더 노력하면 언젠가는 유체이탈이 이루
어질 것이다. 시계를 보니 출근할 시간이다. 천천히 일어나 샤워실로 향
했다.

한밤중의 교통사고

순찰차 창밖으로 보이는 야경을 김원우가 멍하니 바라보았다. 교도소를 다녀온 지 보름이 지났다. 선배에게 몇 번 안부 문자를 보냈지만, 답장이 너무 형식적으로 와서 매우 속상하다. 속상할수록 그녀가 더욱 그리웠다. 빨리 유체이탈이 되어 제이를 찾을 수 있다면 그녀와 다시 즐겁게 지낼 수 있을 것 같은데. 휴대폰을 여러 번 꺼내 확인했다. 근무 중에도 그녀의 연락을 기다리고 있다.

기다리지 말고 연락을 할까? 아니다. 시간이 너무 늦었다. 이 시간에 연락하면 잠을 깨울 수 있다. 그냥 아침에 안부 문자를 보내야겠다. 안부 문자를 미리 정성껏 한 자씩 작성했다. 여러 번 고친 후에 아침에 보낼 문자의 내용을 완성했다. 아주 만족스러운 내용은 아니지만 그래도 그녀에게 내 마음을 이렇게 간접적으로라도 전하고 싶었다. 이때 순찰차 내부에 설치된 무전기가 정적을 깼다.

"치칙. 순 345호 여기는 상황실."

운전석에 앉아 있던 누군가가 재빨리 무전기를 잡았다.

"여기는 순 345호."

"사건번호 1002호 조치 바란다. 신고자 말이 사람이 죽었을 수 있다고 하니 상황실에서 119에 연락을 취하겠다."

"순 345호 알겠다."

무전을 마친 박두만이 김원우를 바라보며 말했다.

"교통사고 신고야."

"사람이 죽었을 수 있다고 하네요."

"보통 별일 아닌데 놀라서 신고를 그렇게 하는 경우가 있지만 서둘러 가보자고."

"맞아요. 사고 발생지로 빨리 가보죠."

굳은 표정을 지으며 그가 고개를 끄떡였다.

"물론이지. 당연히 빨리 가야지. 별거 아니라 해도 신속하게 출동하자고."

그는 전혀 다른 사람으로 변해 있었다. 얼마 전 김원우가 그와 이야기를 나누면서 자연스럽게 최면을 걸었다. 그의 트라우마를 치료해준 것이다. 가족을 잃은 슬픔과 조직에 대한 불신과 배신감 등을 자연스럽게 잊을 수 있도록 심리치료를 해주었다. 효과가 있었다. 그가 예전의 모습으로 돌아왔다.

그는 후배들과 순찰차를 타면 절대 운전대를 잡지 않았다. 일도 항상 소극적으로 뒷짐만 지고 관망했다. 순찰차에 타면 오로지 게임만 했다. 그런 그가 전혀 다른 사람으로 변해 있었다. 다른 사람이 아니라 원래의 모습으로 돌아온 것이다. 김원우는 만족스러운 표정으로 운전대를 잡은 그를 바라보았다.

뚱뚱한 박두만이 능숙하게 앞차를 추월했다. 이 배 나온 카레이서는 그것도 부족한지 경찰 사이렌을 울리며 액셀러레이터를 밟았다. 주변 차들이 놀라 길을 터주었다. 경찰서 상황실에서 신고출동을 지정할 때는 항상 가까운 곳에 있는 경찰차를 지정한다. 5분도 채 되지 않아 사고 현장에 도착했다.

신고자는 피해자의 남편이었다. 신고자가 친절하게 손짓으로 사고 지점을 안내해주었다. 피해자는 사고를 당한 뒤 즉사한 것으로 보였다. 김원우는 끔찍한 일을 당하고도 침착하게 행동하는 남편의 모습에 순간 존경심마저 들었다. 부인이 뺑소니를 당해 사망한 상태인데도 당황하지 않았다. 아스팔트 도로 위에 기괴한 자세로 누워 있는 피해자의 모습을 보니 헛구역질이 나왔다. 남편도 침착하게 행동하는데 경찰이 추태를 보일 수 없다는 생각에 어금니를 꽉 깨물었다.

박두만이 남편에게 다가가 사고 경위를 물어보았다. 남편 김성수는 의외로 담담하게 상황을 설명했다. 김원우는 피해자가 있는 곳으로 다가가 사진 촬영을 했다. 제대로 사진을 찍었다고 생각한 김원우는 재빨리 끔찍한 시신에서 고개를 돌렸다. 그리고 사고 현장 주변을 촬영했다.

주변을 촬영하는 김원우 앞으로 무서운 속도로 차 한 대가 돌진했다. 위기를 느낀 김원우가 속도를 줄이라고 야광봉을 흔들었다. 속도를 줄이고 다가온 차를 보니 견인차였다. 견인차의 운전석에 수많은 무전기가 보였다. 경찰 무전을 도청하는 것 같았다.

견인차는 사고 차량이 없자 자신이 할 일이 없는 것을 알고 도착과 동시에 자리를 떠났다. 곧 사설 구급차가 도착하였는데 조금 전 견인차의 움직임에 비해 한참 느려 보였다. 구급차에서 내린 사설 구급대원들이 자신들의 업무를 말없이 처리했다. 움직임이 없는 시체를 쌀가마니 같은 부직포에 담아 구급차에 실었다.

그들은 자신들이 속해있는 병원 장례식장에 피해자를 다급하게 옮겼다. 경찰관이 제지할까 두려워 더욱 서두른 모습이다. 박두만과 김원우는 그들의 행동을 당연하게 받아들였다. 추후에 이들의 행동이 잘못된 것을 알았지만 당시에 경황이 없어 이들을 막지 못했다.

어느 정도 상황이 끝나갈 무렵에 교통범죄수사팀 일명 뺑소니 처리반이 도착했다. 색이 바랜 밤색 톤에 두꺼운 겨울 가죽 재킷을 입은 조사관이 차에서 내렸다. 그는 서두르지 않고 현장을 천천히 둘러본 뒤에 본격적으로 움직였다. 밤색 가죽 재킷을 입은 조사관 박승현이 박두만에게 다가와 물었다.

"수고하십니다. 뺑반 박승현 조사관입니다. 사고 경위 파악했나요? 남편이 신고했다고 하던데 자세히 좀 알려주시겠어요."

"네. 근처 술집에서 02시 20분까지 남편과 함께 술을 마시고 나왔다고 합니다. 그리고 02시 35분쯤에 부인이 술에 취해서 도로를 무단횡단했다고 했어요. 그리고 저 지점에서 흰색 SUV 차량이 충격하고 그대로 사거리 방향으로 도주했다고 합니다. 그래도 다행인 게 남편이 상대 차량의 번호를 기억합니다."

"차량번호를요?"

박 조사관이 의아한 표정을 지었다. 어떻게 그 와중에 차 번호를 보았을까. 아내를 먼저 살펴야 하는 게 정상인데.

"그럼 사고를 낸 차량은 저쪽 농협 방면에서 왔겠네요."

"네."

그는 수첩에 박두만의 이야기를 적으며 질문을 이어갔다.

"부인의 상태는 보셨나요?"

박두만이 조금 당황해하며 말했다.

"도착하니 이미 사망해 있었습니다. 그래도 혹시 몰라 구급차에 실어서 병원으로 후송했습니다."

"그게 무슨 말이죠? 119는 사망하면 그냥 철수하는데."

"아 그게 워낙 경황이 없었어."

박승현은 대충 어떻게 된 것인지 알았다. 멍청한 지구대 직원들이 병원 장례식장에서 나온 사설 구급차에 증거가 될 피해자를 넘긴 것이다. 견인차라면 현장에 일찍 도착할 수 있다. 하지만 사설 구급차가 어떻게 알고 현장에 도착하여 시체를 가져간 것일까? 약간 의문이 들었다.

"사망이라는 것을 어떻게 확인하셨죠?"

김원우가 재빨리 휴대폰으로 찍은 피해자의 모습을 그에게 보여주며 말했다.

"도착했을 때 이런 모습으로 누워 있었어요. 오른쪽 팔이 완전히 꽈배기처럼 꼬여 있고 그리고 다리가 꺾여 배 쪽으로 올라와, 아휴. 다시 봐도 끔찍하네요."

사진을 보며 그가 담담하게 물었다.

"어느 병원으로 갔습니까?"

"가까운 모자병원이요."

"남편도 병원으로 갔겠네요?"

"네. 대충 상황이 수습되자 택시를 타고 바로 병원으로 갔습니다."

"택시요?"

"네."

조사관이 다시 고개를 옆으로 기울이며 생각했다. 이 사건은 의외로 술술 풀릴 것 같지만 느낌이 이상하다. 남편은 현장에 있어서 모든 것을 목격하였고 차량번호도 잘 안다. 뭔지 모르겠지만 느낌이 좋지 않다.

"이상하네."

"뭐가요?"

"뺑소니 차량의 유류품이 없어요. 사람이 죽을 정도로 부딪쳤으면 바닥에 범퍼 조각이라도 떨어져 있어야 하는데 없어요. 혹시 지구대에서 치웠나요?"

박두만이 손을 흔들며 말했다.

"아니요. 저희는 그대로 현장 보존하고 있었습니다."

김원우도 휴대폰으로 찍은 사진들을 박 조사관에게 보여주며 말했다.

"저희가 신고를 받고 5분도 채 안 되어 도착한 후 그대로 현장을 찍은 사진입니다. 당시에도 도로에 아무것도 없었어요."

그는 김원우가 촬영한 사진들을 면밀하게 보았다.

"잘 알겠습니다. 보고서 올려주시고 사진은 제 메일로 보내주십시오. 수고하셨습니다."

"네. 잘 알겠습니다."

박두만이 물었다.

"범인은 금방 잡겠죠?"

"남편 분께서 본 것이 정확하다면 오늘 안에 검거될 겁니다."

혹시 도움이 될까 싶어 김원우가 말했다.

"아, 맞다. 이상한 점이 하나 있는데 말입니다. 112에 신고한 녹취 내용을 들어보면 남편 목소리가 무척 침착해요."

"일단 병원에 가서 남편을 만나보면 알 수 있겠죠."

"네. 그럼 저희는 가보도록 하겠습니다."

돌아서서 순찰차를 향해 걸어가는데 조사관의 말하는 소리가 등 뒤에서 들렸다.

"유류품 없는 뺑소니 사고는 처음 보네. 범인이 차에 내려서 주워갔을까?"

박 조사관은 바퀴 달린 굴리는 자를 꺼내어 거리를 측정했다. 거리를 측정하는 중에도 바닥에 떨어진 물건들이 있으면 조심스럽게 증거 수거함에 담았다. 그리고 김원우처럼 주변을 사진 촬영했다. 특이한 점은 사고 주변에 구경하던 사람들까지 촬영하는 것이었다.

지구대로 돌아온 김원우는 교통사고발생보고서를 만들었다. 보고서와 현장사진을 담당 조사관의 메일로 보낸 후에 이 사건을 잊어버렸다. 지구대에서 할 수 있는 일이 더는 없기 때문이다. 하지만 며칠 후 김원우는 동료들의 이야기를 듣고 큰 충격을 받았다. 단순한 뺑소니 사고가 아니었다. 그날 자신이 많은 실수를 했다는 것을 깨달았다.

  박승현은 모자병원 영안실로 병원 소속 장의사의 안내를 받아 들어갔다. 시체를 보는 것은 유쾌한 일이 아니다. 특히나 교통사고 시신은 온전하지 못한 경우가 대부분이다. 프랑켄슈타인 정도는 양호하다.

  영안실 특유의 소독약 냄새와 차가운 공기가 그를 맞이해주었다. 크레졸 냄새가 오늘따라 심하게 나는 것 같다. 기분 탓이겠지. 장의사의 움직임이 아주 편안하다 못해 여유로워 보였다. 일거리가 생겨 즐거운가 보다. 아무렇지 않게 행동하는 장의사의 움직임이 마음에 들지 않았다. 이것도 기분 탓이겠지.

  장의사가 거대한 냉장실에 보관 중인 시신을 꺼냈다. 정육점 냉장고에서 고기를 꺼내는 것처럼 자연스러웠다.

  "사진을 찍어야겠습니다."

  장의사가 고개를 끄덕이더니 작은 의자를 가져다주었다. 박승현이 의자를 밟고 올라가 시신의 모습을 위에서 아래로 내려다보며 촬영했다. 원하는 모습을 다 촬영한 뒤 말했다.

  "옷을 벗겨 주시겠습니까."

  장의사가 이번에도 대답 없이 고개를 끄덕였다. 그는 준비하고 있던 커다란 가위를 집어들었다. 피해자가 입고 있던 옷들이 커다란 가위에 의해 조각조각 잘려 바닥에 뒹굴었다. 옷이 헝겊 조각으로 변하면서 기능을 상실했다. 마치 죽은 이 여인처럼.

  그녀의 흰 속살이 점점 드러났다. 알몸 상태가 되는 과정을 박승현은 한순간도 놓치지 않고 바라보았다. 여성의 봉긋한 흰 가슴이 눈에 들어왔다. 전체적인 몸의 비율에 비교해서 유방이 작다는 생각이 들었다. 왁싱 된 주요 부위가 그의 눈길을 사로잡았다. 새로 자라난 음모를 보니

206

제모한 지 1~2주 정도 되어 보였다. 손으로 만지면 까끌까끌한 느낌이 날 것 같았다. 일순간 성욕이 솟구쳐 몸 일부분이 단단해졌다.

39세의 나이에 이런 사춘기 감정이 남아 있다니 놀랍다. 최근 일 년간 아내와 잠자리를 한 적이 없다. 그런데 여자의 시체를 보고 흥분을 한다는 사실에 놀라웠다. 박승현은 딱딱해진 자신의 베이비를 내려보며 속삭였다.

'이 여자는 옷 가게에 진열된 마네킹이야. 마네킹이라고.'

눈으로 가볍게 스캔하고 사진으로 기록을 남겼다. 촬영된 사진은 아마 수십 번은 더 감상해야 할 것이다. 자위행위용이 아니라 수사 용도로 말이다. 구석구석 사진을 촬영하고 박승현이 부드럽게 말했다.

"뒤집어 주시겠어요."

장의사가 알고 있었다는 듯이 자연스럽게 시신의 어깨와 엉덩이 안쪽으로 비닐장갑을 낀 손을 쑥 집어넣었다. 그리고 딱딱하게 굳어 있는 시신을 어렵지 않게 뒤집었다. 불과 몇 시간 전만 해도 이 여인이 살아 움직였을 거라는 생각이 들자 다시 아랫도리가 팽창하는 것을 느꼈다. 박승현은 잠시 눈을 감았다.

'그냥 마네킹이야. 옷 가게에 진열된 마네킹.'

눈을 뜨고 뒷모습을 촬영했다. 의문이 생겼다. 과연 교통사고로 죽었을까? 시체의 모습이 너무나 깨끗하다. 지저분하게 성적 욕구가 치밀 정도로 말이다. 팔은 꽈배기처럼 구부러져 있지만, 저것은 사고로 인해 난 형태가 아니다. 미스터리한 시신을 확인하고 영안실을 나왔다. 이제 이 마네킹의 남편을 만날 차례다.

'안녕, 아름다운 마네킹. 내가 너의 한을 풀어주겠어.'

*

피해자의 남편 김성수가 영안실 앞에 놓여 있는 의자에 앉아 있었다. 박승현이 이곳에 오기 전에 조사한 바에 따르면, 남편은 42세이고 건설업을 하고 있다. 부부관계는 원만하지만 최근 사업이 잘 되지 않아 자주 다퉜다는 말을 들었다. 조금 의심이 가는 상황이다. 박승현이 그를 보니 많이 울었는지 눈이 충혈되어 있었다.

"차량번호를 다시 말씀해주시겠어요."

그가 차분하게 말했다.

"3890호. 흰색 싼타페 차량입니다."

"앞 번호는 모르시고요?"

"네. 거기까지는 어두워서 보지 못했습니다."

"뺑소니 차량이 부인을 어떻게 충격하였습니까? 매우 중요한 사항이니 잘 기억해서 말씀해주십시오."

그의 눈이 왼쪽 위를 향하고 있었다. 그는 잠시 생각하더니 입을 열었다.

"조수석 쪽 범퍼 부위로 아내의 허리 아래쪽을 충격한 것 같아요."

"허리 아래요?"

"네."

사진으로 다시 그 부분을 잘 살펴봐야겠지만 허리 아래쪽은 분명 깨끗했다.

"그리고 곧장 신고하셨네요."

"네. 바로 경찰에 신고했습니다."

"부인이 다쳤는데 119에 먼저 안 하셨네요?"

그의 눈이 여러 번 깜빡거렸다.

"네?"

박승현은 무시하고 계속 필요한 질문만 했다.

"혹시 부인께서 사고 직후에 의식은 있었나요?"

"아니요. 없었습니다."

"도망친 운전자의 얼굴을 보셨나요?"

"어렴풋이 보았어요."

"남자인가요?"

"아니요. 여성 운전자였습니다."

"여성이요. 나잇대는 어떠하던가요?"

"그냥 젊어 보였습니다."

"잘 알겠습니다. 범인을 꼭 검거하도록 하겠습니다."

알 수 없는 구린 냄새가 난다. 이것도 기분 탓인가.

병원을 나와 곧장 CCTV 통합관제센터로 향했다. CCTV 영상을 확인해보니 남편의 말이 사실이었다. 흰색 산타페, 3890호, 여성 운전자까지 모두 사실이다. 너무 쉽게 일이 해결되니 더욱 느낌이 좋지 않았다.

*

박승현은 경찰서 교통사고조사실 입구에 서서 담배 한 개비를 꺼내 입에 물었다. 네 시간 동안 니코틴 없이 일에 몰두했다. 담배에 불을 붙였다.

일이 너무 쉽게 풀린다. 아직 의문스러운 점이 남아 있지만, 시간이 지나면 해결될 것이다. 담배 연기를 깊게 들이마시자 10년 전 그날이 떠올랐다.

10년 전에 여동생이 끔찍하게 사망했다. 그때도 지금처럼 이렇게 술술 풀렸으면 좋았으련만, 하지만 여동생을 죽인 범인은 아직도 잡히지 않았다. 그 일 때문에 다니던 대기업을 그만두고 경찰이 되었다. 그때는 본인이 직접 수사하면 범인을 잡을 수 있을 것 같다는 막연한 생각에 회사를 때려치우고 경찰이 되었다. 하지만 막상 현장에 있어보니 그런 일은 영화 속에나 존재하는 것 같다. 꿈도 못 펼쳐보고 억울하게 죽은 내 여동생 박성옥.

일단 여동생 생각을 잠시 접고 이번 사건을 정리하기로 하고, 박승현은 깊숙이 들이마신 담배 연기를 내뿜으며 방금 전 있었던 일을 떠올렸다. 머릿속으로 어느 정도 정리가 되자 사무실 안으로 들어갔다.

새벽시간인데도 사무실 안이 북적거렸다. 대충 보니 각이 나왔다. 출근하는 승합차와 택시가 추돌한 사고다. 차 안에 승객들이 있어서 관련자가 많았다. 사고 차들을 도와주는 보험회사 직원들이 그를 알아보고 깍듯이 인사를 했다. 보험사 직원들을 보니 갑자기 병원에서 봤던 장의사의 얼굴이 떠올랐다. 다들 자신의 업무에 충실해 보인다.

나 역시 내 업무에 충실해져야 할 시간이다. 못 보던 보험사 직원이 다가와 그에게 명함을 건넸다. 유대감을 형성하고 싶어 하는 게 보였다. 뺑소니 처리반은 사무실 구석에 있다. 그가 자리에 앉아 제일 먼저 한 일은 방금 받은 보험사 직원의 명함을 휴지통에 버리는 것이었다.

교통사고 시스템에 연결하여 차량을 조회했다. 3890호 차적 조회를 하니 다행히 연락처가 있었다. 간혹 차적 조회를 하면 연락처가 빠진 경우가 있다. 그러면 해당 차량이 가입한 보험회사에 연락하여 알아봐야 하는데 이게 상당히 귀찮은 일이다. 사무실을 분주하게 돌아다니는 저보험회사 직원들에게 부탁해야 하는데 그러면 역으로 그들도 나에게 부탁하기 때문이다.

곧장 차 주인에게 전화를 걸었다. 벨이 두 번 정도 울리자 젊은 여성이 받았다.

"여보세요."

"서부경찰서 교통범죄수사팀의 박승현 경사입니다."

"네."

여자의 음색이 전혀 놀라는 것 같지 않아 오히려 박승현이 당황스러웠다.

"오늘 새벽 2시 35분에 불광중 삼거리에서 사고 내신 거 기억나세요?"

명백한 증거와 목격자가 있으니 돌려 말할 필요가 없다.

"네. 기억납니다."

부인하지 않으니 오히려 현기증이 나려고 한다.

"왜 그냥 가셨어요?"

"무서워서 그랬어요."

너무 쉽게 자백한다. 보통 몰랐다고 말해야 지극히 정상이다. 비정상이니 사람을 치고 그냥 갔겠지.

"피해자가 사망했습니다."

"…죄송해요."

"이게 죄송하다고 끝나는 문제가 아닌데요. 서부경찰서 사고조사계로 지금 바로 출석하실 수 있겠어요?"

"네. 바로 가겠습니다."

뭐야. 시간을 끌고 그래야 정상인데 바로 출석한다고? 또 다시 현기증이 나려고 한다.

"술은 안 드셨죠?"

"네. 안 먹었어요."

"좋습니다. 사고 낸 차를 가지고 지금 바로 출석해주세요."

"네, 곧장 가겠습니다"

일이 술술 풀린다. 죽은 내 여동생 사건도 이렇게 술술 풀렸으면 좋았을 텐데. 마치 흡혈귀에게 피가 빨린 것처럼 몸 안의 피가 다 사라진 동생의 시신이 아직도 눈앞에 생생하다. 창백하다 못해 파랗게 변한 동생의 얼굴과 차디찬 피부의 감촉은 평생 잊지 못할 것이다.

*

박승현은 사고를 낸 여성을 뚫어지게 쳐다보았다. 눈매가 가늘고 길며, 입선이 붉었다. 특히 입술 옆의 검은 점이 눈길을 끌었다. 32세인 나이보다는 훨씬 더 어려 보였다.

뺑소니 살인범 최미영은 자신의 죄를 잘 알고 있다는 표정이다. 잘 알고는 있는데 반성의 기미는 전혀 안 보였다. 잘못했다고 말은 하지만, 진실성이 느껴지지 않았다.

"최미영 씨. 사람이 죽었어요. 지금부터 특정범죄가중처벌에 관한 법률 위반으로 긴급체포하겠습니다. 최미영 씨는 변호인을 선임할 수 있고 불리한 진술을 거부할 수가 있습니다."

그녀의 작은 어깨가 흔들렸다. 예상하였지만 담당 수사관의 입에서 자신의 죄명이 나오자 뜨끔한 모양이다.

"지금 경찰서 유치장에 들어갈 거니까 가족들에게 미리 연락해두세요."

그녀는 기가 죽었는지 고개를 푹 숙이며 말했다.

"이미 말하고 나왔어요."

결과도 알고 있다. 보통은 무서워서 지인과 가족들에게 연락하여 수습하는 게 정상이다. 담당 조사관에게 애원도 하면서 말이다. 그런데 그녀는 무서워하지도 애원하지도 않았다. 박승현은 더욱 강한 촉이 왔다. 이 여자는 바지사장이다. 이 여자를 고용한 진짜 사장이 누굴까?

*

김원우는 자신의 방 중앙에 바른 자세로 앉아 명상을 하고 있다. 고개를 좌우로 흔들다 천천히 눈을 떴다. 유체이탈을 하기 위해 명상을 하였지만 큰 벽이 철옹성처럼 막고 있는 기분이다. 몸에 근육이 붙을수록 내면의 벽은 더 두꺼워지는 것 같았다. 유체이탈이 성공할 때는 영혼이 깃털처럼 가벼워 붕 뜨는 기분이었는데, 지금은 몸에 붙은 근육 때문인지 영혼마저 묵직한 느낌이 들었다.

그가 고개를 들어 벽에 걸린 시계를 보았다. 벌써 출근할 시간이다. 새벽 5시부터 지금까지 아무것도 한 게 없이 시간만 보냈다. 고개를 돌려 주위 사물들을 다시 관찰했다. 이것을 이제 다른 시점으로 바라보며 영혼을 육체에서 분리해볼 생각이다. 다시 눈을 감고 방금 보았던 사물들을 상상했다. 주먹을 움켜쥐었다. 서서히 영혼이 몸 밖으로 빠져나와 방금 내가 본 사물들을 다른 시각으로 바라본다. 영혼이 서서히 몸 밖으로 나온다. 아니, 벽에 막혀 안 된다. 김원우는 눈을 번쩍 뜨고 자리에서 일어났다.

원룸을 나와 익숙한 출근길을 따라 지구대를 향해 걸었다. 반갑지 않은 사람이 걸어오는 것을 보고 급히 고개를 숙였지만 이미 늦었다. 지구대에서 거래하는 식당의 사장이 반가워하며 그를 붙잡았다. 별명이 박찬호인 그가 말을 늘어놓았다.

"김 순경. 출근하나 보네."

"네. 오늘은 주간근무입니다. 사장님, 좋은 하루 보내십시오."

인사만 하고 얼른 가려고 하는데 식당 사장이 붙잡았다.

"자네 갈수록 몸이 좋아지네. 처음 우리 집에 와서 밥 먹을 때는 조금 말라 있었잖아. 근데 지금은 아주 보기 좋아. 우리 집 음식이 입에 맞나 봐."

솔직히 맛보다는 싸기 때문에 찾는 곳이다. 경찰관들에게 약간의 할
인을 해주면서 엄청 인심 쓰는 척 말한다. 김원우는 사료 같은 반찬을
질리게 먹는다고 생각했다.

"네, 음식이 잘 맞아요. 하하."

"그렇지. 우리 여편네가 경찰관들 고생한다고 신경을 더 쓰고 있어. 알
지? 음식은 손맛인 거. 백종원이는 뭐하나 몰라. 우리 집같이 숨은 맛집
을 찾아와 소개도 하고 그래야 하는데. 우리가 광고비를 안 줘서 그런가.
하하."

대답하지 않고 '엄지척' 해주었다. 밥집 사장이 만족스러운 표정을 지
었다.

"요즘 경기도 안 좋은데 우리 집처럼 해주는 데가 드물지. 안 그런가,
김 순경."

"네. 그렇죠. 전 늦어서 빨리 가야 해요. 그럼 이따 점심 때 뵙겠습
니다."

좀 더 그의 이야기를 듣다가는 진짜 지각할지도 모른다.

*

고담지구대 주차장에서 김봉구와 부팀장이 이야기를 나누고 있다. 부
팀장이 김봉구의 말을 듣고 믿기 힘든 표정으로 물었다.

"정말이야?"

"네. 보험금 타 먹으려고 와이프를 죽였다고 하더라고요."

"그런 미친 새끼가 다 있네. 근데 사고조사계 박승현이 대단하다."

"그러니까요. 대충 수사했으면 묻힐 사건이었는데."

그때 김봉구가 지구대로 들어가는 김원우를 보고 말을 건다.

"원우야!"

"네, 김 형사님."

어느 순간부터 김원우는 김봉구를 김 형사라 불렀다. 형사과 출신이라 왠지 형사 같은 느낌이 난다. 강력사건이 발생하면 지구대 경찰관들과는 다르게 아는 게 많아 팀에 큰 도움이 된다. 그러다 보니 자연스럽게 호칭이 김 경사에서 김 형사로 바뀌게 되었다.

"너 얼마 전 출동 나간 농협삼거리 뺑소니 사고 진범이 누구인지 알아?"

"흰색 차량 여자 운전자라고 들었는데, 그 여자가 아닌가요?"

"아니야."

"그럼 누군데요?"

"신고한 남편 있지? 그 남편이 죽였다네."

김원우는 깜짝 놀라 눈썹이 치켜 올라가고 눈이 커졌다.

"네에?"

침착하게 아내의 죽음을 받아들이던 남편의 모습이 떠올랐다. 믿음직스럽다고 생각했는데 착각이었다.

"김 형사님. 그런데 어떻게 남편이 아내를 죽인 거죠? 저는 이해할 수가 없네요. 그리고 그것은 어떻게 밝혀졌나요?"

"담당 형사에게 잘못 걸린 거지. 그 형사가 보통 인물이 아니야. 경찰 들어오기 전에 대기업을 다녔다는데 허투루 수사하지 않아. 보통 그런 사건 들어오면 귀찮아서 수사를 잘 안 하는데 끝까지 수사했나 봐. 한마디로 재수 없게 걸린 거지."

"어떻게 밝혔을까요?"

"사고 낸 차량 운전자와 남편이 내연관계라는 것을 알게 된 거야."

김원우는 강한 충격을 받았다.

"두 사람이 내연관계라고요?"

"응."

김원우는 고개를 끄덕이며 물었다.

"그럼 남편이랑 내연녀가 서로 짜고 보험료를 타기 위해 아내를 살해했다는 말인가요?"

"그렇지."

"담당 조사관은 그걸 어떻게 알아냈을까요?"

"내가 형사과에 근무할 때 심증이 가는 범인을 찾아서 잡는 건 어렵지 않았어. 근데 범행을 부인하면 자백 받는 게 진짜 어려워. 확실한 증거를 찾아야 했지. 증거 찾는 게 얼마나 힘든지 수사해보지 않은 사람은 모를 거야."

"그럼 담당 조사관이 확실한 증거를 찾았군요."

"그렇지. 자백을 받기 위해 물증을 찾는 게 보통 어려운 게 아니야. 그리고 증거를 들이밀어도 부인하는 놈들이 태반이라니까."

김원우는 왠지 알아두면 도움이 될 것 같다는 생각이 들었다. 이지혜 선배가 또 언제 자신을 호출하여 흉악범들을 만나러 가자고 할지 모르니 말이다. 이런 기회를 놓치기 싫어 그에게 계속 질문했다.

"김 형사님. 증거가 있는데도 부인하는 놈들은 어떻게 자백을 받아내나요?"

"내가 예전에 살인범 하나를 잡아서 수사한 적이 있어. 근데 이 새끼가 시체가 발견되지 않으니까 끝까지 부인하더라고."

"그럼 피해자의 시신이 끝까지 발견되지 않으면 어떻게 돼요?"

"시체가 나오지 않으면 살인죄를 적용하기 어려워. 그것이 피의자의 권리라는데 난 그게 문제 있다고 봐. 확실하다면 그깟 시체가 뭐가 중요해. 안 그래? 하지만 시체 없이 만일 무리하게 살인죄를 적용하면 백 프로

법원에서 무죄판결이 떨어져. 살인 사건이 단순 실종 사건으로 바뀌는 경우지. 그러니 무조건 시체를 찾아야 해. 결국은 찾아냈지. 근데 시체가 발견되었다고 말했는데도 그 새끼가 끝까지 안 죽였다고 오리발을 내밀더라고. 그래서 피해자가 행복하게 보내던 일상의 사진들을 그놈의 눈앞에 놔뒀지. 가족들과 함께 여행한 사진과 피해자의 밝은 미소가 담긴 사진들을 하나둘 그놈 앞에 놓아두니까 결국은 자백하더라고."

살인자가 자신이 죽인 피해자의 모습이 보기 싫어서 자백했을까? 아니면 피해자에 대한 죄책감이 들어서일까? 담당 형사였던 김봉구가 살인자의 눈앞에 사진을 놓는 모습이 상상되었다.

"담당 조사관은 남편이 죽었다는 어떤 명백한 증거를 찾았나요?"

"박승현 조사관은 처음부터 심증을 가지고 남편과 내연녀를 수사했었나 봐. 결국은 강력한 한방 물증까지 찾아냈어. 친한 후배가 빵반에 있어서 수사 과정을 전해 들었는데 정말 대단하더라고."

"무엇을 찾았길래 남편의 자백을 받아냈어요?"

뺑소니 사건의 전말

[뺑소니 피해자의 사망원인은 교통사고로 인한 간 열상에 의한 저혈량성 쇼크사로 추정된다.]

이것이 사망확인서에 적힌 의사의 소견이었다. 가족과 경찰이 담당의에게 교통사고라고 말하니까 대충 사망확인서를 발급한 것 같았다. 일반적으로 병원에서는 사망원인을 자세하게 조사하지 않는다.

박승현은 의사가 아니기에 의사의 소견을 문제 삼지 못하고 피해자의 시신을 가족들에게 넘겼다. 그리고 최미영의 차는 피해자를 추돌한 흔적이 있는지 국과수에 감식을 의뢰했다. 여기까지가 형식적인 절차였다.

그런데 국과수의 결과가 나오기도 전에 최미영은 피해자의 남편과 형사 합의를 보았다. 그는 이렇게 쉽게 형사 합의가 이루어지는 것을 경찰 생활을 하는 동안 본 적이 없었다. 형사 합의를 하였기에 구속 수사 의미가 사라졌다. 그녀가 경찰서 유치장에서 무덤덤하게 나왔다. 이미 예상했다는 표정이었다. 국과수에서는 차량 속도를 알지 못해 확인 불가라는 답변이 돌아왔다.

만일 박승현이 처음부터 의심하지 않았다면 이 사건은 이렇게 종결될 사항이었다. 하지만 그는 그렇게 하지 않았다. 그는 장례식을 마친 피해자의 시신을 상대로 검찰에 부검 의뢰를 요청했다. 불행 중 다행으로 피해자의 시신이 화장터로 가지 않았다. 이때 시신이 화장터로 갔다면 이 추악한 사건의 결말을 밝힐 수 없었을 것이다. 피해자는 장례식이 끝나자 가까운 공동묘지에 매장되었다. 매장된 다음 날, 검사가 부검 의뢰를

승인했다.

분묘발굴을 했다. 죽어서 땅속에 묻힌 시신을 다시 꺼내는 일은 공포 영화의 한 장면 같다. 분묘발굴 시 처음에는 묘를 이장하는 전문 일꾼들이 묘를 팠다. 하지만 관 뚜껑의 모습이 나오는 순간부터는 용역 잡부들이 현장에서 빠졌다. 이때부터는 경찰관의 지휘를 받는 의경들이 투덜거리며 삽질을 하였다. 추운 날씨 속에서 언 땅을 의경이 삽으로 파냈다. 이 의경들의 부모들은 자기 아들이 이런 일을 할 거라 상상이나 할까?

의경과 수사관들이 대거 투입되어 관을 땅 위로 옮겼다. 가족들은 묘에서 관을 꺼내는 장면을 묵묵히 지켜보다 관 뚜껑을 열고 피해자의 얼굴을 확인시키자 모두 오열했다. 이 과정은 생략할 수 없는 중요한 일이다. 다른 사람이 아닌지 꼭 확인시켜야 한다.

모두 피해자를 두 번 죽였다고 비통해하며 박승현을 죄인처럼 몰아붙였다. 남편은 분묘발굴 현장에 잠시 있다 자리를 떠났다. 모두 슬퍼서 그런 줄 알고 의심하지 않았다. 박승현은 가족들에게 확인 절차를 모두 끝내자 곧장 국과수 부검실로 시신을 보냈다.

*

대한민국에서 부검하는 법의학자는 많지 않다. 보기 흉한 시신과 오래된 시신에 나는 설명할 수 없는 냄새, 거기다 박봉까지. 특별한 사명감이 있지 않은 이상 부검하는 일은 쉬운 일이 아니다. 생체해부도 아닌 시신 해부는 인간성을 상실하게 만든다. 사람의 시신을 여러 조각으로 나누고 뇌, 간장, 폐, 심장, 위장, 대장 등 내부 장기를 꺼내서 들여다보는 것은 상상만으로도 곤욕스럽다.

사명감을 가지고 근무하는 몇 안 되는 법의학자 중 한 사람 최준철.

오늘은 그가 당번이다. 최준철은 평소처럼 당번 날이 조용히 지나가는 줄 알았다. 유튜브를 시청하며 시간을 보내던 그에게 국과수 법독성학과 연구원인 오은미가 창백한 얼굴로 말했다.

"선생님, 부검 의뢰가 들어왔습니다."

"그래요. 시신의 상태는 어떤가요?"

최준철은 모처럼 할 일이 생기자 반색하며 시신의 상태를 물었다. 그와는 정반대로 오은미는 얼굴이 하얗게 변하며 말했다.

"장례식을 치르고 땅속에 묻었다가 다시 파서 왔다고 합니다."

오은미의 말을 듣고 그가 눈빛을 반짝였다. 엄청난 사건이라는 것을 그녀의 말을 듣는 순간 느꼈다. 드디어 자신의 가치를 증명할 수 있는 시간이 왔다. 그는 자신에게 속삭였다.

'시신이 들려주는 마지막 이야기를 찾아야 한다. 꼭 죽음의 원인을 밝혀내야 한다.'

그는 주먹을 움켜쥐며 자리에서 일어났다. 그는 오은미와 함께 시신을 인계받기 위해 담당 수사관을 만나러 갔다. 그는 박승현의 얼굴과 축 처진 어깨를 보고 그의 고충을 느꼈다. 시신을 가져올 때 유족들과 심한 마찰을 겪은 모양이다.

'이런 모습이 경찰이라는 직업 아니겠는가?'

그는 박승현을 존경의 눈빛으로 바라보았다. 같은 사내로써 존경한다고 말하고 싶지만 첫 대면이라 어색하다. 그런 마음을 모르는지 박승현은 시신을 넘겨 주고 차갑게 돌아섰다. 최준철은 직업 특성상 그의 냉정함이 당연하다고 생각하였다. 그는 서둘러 시신을 부검대로 옮겼다. 오은미도 그와 함께 부검실로 들어갔다. 그녀가 하는 일은 마약검사, 변사자의 생체시료에서 사망의 원인이 될 수 있는 약물이나 독극물을 분석하는 일이다. 박승현은 그런 사실을 모르고 연약해 보이는 여성이 부검실로 들어가자 의아하게 바라보았다.

최준철은 말없이 시신을 바라보며 무엇부터 시작할지 머릿속으로 그려보았다. 어느 정도 시나리오가 작성되자 그가 스테인리스 보드 위에 놓인 해부 도구 중 하나인 수술용 나이프를 집었다. 여러 번 해보았지만 할 때마다 손끝이 떨렸다. 떨리는 손으로 그녀의 작은 유방에 칼을 찔러 절개에 들어갔다. 아름다운 마네킹이 그의 손에 산산이 부서지고 있었다. 망가지는 시신을 보면서 그가 나직하게 중얼거렸다.

'나를 원망하지 마. 나는 너의 원한을 밝혀주는 사람이니까. 묻혔다가 왜 다시 나온 거야. 원통한 너에 사연. 지금부터 밝혀볼까.'

*

부검 결과, 교통사고가 아닌 심장마비에 의한 사망으로 밝혀졌다. 아티반 성분과 기준치 이상의 염화칼륨이 나왔다. 아티반은 수면제 성분으로 우울증 약이나 신경안정제로도 쓰인다. 염화칼륨은 몸에 필요한 성분이다. 그런데 기준수치보다 높아지면 심실이 수축하여 정상적인 활동을 하지 못하고 심장마비로 사망하게 된다. 일부 국가에서 사형수에게 사형을 집행할 때 독살형을 하는 경우가 있는데 이때 주사기 안에 들어가는 물질이 염화칼륨이다.

박승현은 부검을 통해 피해자가 교통사고로 사망한 것이 아니라는 것을 밝혔다. 이제 피해자의 남편 김성수가 왜 이런 짓을 저질렀는지 그 이유를 밝힐 차례다.

*

지구대 주차장에서 김봉구의 말을 들은 김원우는 깜짝 놀란다.

"둘이 내연관계라고요?"

"응. 맞아."

"그것을 어떻게 밝혀냈대요?"

"담당 조사관이 피해자가 교통사고로 사망한 것이 아니라는 것을 알고는 즉시 긴급통신수사를 의뢰했나 봐."

"긴급통신수사요?"

"응. 수사기법의 하나인데 휴대폰의 기록들을 수사관들이 들여다보는 거야. 한 달만 조사해도 그 사람의 취미, 사생활들을 모두 알 수 있어. 그 사람이 몇 시 몇 분에 어디에 있었는지까지 알 수 있지. 내가 예전에 용의자의 통신기록을 수사하던 중에 실수로 인쇄 버튼을 눌렀는데 인쇄기에서 수천 페이지가 나와서 혼난 적도 있었지. 박승현 조사관이 뺑소니범 여자와 남편의 휴대폰을 수사한 거야. 그랬더니…."

"뭐가 나왔나요?"

"뺑소니 운전자하고 남편이 하루에도 수십 차례 연락을 주고받는 내연관계인 것을 알아낸 거지. 심지어 아내가 옆에서 자고 있는데도 연락한 적도 많았나 봐. 그리고 결정적인 한 방은 남편이 피해자 몰래 수십 억짜리 사망보험에 가입했다는 사실이었지."

"정말 끔찍하네요. 내연녀랑 살기 위해서 자신의 부인을 죽이다니, 그런 인면수심이 있을까요."

'아! 맞다.'

김원우는 불현듯 한 사람이 떠올랐다. 그녀는 지금 어디에서 무엇을 하고 있을까. 화재로 남편이 사망한 뒤 지방으로 이사했다는 말을 들었다. 한동안 그녀를 잊고 있었다.

제이(J)

김순희가 피시방 한구석에 앉아 인터넷 검색에 한창이다.

'살인 청부', '해결사'라는 단어들이 줄줄이 검색창에 입력되고 있다. 그녀의 손이 입술 근처에 맴돌았다. 분홍색 매니큐어가 칠해져 윤기 나는 손톱을 이빨로 잘근 씹었다. 찾는 것이 검색되지 않아 초조한 모습이다. 그러다 그녀의 눈이 반짝하며 빛났다.

[뭐든지 해결해 드립니다]
[살인 청부 가능]
[지저분하고 냄새나는 일 처리 가능]
[쥐도 새도 모르게 처리해 드림. 비밀 신분 보장]

몇 군데 사이트가 그럴싸하게 보였다. 해당 사이트들에 메일과 쪽지를 보냈다.

[지금 만나는 남자가 다른 여자에게 눈길을 돌리려고 합니다. 그 여성을 제거해주세요.]

한 달 전에 만난 김순권이 아주 마음에 들었다. 그 남자도 자신에게 호감을 느끼는 눈치다. 그런데 그는 결혼정보회사에서 자신 말고 또 다른 여자를 소개받았다. 그가 소개받은 여성은 이제 22살 된 여대생이었다. 김순권은 당연히 이 풋풋하고 어린 여성에게 빠져버렸다. 자신에게만 보내던 달콤한 눈빛을 그 여우같은 년에게 보내고 있었다. 그리고 어느 순간부터 그녀의 연락을 무시하기 시작했다. 연락이 안 되자 그녀는 그를 스토킹했다. 그리고 여대생과 데이트하는 모습을 몰래 훔쳐보게 되었다.

여대생을 바라보는 그의 눈빛이 싫었다. 그녀는 곧바로 이 연적을 죽여야겠다는 생각을 했다. 그녀만 없으면 그가 자신에게 돌아올 것 같았다. 그는 오직 자신만 만나야 한다. 나만 사랑해야 한다.

김순희는 여대생을 죽이기 위해 그녀를 은밀하게 조사했다. 여대생의 이름은 박소영. S대학 의학과 2학년생으로 미모와 지성을 갖추고 있었다. 박소영은 아버지의 사업 실패로 학비가 부담스러워졌다. 몇 군데에서 아르바이트를 할 정도로 생활력이 강했지만 아르바이트를 해도 형편이 나아지지 않았다. 그녀는 자신을 상품화하기로 마음먹었다. 돈 많은 남자와 결혼을 하자. 그게 어린 박소영의 생각이었다.

박소영은 결혼정보회사에 가입했다. 자신을 상품화한 그녀는 남자의 조건을 오로지 돈 많은 남자로 내걸었다. 김순권의 직업은 변변치 않았지만, 집은 그렇지 않았다. 결혼정보회사도 그런 사실을 잘 알고 있기에 박소영과 김순권의 만남을 주선해주었다.

김순희를 만나고 있던 김순권이지만 젊고 지성미 넘치는 박소영에게 한눈에 반하지 않을 수 없었다. 그녀는 미모도 출중했지만, 어린 나이와 다르게 다방면으로 아는 게 많았다. 그는 대화를 나눌수록 젊은 그녀의 지성에 푹 빠지게 되었다.

그들이 데이트하는 모습을 며칠간 몰래 지켜보던 김순희는 박소영을 죽일 결심을 했다. 그녀는 직접 박소영을 죽일 생각까지 했다. 죽이는 것은 어렵지 않았지만 그 후가 문제였다. 시체 처리도 만만치 않고, 만일 실패하면 걷잡을 수 없이 문제가 커질 것 같았다. 이것저것 생각하다 결국 살인 청부로 마음을 굳힌 것이다. 요즘 돈으로 해결 안 되는 일이 어디 있겠는가.

피시방에서 일어나려고 하는 순간 '딩동' 하고 문자가 왔다.

[선수금 천만 원을 이 계좌로 보내세요. 계좌번호 00은행 2039-111-
×××××××]

다시 자리에 주저앉아 곧바로 계좌이체를 했다. 5분도 안 걸렸다. 계좌이체 후 아무런 연락이 없자 그녀는 자신의 휴대전화에 찍힌 번호로 전화를 했다. 전화를 받지 않아 문자도 남겼다. 하지만 답장이 없었다. 천만 원을 사기당하기까지 걸린 시간은 5분이 채 안 되었다. 결국 그녀는 천만 원을 날린 채 피시방을 나올 수밖에 없었다.

경찰 신고?

사람을 죽여 달라고 돈을 입금했다고 말할 수는 없다. 신고도 할 수 없으니 속만 탔다. 보이스 피싱을 당했다고 할까? 이런저런 생각을 하며 분을 삼켰다.

'빌어먹을! 내가 미친년이지.'

그녀는 자신에게 욕을 하며 피시방 문을 거세게 닫았다.

*

어두운 공간에서 아주 왜소한 체격의 남자가 컴퓨터 모니터를 주시하고 있었다. 그는 수십 군데의 인터넷 블로그와 카페에 글을 남겼다.

[뭐든지 해결해 드립니다. 연락하세요. 010-3344-××××]

그리고 자신이 남긴 글들을 한 시간 후에 삭제했다. 이 작업을 반복적으로 했다. 오래도록 똑같은 일을 하던 그가 일어나 스트레칭을 했다. 거꾸로 물구나무를 서자 그의 오른쪽 손등에 'J'라는 이니셜 문신이 드러났다. 한참을 물구나무 상태로 있다가 메시지 소리에 몸을 바로 세웠다. 문자 내용을 확인했다.

[지금 만나는 남자가 다른 여자에게 눈길을 돌리려고 합니다. 그 여성을 제거해주세요.]

박정민은 습관적으로 바지 주머니에 손을 집어넣었다. 주머니 안에는 끝이 매우 날카로운 작은 송곳이 들어 있다. 송곳의 끝을 손가락으로 꾹 눌렀다. 손끝에 자극을 주니 머리가 맑아졌다. 송곳 끝을 만지며 생각을 했다. 문제 있는 청부인지, 아니면 장난인지 여러 가지 가능성을 생각했다. 사이버 수사대일까? 외국인 선불폰이기 때문에 경찰이라고 해도 쉽게 추적할 수는 없다. 결정을 내리고 답장을 보냈다.

[제거할 물건에 대한 정보를 보내시오. 정보를 확인하고 다시 연락드리겠습니다.]

그는 창가로 다가가 창문을 가리고 있던 커튼을 치웠다. 커튼 뒤에 설치된 창은 창틀 모양을 하였지만 실제로는 작은 문이었다. 어디로 통하는지 알 수 없는 나무문. 문 주위에 피로 물든 손도장이 여기저기 찍혀 있었다.

가로 세로로 늘어선 손자국들이 모두 가늘고 길어 여자임을 쉽게 알 수 있다. 아담한 손자국을 보며 그는 엄마를 떠올렸다. 엄마는 자신의 가장 뜨거운 리즈 시절을 항상 회상하곤 했다. 대학 시절 사진을 보며 늘 입버릇처럼 말했다.

"내가 그놈을 만나지 않았더라면, 아니 널 낳지 않았더라면 내 인생이 이렇게 꼬이지 않았을 거야. 너는 내 인생에 짐 덩어리야. 죽여버리고 싶지만 참고 있어. 그것만 알아줘. 너를 죽이고 싶지만, 엄마라서 참고 있다. 바퀴벌레보다 못한 새끼. 너 같은 괴물을 내가 왜 낳았는지 모르겠어. 밥그릇 가지고 저리 꺼져. 꼴 보기 싫으니까 저기 구석에서 처먹으라고. 이 괴물 새끼야."

엄마는 대학 시절 뭇 남성들에게 선망의 대상이었다. 도도하던 엄마의 몸과 마음을 빼앗은 아빠는 매몰차게 그녀를 버렸다. 아빠가 누구인지 모르지만 이해한다. 내가 아빠라도 개쌍년 같은 엄마를 버렸을 것이다.

희미하지만 6살 때의 기억이 난다.

"이리 와. 무릎 꿇고 앉아. 이렇게 한 번 더 똥오줌 못 가리면 밖으로 내쫓겠어. 곤충 같은 새끼야."

무서웠다. 나도 모르게 소변이 무릎 아래로 흘러나왔다. 그녀는 한 치의 망설임도 없이 나를 추운 겨울에 옷도 입히지 않고 바깥에 한 시간가량 세워두었다.

내가 7살이었을 것이다. 칭얼거린다는 이유로 뜨겁게 달구어진 쇠막대로 등을 지지기도 했다. 어쩌면 더 어렸을지도 모른다.

손등에 있는 'J'라는 글자는 엄마가 새겨 넣었다. 언제부터인가 엄마는 아빠의 이름을 기억하지 못했다. 단지 이름에 'ㅈ'이 들어가는 것만 기억할 뿐이었다. 이 'ㅈ'이라는 글자를 기억하기 위해 나에게 'J'라는 문신을 새겼다. 15살, 아니 16살 때인가, 기억나지 않는다. 문신을 새기던 날은 정말 치욕스러웠다.

"바지를 내려. 팬티까지 내려. 이 바퀴벌레 같은 자식아. 자지를 가위로 잘라야겠어. 그래야 네 아빠같이 좆뿌리를 아무 곳에나 휘두르지 않을 테니 말이야."

그녀가 재단용 커다란 가위로 내 물건 앞에서 찰칵, 걸리는 소리를 낼 때는 정말 아찔했다. 비록 절단되지는 않았지만 내 마음은 절단된 것과 같았다. 지금도 발기할 수 없는 이유가 그때의 기억 때문인지도 모른다.

18살이 되던 해에 더는 엄마의 잔소리를 들을 수 없었다. 엄마의 목을 몸통에서 분리했다. 죽은 엄마의 입에 벌겋게 달군 쇠막대를 박았다. 살아 있을 때 이 짓을 했으면 좋았을 텐데. 죽은 그녀의 입에서 '꺽'거리며 말하는 소리가 들렸다.

"이 괴물 같은 새끼야. 엄마가 말했지. 제대로 못하면 널 집 밖으로 쫓아낸다고. 내 입안으로 깊숙이 삽입하라고. 더 깊숙이 찔러. 괴물. 벌레 새끼야."

그는 엄마를 너무 쉽게 고통 없이 빨리 죽인 것에 대해 잠깐 후회가 밀려왔다.

"저도 알아요. 이제 제발 그만 떠드세요."

엄마와 같은 여성이 너무 싫었다. 도도한 척, 깨끗한 척 위선을 떠는 여자들, 특히 대학생이라고 거들먹거리는 여성은 정말 혐오스럽다.

그는 엄마의 시체와 3일 동안 어두운 방에서 함께 지냈다. 그러다 큰 결심을 하였다. 엄마의 머리를 가지고 경찰서를 찾아가 자수하기로. 그녀의 엉킨 머리카락을 움켜쥐고 집을 나서려고 할 때 그의 내부에서 작은 목소리가 들렸다.

'너의 염려를 다 내게 맡겨라. 내가 너를 돌보겠다.'

이 소리를 듣고 그는 자수하려던 생각을 접었다. 목소리는 점점 강하게 들렸다.

'내가 너를 돌보겠으니 나를 믿고 세상을 구하라. 종말의 시대가 다가

오고 있다. 그것을 막을 사람은 너뿐이야. 내 힘을 모든 너에게 부여하겠으니 너는 사악한 그녀들을 세상에서 도려내라.'

그는 이 말이 사실인지 궁금했다. 그리고 확인하고 싶었다. 엄마의 머리를 놔두고 그는 가까운 지구대를 찾아갔다. 자신을 바라보는 경찰관에게 다가갔다.

"엄마가 집을 나갔는데 5일째 돌아오지 않아요."

경찰관들이 그의 말을 그대로 믿고 전혀 자신을 의심하지 않는 모습을 보고 확신하였다. 그가 신의 전달자 메시아라는 사실을.

커튼 뒤 문 안쪽에서 여자의 목소리가 흘러나왔다.

"살려주세요. 제발. 거기 누구 없어요. 제발. 엄마아…. 흑흑흐."

문을 열고 주의를 시키려는 순간 집 내부에 있던 개가 짖었다. 근처로 낯선 이가 지나갈 때면 이렇게 시끄럽게 짖었다.

컹컹.

누굴까? 이곳은 '나는 자연인이다'에 나올 정도로 외진 곳인데. 지나가는 등산객일까? 그가 두꺼운 커튼으로 문을 가리고 입구로 몸을 돌렸다.

피해자의 시그널

당직 경찰관이 작은 랜턴을 들고 청사 내부를 순찰했다. 그의 눈에 미제사건수사팀 사무실에서 작은 불빛이 새어나오는 게 보였다. 누군가 불을 끄지 않고 퇴근한 걸까. 당직 경찰관이 내부를 조용히 확인했다. 작은 창문 너머로 이지혜가 두꺼운 서류철을 들고 자신의 책상으로 걸어가는 모습이 보였다. 당직 경찰관이 고개를 흔들며 몸을 돌렸다.

'도대체 저 여경은 겁이 없어. 남자도 커다란 건물 내부를 혼자 돌아다니려니 약간 무서운 생각이 드는데, 도대체 간이 얼마나 큰 거야?'

그녀는 제이의 흔적을 찾고 있었다. 살인사건들 속에서 제이를 찾는 것을 포기했다. 그녀는 납치 실종된 사건 속에서 제이를 찾아보았다. 피해자가 분명 시그널을 남겼을 것이다. 그것을 찾겠다. 그녀의 눈동자가 빛나기 시작했다.

흥미 있는 사건을 발견했다. 송곳에 찔린 피해자. 'J'라는 문신이 아닌 송곳을 발견했다. 수사팀은 이 범인을 '니들맨(바늘사나이)'이라 불렀다. 채팅 앱으로 만난 남자에게 피해 여성이 중상을 입은 사건이었다. 그리고 범인은 아직까지 검거하지 못했다.

범인을 검거하지 못하면 피해자 수사에 집중하게 된다. 이 사건의 수사팀 역시 피해자가 왜 죽을 정도로 폭행을 당하였는지 조사했다. 채팅 앱에서 피해 여성은 22세 여대생이라고 소개하고 글을 올렸다. 하지만 피해 여성의 실제 나이는 28세였고 노래방 도우미 일을 했다. 이 여성은 밤에는 도우미로, 낮에는 조건만남으로 생활을 하는 여성이었다.

사건 당일 두 사람은 채팅을 통해 만날 장소를 정했다. 피해자가 지정한 모텔에 니들맨이 갔으니 계획적이지는 않아 보였다. 수사팀은 그렇게 생각하고 주변 동종 전과자와 성범죄 관련 우범자들을 집중 탐문했다. 하지만 소득이 없자 다시 원점으로 돌아와 왜 그가 피해자를 죽이려고 했는지 조사했다.

니들맨은 조건만남 여성이 나이가 많은 것을 알고는 극도로 분노했다. 그리고 잔인하게 주먹을 휘둘렀다. 여성은 숨이 끊어질 정도의 폭력에 의식을 잃었다. 니들맨은 송곳으로 잔인하게 그녀의 목에 구멍을 내고 사라졌다. 이 여성을 모텔 종업원이 조금만 늦게 발견했다면 사망하였을 것이다. 피해 여성은 목 경동맥 부위를 날카로운 송곳으로 수차례 찔렸다. 출혈이 너무 심했지만 기적처럼 사망하지는 않았다. 다만 기억을 잃어버렸다.

그녀는 엄청난 폭력에 부분 기억상실증에 걸렸다. 가장 중요한 범인에 대한 기억을 전혀 하지 못했다. 그녀가 만난 사람이 누구인지 알기 위해 담당 형사들은 모텔 CCTV 등을 확인하였지만 모두 불량이라 확인이 되지 않았다. 이에 그녀 휴대폰에 저장된 지인들을 탐문 수사했다.

그녀의 지인들은 수사팀의 엄청난 조사에 시달려야 했다. 특히 채팅앱이나 노래방에서 손님으로 만난 인물들은 더욱 큰 곤욕을 치렀다. 문란한 사생활이 주위에 알려지는 것도 두렵고 혹시 잘못되어 처벌받는 것은 아닌지 두려워했다. 모두 당일 알리바이가 확실하여 용의선상에서 벗어났다.

그런데 이들 중에 강도강간 전과가 있는 남성이 있었다. 수사팀은 이 남성을 의심했다. 이 남성은 거의 고문에 가까울 정도로 조사를 받았다. 잠도 재우지 않고 밤새도록 조사를 받았고, 사적인 곳에 형사들이 불쑥 방문하기도 했다. 그 남성은 자신의 알리바이를 입증하였고 해당 수사팀을 독직폭행으로 고소하고 인권위원회에도 제소했다.

수사팀은 사건 수사는 뒷전이고 이 남성에게 가혹행위를 하지 않았다고 반박하는 데 시간과 노력을 허비하게 되었다. 정작 중요한 사건 해결은 하지 않고 가혹행위를 하지 않았다는 것을 증명하는 데에만 수사팀의 역량을 기울였다. 그렇게 시간이 흘러 이 사건은 미제사건으로 남게 되었다.

이지혜는 보지 않았지만 느껴졌다. 이 수사팀이 전과자를 얼마나 고통스럽게 조사하고 인간 이하의 모욕을 주었는지를.

의사의 소견이 그녀의 눈길을 끌었다.

[목에 난 다섯 군데의 자창은 상처의 깊이와 두께로 보아 5cm 정도의 송곳에 찔린 상처로 보임.]

제이도 송곳을 지니고 다닌다. 그리고 피를 빼낼 때 이 물건을 쓴다. 이 피해자가 만일 제이를 만났다면? 피해자의 사진을 보니 상당히 미인이다. 이 피해 여성은 아직도 기억상실증에 걸려 있을까? 만일 그때 일을 지금도 기억하지 못한다면 김원우에게 최면을 걸어 그날 일을 기억하도록 만들자.

시계를 보니 새벽 5시다. 잠시 눈 좀 붙이자. 그녀가 의자에 몸을 기대며 눈을 감았다.

*

김순희는 방이 두 개인 빌라에 혼자 거주하고 있었다. 다섯 식구가 살기에도 충분한 크기지만 혼자 살고 있다. 빌라 안은 고가의 가구와 최신 전자제품들이 채워져 있다. 특이하게 안방에는 침대 두 개가 나란히 놓여 있었다. 호텔 같은 분위기를 연출하기 위해 쓰지 않는 침대를 하나 더 들여놓은 것이다. 침대 색상은 회색이다. 작은 책상과 화장대도 진회색인데 벽지마저 다크 그레이로 도배되어 대체로 방 안 분위기가 어두웠다.

그녀가 화장대에 앉아 누군가에게 문자를 보냈다. 박소영의 일상 모습을 찍은 사진을 전송했다. 자신을 '메시아'라고 소개한 인물이 제거 대상인 박소영에 관련된 정보를 요구했다. 돈부터 보내라고 했으면 아마 무시했을 것이다. 한번 사기당한 경험이 있어서 조심스러웠다.

이번에는 사기가 아닌 게 분명해 보였다. 제거 대상의 자료를 먼저 요구하는 것이 마음에 든다. 자료를 최대한 모아서 메시아에게 넘겼다. 몇 시간 후에 메시아로부터 연락이 왔다.

[의뢰를 수락하겠습니다.]

그게 끝이다. 선수금과 계약금 같은 부수적인 단어가 없다. 돈 이야기를 꺼내지 않으니 조금 의심스럽기도 했다. 혹시 경찰에서 수사를 이런 식으로 하는 걸까? 경찰이라면 이렇게 하지 않을 거다. 만일 경찰관이 살인의뢰, 살인미수 등의 혐의로 체포하면 '그냥 장난으로 해본 거예요.' 하면 별거 없지 않겠는가. 경찰은 아닌 게 확실하다.

그런데 의심스러운 점이 하나 있다. 처음에는 제거 대상의 성이 무엇인지 물어보았다. '박' 씨 성이라고 하자, 그 후에는 대학생이 확실한지 집요하게 물어보고 있다는 점이다. 대학생에게 한이 맺힌 사람처럼 집요했다. 계약을 확실하게 하고 싶어 메시아에게 다시 문자를 보냈다.

[보수는 얼마를 원하시나요?]

곧바로 답장이 왔다.

[일이 성공하면 5천만 원을 입금해주시오.]

메시아는 일이 성공하면 5천만 원을 보내달라고 했다. 성공하지 못하면 주지 않아도 된다. 세상에 이렇게 착한 킬러가 있다니. 정말 기분 좋다. 목숨 값이 5천만 원이면 싸다. 사망보험금도 최소 1억 원이 넘어가는데 5천은 너무 싸다. 이 킬러는 박소영을 분명 제거할 거라는 강한 느낌이 들었다. 나처럼 사람을 죽여본 살인자라는 느낌.

지금부터는 연적이 사라지고 난 후를 생각하자. 그녀는 화장대 거울에 비치는 자신을 보며 생각했다. 눈동자가 생기 있게 반짝이기는 하지만 가는 주름살이 보였다. 연적이 사라지더라도 그 사람이 자신에게 돌아오지 않을 수도 있다. 화장을 안 해서인지 자신감이 안 생긴다.

박소영 때문에 그가 자신을 의도적으로 피하고 있지만, 그녀가 제거되었는데도 연락을 피하고 만나주지 않는다면 어떻게 해야 할까? 내 손에서 벗어나지 못하게 만들 방법이 없을까? 한 가지 계획이 떠올랐다.

그녀는 그와 한 번 잠자리를 한 적이 있다. 그날 임신한 것으로 이야기하자. 어느 정도 책임감을 느끼고 연락을 하겠지. 아이는 훗날 어디서 유괴하면 될 것이다.

문제는 출산이다. 그래 맞다. 부모님이 모두 해외에 계신다고 말했었지. 출산 예정일이 다가오면 부모님이 계신 캐나다로 원정 출산을 간다고 둘러대자. 그리고 갓난아이를 유괴해서 내가 낳은 아이라 말하면 끝이다. 아이는 또 어디서 구할까? 아직 시간은 충분하다.

*

이른 아침 버스 승차장에 김원우가 긴장하며 서 있다. 날씨가 추워 반코트의 옷깃을 세워 바람을 막았다. 낯선 사람을 만나러 가기 때문에 긴장하는 걸까 아니면 그녀를 만나기 때문에 긴장하는 걸까. 둘 다 해당하는 것 같다.

이틀 전 사랑하고 존경하는 그녀에게 연락이 왔다. 그녀와 오타쿠의 카페에서 만나 이야기를 나누었지만 집중하지 못했다. 그녀가 살이 빠져 더 예뻐졌다는 사실에만 집중했다. 그녀는 누군가에게 최면을 걸어서 범인을 알아내자고 말했는데 무슨 내용인지 전혀 귀에 들어오지 않았다.

제이라는 범인을 잡겠다고 열심히 수사하는 모습이 너무 아름답게 보였다. 여자들은 남자가 일에 집중하는 모습에 빠져든다고 하는데, 여자만 그런 게 아닌가 보다. 개인적인 생각이지만 남성도 여성이 열심히 일하는 모습을 보면 깊이 빠져드는 것 같다.

빌딩 사이로 그녀의 차가 모습을 드러냈다. 멀리서 붕 하며 그녀의 차 엔진 소리가 들렸다. 붕붕거리는 소리가 자신의 몸이 떨려서 나는 소리라는 것을 그녀의 차가 멈췄을 때 알았다.

차에 타자 상큼한 비누 향기가 코끝을 자극했다. 김원우는 샤넬 넘버 5처럼 비싼 향수보다 이런 자연스러운 향이 더 좋았다. 그녀의 눈 밑 다크써클이 며칠 전보다 더 커져 있었다. 이러다 그녀의 얼굴이 판다가 되는 것은 아닌지 은근히 걱정되었다.

"많이 기다렸어?"

"아니요. 5분 정도 기다렸어요."

"서두른다고 나왔는데 미안."

"오늘 만나는 흉악범은 어떤 인물인가요?"

귀여운 판다가 머리를 한쪽으로 기울이며 말했다.

"흉악범?"

"네."

"흉악범이라니 무슨 말이야?"

"흉악범을 만나 최면을 걸어서 제이를 잡겠다고 하지 않았어요?"

"반은 맞네. 흉악범이 아니라 피해자를 만날 거야."

얼굴이 빨개졌다. 카페에서 그녀의 말에 집중하지 않은 게 들통났다. 조잘거리는 아름다운 꾀꼬리 한 마리를 보고 있다는 생각만 했다. 무슨 말들이 오갔는지 모르겠지만 결론은 생각난다.

'최면을 걸어 범인을 잡자.'

부끄러운 감정을 감추기 위해 고개를 창 쪽으로 돌렸다. 이런 것을 모르는지 그녀는 오로지 일만 생각하며 말했다.

"이번에도 잘 해낼 수 있겠지?"

"네."

"부족한 퍼즐은 내가 채울 수 있어. 그러니 너는 부담 느끼지 말고 작은 단서라도 나올 수 있게 최면을 걸어줘. 그러면 분명 잡을 수 있을 거야."

그녀의 충혈된 눈을 보니 분명 검거할 것 같았다. 제이보다 더 나쁘고 독한 놈도 그녀에게 걸리면 무조건 잡힐 것이다. 얼마 전에 들은 말인데 그녀의 별명이 '불독'이라는 것이다. 한번 물면 놓아주지 않는 불독과 그녀의 집요한 성격이 비슷하다고 해서 붙은 별명이다. 왜 이렇게 예쁜 그녀에게 이런 무식한 별명이 붙었는지 이해가 가지 않는다.

"어디로 가나요?"

그녀가 놀란 표정으로 말했다.

"내가 파주라고 얘기 안 했어?"

분명 이야기했을 것이다. 살이 빠져서인지 더욱 청순하게 보인다. 이런 청순미에 푹 빠져 카페에서 무슨 대화를 나누었는지 가물가물하다.

"헷갈려서요."

"응. 파주 광탄면으로 갈 거야."

광탄면이라는 단어에 김원우가 반가운 표정을 지으며 말했다.

"광탄면이면 마장호수가 있어요."

"마장호수?"

그녀는 그가 기뻐하는 모습을 보지 못하고 운전에 집중했다. 김원우는 마장호수에 가본 적이 있다. 그곳에는 유명한 출렁다리가 있다. 그는 피해자를 만난 후에 그녀에게 그곳에 가자고 조를 생각이다. 그녀와 출렁다리 위를 걷는 상상을 하자 입가가 올라가기 시작했다.

*

피해자가 거주하고 있다는 기도원은 파주 외곽지역에 있었다. 기도원으로 가는 길은 비포장도로였다. 도로는 헐크의 근육처럼 울퉁불퉁했다. 차가 기울어져 넘어질 정도로 길이 험난했다. 김원우는 창문 위에 있는 손잡이를 움켜잡았다.

"길을 잘못 든 게 아닌가요?"

"아니야. 오는 동안 갈림길이 없었어."

그래도 그녀는 차에 설치된 내비게이션을 못 믿겠다는 듯 휴대폰 내비게이션 앱으로 다시 확인해보았다. 맞는 것을 확인한 그녀가 오프로드들이 운전하는 도로를 자신 있게 달렸다. 김원우는 차가 넘어질까봐 온 힘을 다해 손잡이를 붙잡았다.

부슬비가 적당히 내려 차 뒤로 흩어지는 흙먼지를 가려주었다. 하지만 부슬비는 어느새 굵은 빗줄기로 바뀌었다. 야속한 비다. 김원우는 빗줄기를 보면서 오늘 출렁다리는 포기해야겠다고 생각했다. 어느새 기도원이 보였다.

외진 곳에 있어 약간 사이비 종교집단이 아닐까 하는 생각이 들었다. 기도원은 신도들이 얼마간 돈을 지불하고 숙식을 하면서 기도하는 곳이다. 아니면 교회에서 수련회 장소로 쓰기 위해 만들어놓든지. 이곳은 어떤 기도원일까?

미리 연락해놓아서인지 원장이 반갑게 맞아주었다.

"환영합니다. 어서 오세요."

원장을 따라 기도원 내부 온돌방으로 들어갔다. 구들방 바닥에는 두툼한 방석이 깔려 있었다. 이 두꺼운 방석에 세 사람이 앉아 서로 인사를 나누었다.

잠시 후, 한 여성이 방 안으로 들어왔다. 김원우는 코끼리 같은 몸을 가진 여성을 신기한 눈으로 바라보았다. 어떻게 이렇게 살이 찔 수가 있을까? 이지혜도 믿기 힘든 눈빛으로 코끼리 여성을 보았다. 이지혜는 자신이 만나려는 사람이 그녀라는 사실을 몰랐다. 원장이 피해자라고 말을 하자 깜짝 놀랐다. 사건 파일 속의 아름답던 모습은 온데간데없이 사라졌기 때문이다. 피해자를 아는 사람이라면 그녀보다 더욱 놀랄 것이다.

천진난만한 눈으로 피해자가 먼저 입을 열었다.

"아저씨도 똥을 싸고 나서 똥을 보나요?"

김원우가 당황하며 물었다.

"또, 똥이요?"

"네. 저는 똥을 누고 한참 똥을 바라보아요. 갈색인지 아니면 황금색인지. 똥 색깔을 보면 건강한지 안 건강한지 알 수가 있어요. 옛날에 임금님들이 똥을 싸면 그것을 보고 맛을 보는 신하들이 있었대요. 저는 맛을 보지는 않아요. 그저 보고 냄새만 맡아요."

35세의 박미영은 정신연령이 유아 수준으로 떨어져 있었다.

김원우가 그녀에게 말했다.

"저는 똥을 누고 자세히 보지 않습니다."

김원우는 말을 하고 나서 겸연쩍은지 이지혜를 한번 슬쩍 보았다. 그녀의 충혈된 눈이 박미영을 뚫어지게 쳐다보고 있었다.

"그러면 아저씨는 일주일에 똥을 몇 번씩 싸세요? 똥이 이상하게 나오나요? 뱀처럼 아니면 고구마같이 떨어지나요? 저는 똥을 연구해요. 저에게 말해주세요. 무슨 똥을 누는지. 정말 궁금해요."

이지혜가 고개를 설레설레 흔들었다. 이런 상태로 변해 있을 줄은 상상도 못했다. 그녀에게 그날의 기억을 다시 들추어내는 게 과연 옳은 일일까? 행복한 표정을 짓고 있는 그녀가 어쩌면 기억을 잃어버린 것이 잘된 일일 수도 있다. 무엇이 옳은 것일까?

이지혜가 자리에서 일어나 원장을 밖으로 불러내었다.

"원장님. 잠시 저와 이야기 좀 나누시죠."

두 사람은 김원우와 박미영을 남겨두고 그 방을 나왔다. 원장은 이해한다는 표정으로 말했다.

"박미영 자매의 상태를 보시고 당황하신 것 같습니다."

"네. 솔직히 혼란스럽습니다."

"박미영 자매님의 부모께서 무척 힘들어했어요. 딸이 밤마다 악몽에 시달린다고 어떻게 해야 할지 몰라 주님께 기도를 많이 드렸어요. 그리고 목사님의 뜻에 따라 이곳에 일 년 전에 맡겼는데, 이곳에 온 후부터 잠도 잘 자고 먹는 것도 잘 먹어요. 똥에 관한 연구 때문에 밥을 많이 먹는 게 흠이지만."

"이곳에 올 때부터 저 상태였나요?"

"아니요. 자매님 나이의 지적 수준을 가지고 있었어요. 그런데 점점 저렇게 변하더니 어느 순간부터 유아 시절로 돌아가 버렸어요."

"부모는 기억하나요?"

"물론입니다. 나이 드신 부모님이 오면 엄청나게 좋아해요. 헤어질 때는 펑펑 울고요. 다음에는 같이 내려가자고 하며 헤어지는데 보는 사람이 눈물 날 정도예요. 보면 마음 아프죠."

그 모습을 상상했는지 이지혜의 눈이 촉촉해졌다.

*

김원우가 차 내부에 달린 손잡이를 꽉 움켜쥐었다. 차가 뒤집히지 않기를 바라며 손에 힘을 주었다.

"선배. 오프로드 동호인이세요? 아야."

말하는 도중에 몸이 떠올라 차 천장에 머리를 쿵 하고 찍었다.

"그렇게 보여?"

"네. 운전 잘하시네요. 아야."

"피해자는 앞으로 어떻게 될까?"

"긍정적인 생각을 가지도록 최면은 걸었지만 워낙에 트라우마가 심해서 극복할지 모르겠어요. 같이 근무하는 선배님에게 심리치료를 해드린 경험이 있지만 박미영 씨는 어떻게 될지 모르겠어요."

박미영은 과거 경험했던 극심한 공포로 인하여 심각한 불안 증세를 겪었다. 그것을 잊기 위해 스스로 기억상실을 만들었는지 모른다. 두 사람은 그런 그녀의 기억을 다시 불러 조사하는 것은 매우 위험하다고 결론을 내렸다. 두 사람은 그녀의 과거를 캐묻지 않았지만 후회하지 않았다.

김원우는 박미영에게 자기 자신을 사랑하도록 최면을 걸었다. 가장 아픈 과거 기억 속에 '내 탓이 아니야'라는 생각을 심어두었다. 두 사람은 이 최면이 성공하여 젊은 날의 아름다웠던 그녀로 돌아가길 기원하였다.

비포장도로가 끝나자 김원우가 안도의 한숨을 뱉었다.

"후유."

이지혜도 긴장했는지 말은 하지 않았지만 등줄기에서 식은땀이 줄줄 흘러내렸다. 김원우가 얼굴에 흐르는 땀을 닦으며 태연하게 말했다.

"이제 편안하게 음악 방송을 들으면서 서울로 돌아가면 되겠네요."

김원우는 라디오를 켰다. 뉴스 채널이 고정되어 있는지 곧장 뉴스 속보부터 나왔다.

"오늘 아침 서부아파트 지하주차장에서 여대생이 괴한에게 무차별적으로 테러를 당하였습니다. 피해자는 날카로운 물질에 얼굴과 목 부위를 수차례 찔려 끔찍하게도 현장에서 사망하였습니다. 경찰은 사건 주변 CCTV를 확보하고 수사하는 한편 피해자의 주변인을 수사하고 있습니다."

"선배님. 또 여대생이네요."

"그러게."

"이 여대생은 우리가 쫓는 제이와는 연관이 없겠죠?"

"음."

그녀는 대답하지 않았다. 마음 한편으로 뭔가 착잡하고 걸리는 기분이 들었다. 박미영을 만나서? 아니면 또 다른 여대생 살인사건 뉴스를 접해서일까?

두 사건은 전혀 연관 있지 않다. 시간 간격이 길고 장소도 다르니 연관은 없어 보인다. 사람이 살해당했지만 그냥 우연히 여대생이었을 뿐이다. 그녀는 그렇게 생각을 정리하고 싶은데 자꾸 신경이 쓰였다.

"이 사건을 좀 알아봐야겠어."

"네? 왜요?"

"왠지 그래야 마음이 편해질 것 같아. 내비게이션 목적지 좀 변경해 줄래?"

박소영 살인사건

김순희는 메시아로부터 끔찍하게 죽은 박소영의 사진을 전송받았다. 눈, 코, 목 부위를 집중적으로 공격받아 얼굴 형체를 알아보기 힘들었다. 남아 있는 한쪽 눈 부위를 한참 동안 보고 나서야 박소영이라는 것을 겨우 확인할 정도였다. 잔혹하게 죽어 있는 박소영의 모습이 아주 마음에 들었다. 그녀는 치아가 보이도록 활짝 웃었다.

"호호호."

이 사진을 김순권에게 전송하고 싶었다. 그가 어떤 반응을 보일지 궁금했지만 참기로 했다. 사진 대신 문자를 보냈다.

[임신했어요. 아이의 아빠는 당신이에요.]

곧장 그에게 답장이 왔다.

[진짜입니까?]

문자 속에서 그의 놀람과 당황함이 느껴졌다. 너무 귀엽고 사랑스럽다.

[네. 저 혼자 키울 거예요. 당신은 걱정하지 마세요. 그리고 연락하지 마세요.]

문자를 보내자마자 그로부터 득달같이 전화가 걸려왔다. 받지 않았다. 5분 후에 다시 전화가 왔다.

"여보세요."

"순희 씨! 정말인가요?"

"네. 이번 달 생리가 나오지 않아 검사했더니 임신 양성 반응이 나왔어요."

"…그럼 제 아이가 맞겠네요."

"이 일로 부담 드리고 싶지 않아요. 조용히 저 혼자 키울게요."

"아니, 그렇게 말하지 마시고 일단 만나서 얘기해요."

"…알겠어요."

"7시까지 지난번 커피숍으로 오실래요."

"네."

전화를 끊고 천천히 화장을 시작했다. 창백하게 화장할까? 불쌍하고 딱하게 여겨지도록. 아니면 젊고 화사하게 할까? 왠지 젊게 보이도록 화장하는 게 나을 것 같다는 생각이 들었다.

화사하게 화장을 마치고 검은색 미니스커트와 니하이 롱부츠를 꺼내었다. 무릎 위까지 올라오는 롱부츠를 신고 걸으면 남자들뿐 아니라 여자들도 자신을 돌아본다. 큰 키에 늘씬한 다리는 자신의 가장 큰 매력이라는 것을 잘 알고 있었다. 전투적으로 꾸미고 거울 앞에 서자, 전혀 다른 모습의 그녀가 서 있었다.

*

찻값이 일반 음식값과 같은 유명 커피숍에 사람들이 옹기종기 앉아 있다. 먼저 온 김순권이 창가에 앉아 김순희를 기다렸다.

'진짜 내 아이를 가졌으면 어떡하지? 소영이가 알면 안 되는데. 혹시

이 사실을 알고 소영이가 계속 연락을 안 받는 것은 아닐까?'

그의 머릿속이 복잡했다. 처음부터 김순희를 만나지 않고 박소영을 먼저 만났더라면 좋았을 텐데. 그녀를 기다리는 중에도 소영이에게 연락을 해보았다. 연락이 안 되니 더욱 그녀가 그리웠다. 밀당하는 것이 아니냐는 생각도 해보았지만, 아닌 것 같다. 이렇게 오래도록 연락이 끊긴 적이 없기 때문이다.

'아침부터 지금까지 연락이 안 되고 있네. 무슨 일 있는 것 아냐?'

요즘 여성들은 잠시라도 손에서 휴대폰을 떨어뜨리지 않는다는 것을 잘 알고 있다. 혹시 자신이 다른 여자와 잔 것을 알고 이러는 것인지 불안했다. 김순권은 자신이 무슨 실수를 했나 싶어 어제 그녀에게 보낸 문자 메시지를 다시 보고 또다시 보았다. 특별히 잘못된 점은 없었다. 그는 속이 탔다. 제발 욕이라도 좋으니 답장이라도 왔으면 좋겠다.

이때 김순희가 세련되게 멋을 부리고 커피숍 안으로 들어오는 게 보였다. 그의 눈이 그녀가 신은 회색 롱부츠에 꽂혔다. 포르노 여배우를 생각나게 만드는 부츠다. 침실에서 롱부츠를 벗지 않은 그녀와 격렬하게 섹스하는 상상이 잠깐 머릿속을 스치고 지나갔다.

김순권이 자리에서 일어나 손을 들었다.

"순희 씨, 여기에요."

그녀가 김순권이 있는 곳으로 걸어왔다. 김순권은 순간 그녀가 패션모델 같다는 착각이 들었다.

"순희 씨, 오랜만이에요. 그동안 잘 지내셨어요? 저는 음식점 개업준비 때문에 조금 바쁘네요. 그래서 연락을 도통 못 드렸어요."

"알아요. 바쁘신 거."

"이해해주셔서 감사합니다. 차 뭐 드시겠어요? 제가 주문하고 오겠습니다."

"그냥 따뜻한 커피. 진하게요."

"네. 잠시만 기다려주세요."

김순권이 매너 있게 차를 주문하러 자리에서 일어났다. 그녀 곁을 스치며 계산대로 걸어갈 때 생기발랄한 플로랄 향이 그녀의 몸에서 발산되는 것을 알았다. 김순권의 시각과 후각이 그녀에게 빨려 들어갔다. 박소영에게 연락이 되지 않아 언짢아 있던 기분이 그녀를 만나면서 서서히 풀어지고 있었다.

곧 그가 커피를 가지고 자리에 앉았다. 김순희는 말없이 차를 마셨다. 그러다 그를 부드럽게 바라보더니 입을 열었다.

"부담 주고 싶은 마음 전혀 없어요. 그냥 저 혼자 조용하게 키우고 싶어요."

"제가 어떻게 해주길 바라세요?"

"아무것도."

"그 아이가 제 아이라는 것은 확실…."

그녀가 그를 원망하는 눈빛으로 바라보았다. 그는 자신이 실수했다는 것을 알고 급히 사과하였다.

"죄송합니다. 콘돔을 사용했어야 했는데. 그날 뭐가 그리 급했는지."

"아니에요. 저도 원했는걸요. 솔직히 콘돔을 끼고 관계를 하면 아프기도 하지만 느낌이 좋지 않아요. 그리고 콘돔을 착용하려고 몸 밖으로 빼면 왠지 흥분했던 몸이 식어버려요. 그 기분을 깨기 싫어서 저도 말하지 않았던 거예요."

그는 그녀가 디테일하게 성적인 이야기를 하자 몸이 흥분되었다. 그리고 그녀가 솔직하고 착하다는 생각마저 들었다.

"맞습니다, 저도 그 말에 공감합니다."

"제가 이런 말을 해서 혹시 저를 성 경험이 많은 여성으로 보는 것은 아니겠지요?"

"전혀 그런 생각을 하지 않습니다. 오히려 이런 이야기를 나누니 훨씬 가까워지는 느낌입니다."

그녀가 부끄러움을 감추려는 듯이 고개를 숙였다. 김순권은 여자 입에서 섹스를 상상하게 만드는 말이 나오자 몸 아래에 힘이 들어가는 것을 느꼈다. 자신이 원하는 섹스 판타지를 이 여인은 다 받아줄 것만 같았다.

섹스 때문에 살짝 그녀에게 마음이 가기는 했지만 이성적이지 않다고 그는 생각했다. 섹스는 섹스고, 결혼은 별개다. 문제는 사랑하는 그녀를 위해 이 여인을 정리해야 한다는 것이다. 그가 머리를 가볍게 흔들고 건조하게 말했다.

"그냥 몰랐다면 모르겠지만 이렇게 제가 알게 되었으니 서로의 생각을 이야기하면서 해결점을 찾아보시죠."

그는 만일 박소영이 없었다면 앞에 앉아 있는 이 여인에게 결혼하자고 말했을지도 모른다. 그러나 지금 그의 마음속은 박소영이 빈틈없이 차지하고 있다. 기회를 엿보아서 아이를 지우자고 말할 생각이다. 최대한 기분 나쁘지 않도록 예의 있게 행동하면서.

"그날 밤이 잊히지 않습니다. 저의 일생에서 최고의 밤이 아니었나 싶습니다."

"부끄러워요."

그녀의 얼굴을 보니 싫지 않은 듯 보였다. 김순권은 그 모습을 놓치지 않았다. 지금이 말할 타이밍인가? 아마 그녀도 혼자 애를 키운다는 것에 부담을 느낄 것이다.

"이런 말씀을 드리기 죄송하지만 제가 아직은."

그의 휴대폰이 울렸다. 중요한 순간에 전화가 울리다니. 벨소리를 무시하고 말을 이어나갔다.

"아직 할 일이 많이 남아서."

휴대폰에 찍힌 번호에는 서부경찰서라는 단어가 들어 있다. 이 번호는 뭐지?

"여보세요."

"서부경찰서 강력1팀 정수근 형사입니다. 김순권 씨 맞으세요?"

"네. 맞습니다."

"박소영 씨 잘 아시죠?"

그녀가 무슨 사고라도 친 것일까?

"네, 압니다."

"그녀가 오늘 아침에 사망했습니다. 모르고 계시는지 계속 연락을 하시네요."

김순권이 말없이 눈을 계속 깜빡였다. 이게 무슨 말인지 순간 이해가 되지 않았다.

"조사 좀 해야 하는데 지금 서부경찰서 형사과로 나와주실 수 있나요? 어려우시면 제가 선생님 계신 곳으로 가겠습니다."

"네?"

형사의 말투는 부드럽고 예의를 차리고 있지만 나오라고 강요하는 것처럼 들렸다. 안 오면 이곳으로 금방이라도 올 것 같았다.

"곤란하시면 계신 곳을 말씀해주세요. 제가 그곳으로 가겠습니다."

갑자기 주변이 비현실적으로 느껴졌다. 앞자리에 앉아 있는 김순희를 보니 그녀가 눈을 크게 뜨고 걱정스럽게 자신을 바라보고 있다. 그녀를 의식해서 벌어진 입을 자연스럽게 다물었다.

'내 사랑 소영이가 죽었다니…. 그녀가 죽었다니!'

김순희가 왜 여기에

서부서 형사과 강력1팀이 박소영 살인사건을 조사하고 있었다. 다른 팀들은 분담해서 강력1팀을 지원하며 도왔다. 사실 모든 강력팀들이 박소영 살인사건에 전부 투입된 것이나 다름없었다.

이지혜와 김원우가 형사들에게 꾸벅꾸벅 인사를 하며 형사과 내부로 들어왔다. 신경이 곤두선 형사들이지만 그녀를 알아보고 웃으며 반겨주었다.

그녀는 곧장 강력1팀으로 성큼성큼 걸어갔다. 강력1팀장 독사 박영철이 책상에 앉아 서류를 검토하는 것이 보였다. 그는 서장에게 보고할 한 장짜리 보고서를 계속 수정하고 있었다. 그녀가 박 팀장에게 다가가 인사를 했다.

"팀장님, 오랜만에 뵙네요. 잘 지내시죠. 모처럼만에 찾아왔는데 하필 시기가 안 좋네요."

박 팀장이 그녀를 보며 반색을 했다.

"이게 누구야. 망치귀신을 잡은 구세주 아니야."

"실은 뉴스 듣고 찾아왔어요."

그는 공갈 조태성이 지난번 망치귀신을 어떻게 검거하게 되었는지 잘 알고 있었다. 박 팀장뿐 아니라 형사과 직원들 모두가 그녀가 용의자의 정보를 알려주어서 검거했다는 사실을 알고 있다. 그는 그녀가 찾아온 게 은근히 반갑고 기대되었다.

"지혜야, 미치겠다. 주변 CCTV 다 까봤는데 안 나와. 어떻게 서울 시내에 아니 아파트 주차장에 그런 장소가 다 있냐."

"그래도 아침이라 목격자가 있을 것 같은데요."

"모두 조사하고 있어. 빨리 검거하려고 뉴스까지 내보내잖아."

과학수사반원 출신답게 그녀가 말했다.

"현장 사진하고 피해자의 모습 좀 보여주실래요."

그가 서류파일철에서 사진들을 꺼내면서 이지혜 뒤에 서 있는 김원우를 보았다. 그의 시선을 느끼고 그녀가 말했다.

"아. 이 친구는 지구대 직원이에요. 제 일을 도와주고 있어요. 한마디로 말해 제 조수죠. 호호."

"일반인이 아니라면 상관없지."

그녀가 사진을 꼼꼼히 살펴보는 동안 박 팀장은 끙끙 앓는 소리를 내며 하던 작업을 이어나갔다.

"씨발! 범인 잡는 것보다 보고서 만드는 게 더 힘들어."

"왜요?"

"범인 쫓을 시간도 없어 죽겠는데 서장이 자꾸 수시로 보고하라잖아. 지금 서장에게 보고할 보고서 수정하고 있다."

사진들을 보면서 그녀가 위로해주었다.

"윗사람들은 원래 보고 받는 걸 좋아하잖아요, 팀장님. 힘내세요. 그런데 피해자 얼굴에 자창(刺創: 못, 바늘, 송곳 따위의 날카로운 것에 찔려서 생긴 상처)이 열 개가 넘네요."

"응. 면식범이라는 뜻이겠지?"

피해자의 시신은 수사관들에게 많은 사실을 알려준다. 살인이 비면식범에 의해 발생한 경우 피해자의 모습은 비교적 깨끗하다. 피해자가 끔찍하게 살해되는 경우 대부분은 원한과 치정에 의한 살인이 다수다. 전혀 모르는 사람이 피해자의 얼굴을 이렇게 만들 수 있겠는가?

김원우는 무의식적으로 그녀가 들고 있는 사진을 보았다. 안구가 하나

밖에 남아 있지 않은 여성의 얼굴이 보였다. 김원우는 소화가 안 된 음식물들이 입 밖으로 튀어나오려는 것을 느꼈다.

"욱."

그녀가 너무 태연하게 보고 있어서 별거 아닐 거라고 생각했다가 그 예상이 보기 좋게 빗나갔다. 김원우는 너무 무섭고 놀라 다리가 후들거렸다.

*

형사과 사무실로 김순권이 들어왔다. 그의 표정이 병원에 가기 싫은 어린이처럼 뽀로통한 모습이다. 경찰이 아닌 일반인이 사무실로 들어왔지만 다들 신경 쓰지 않았다. 아무나 출입할 수 있는 곳이 아닌데도 자신들의 업무에만 신경 쓰느라 그를 투명인간 취급했다.

서류를 무더기로 복사하는 형사, 용의자에게 진술조서를 받는 형사, 어딘가에 전화로 다그치는 형사, 시장판처럼 다양하다. 한쪽 구석에서는 어떤 나이 든 형사가 젊은 남자에게 쩔쩔매고 있는 게 보였다. 젊은 남자의 목에 걸린 신분증을 보니 신문기자라고 쓰여 있다.

김순권은 모두 자신에게 무관심하니 오히려 마음이 편안해졌다. 그는 자신에게 연락한 형사를 찾기 위해 고개를 좌우로 두리번거렸다. 그의 눈이 책상마다 붙어 있는 형사들 명패를 훑어보며 지나갔다. 정수근의 자리가 바로 옆에 있었지만 한참 후에야 찾게 되었다. 정수근이라는 이름을 보자 소풍 가는 아이처럼 신이 났다.

김순권이 그에게 다가가 조심스럽게 말했다.

"저 형사님. 제가 김순권인데요."

정수근이 스캔하듯이 그를 위아래로 천천히 보았다. 김순권도 자신을 보는 형사를 천천히 살펴보았다. 키는 작았지만 단단한 돌덩어리 같은 느낌이 들었다. 전혀 형사처럼 보이지 않고 생산직 공장에서 일하는 근로자처럼 보였다. 그는 피곤한지 목이 잠겨 허스키하게 말했다.

"금방 오셨네요. 자리에 앉으시죠."

"네. 형사님. 근데 진짜 소영이가 죽었나요?"

"죽었으니까 선생님이 나오신 거 아니겠어요. 왜 죽였어요?"

김순권이 깜짝 놀라 말했다.

"무슨 말이세요? 제가 왜 우리 소영이를 죽여요."

정 형사가 실눈을 뜨고 모든 것을 알고 있다는 표정을 지으며 말했다.

"아니 그럼 왜 자꾸 미안하다고 문자를 보내세요. 답장도 하지 않는데 말이에요. 뭔가 찔리는 게 있으니까 그런 문자를 보낸 것 같은데. 아닌가요?"

"그건 하도 소영이에게 연락이 안 오니까 제가 무슨 실수를 했나 싶어 보낸 거예요. 남자들은 여자의 마음을 몰라서 간혹 실수하잖아요. 그래서 저도 그런 실수를 했나 싶어 그렇게 문자를 보낸 거예요. 다른 뜻은 전혀 없습니다."

정 형사는 이렇게 직선적으로 질문하여 범인에게 자백을 받은 적이 있었다. 지금도 그때처럼 김순권이 깜짝 놀라서 자백해주기를 바랐다. 하지만 생각처럼 되지 않아 짜증이 났다. 그는 김순권이 범인이 아니라도 뭔가 구린 데가 많은 사내라고 생각했다. 의과대 여학생이 이렇게 나이 차이가 많이 나는 남자를 만났다는 게 상식적으로 이해가 되지 않았다.

"아니, 답장도 없는데 계속 연락한다는 게 상식적으로 이해가 되지 않아요. 피해자와 당신 나이가 13살이나 차이가 나요. 그런데 피해자가 당신을 좋아하겠어요? 솔직히 말해봐요."

정 형사는 그를 스토커 취급하듯이 말했다. 김순권은 이런 정 형사에게 짜증이 났다.

"형사님 여자친구 없으시죠? 연애도 안 해보셨죠? 본인 시각으로만 보지 마세요. 저와 그녀는 진짜로 사랑하는 사이였다고요."

그가 정수근의 아픈 곳을 툭 건드렸다. 정수근이 갓 경찰관이 되었을 때는 소개도 많이 받았다. 하지만 소개를 받고 두 번 이상 만난 상대는 기의 없었다. 자은 키에 무식했지만, 그도 사내인지라 여자의 외모에 집착했기 때문이다. 능력 있고 참한 여성을 소개받았지만 예쁘지 않아 거절한 적이 한두 번이 아니다. 반대로 그가 마음에 드는 여성은 그의 외모가 싫다고 거절했다.

이제 삼십 대 후반이 되니 소개해주는 사람도 없고 모태 솔로가 되어가고 있었다. 모태 솔로의 유일한 장점은 경찰 업무에 집중할 수 있다는 것뿐이다.

정 형사가 버럭 소리를 질렀다.

"이 양반이 형사를 놀려? 바른대로 말 안 하실래요?"

사무실 내부에 있던 사람들이 고개를 돌려 정수근을 보았다. 김원우도 윽박지르는 그를 쳐다보았다.

이때 김원우의 눈에 익숙한 얼굴이 보였다. 김순희가 걱정스러운 표정으로 형사과로 들어오고 있었다. 그녀는 좌우를 살피더니 김순권을 발견하고 반색했다. 그녀는 그의 곁으로 와서 그 옆에 섰다. 그녀의 그런 행동이 그의 보호자처럼 보였다.

모두가 소리치는 정수근을 보고 있던 터라 그녀를 보았다. 정수근은 그녀를 보고 살짝 당황했다. 그가 찾던 여인상이 바로 눈앞에 있었다. 롱부츠가 아주 마음에 들었다.

'상당한 미인이다. 이 남자와 무슨 사이일까?'

정 형사가 한결 부드러워진 목소리로 말했다.

"흠! 김순권 씨. 오늘 아침 8시에서 9시 사이에 어디에 계셨나요?"

김순권은 그 시간에 어디 있었는지 전혀 생각나지 않았다. 그 시간에 그녀가 죽었을 것 같다는 생각만 들었다.

"잠시만요. 혹시 그 시간에 소영이가 죽었나요?"

"묻는 말에만 대답하세요. 어디 계셨어요?"

"모르겠어요."

"아니, 어디 계셨는지 모른다니요. 그게 말이 됩니까?"

그는 대답하지 않았다.

'가여운 소영이가 정말로 죽었구나!'

짧은 만남이었지만 만감이 교차했다.

그때 그의 곁에 있던 김순희가 말했다.

"아침에 저하고 있었어요."

정 형사는 여자에게 약한 편이었다. 특히 그녀처럼 예쁜 여성에게는 더욱 약했다. 돌덩어리가 두부처럼 부드럽게 말했다.

"옆에 계신 분은 누구신가요? 김순권 씨와 어떤 관계인지 알 수 있을까요?"

그녀의 눈에는 정수근이 순두부처럼 말랑말랑하게 보였다.

"저는 이분과 결혼을 전제로 만나는 사이에요. 조금 전에도 같이 차를 마시고 있었고요."

정 형사가 그에게 확인하기 위하여 물었다.

"맞나요?"

김순권은 박소영이 눈앞에 아른거렸다. 밝게 웃는 그녀의 미소와 솔직하고 당당하던 모습이 생각났다. 처음 만난 자리에서 돈 많은 남자를 만나려는 이유를 설명해주었는데 전혀 기분 나쁘게 들리지 않았다. 오히려 솔직한 모습에 더 빠져들었다. 정 형사가 다시 물었다.

"이분과 같이 차 마시고 계셨어요?"

그는 김순희와 조금 전까지 함께 차를 마셨다.

"네. 맞습니다."

"아침에도 같이 있었나요?"

그녀가 재빨리 대답했다.

"네."

김원우는 김순희를 보는 순간 소름이 돋았다. 끔찍하게 죽은 피해자의 사진을 본 것처럼 소름이 돋았다. 이 여인이 왜 여기 있는 걸까? 화재로 이사를 했다고 들었다. 그녀를 조사하면 무언가 큰일을 밝혀낼 것 같은 생각이 들었다.

"선배님."

이지혜가 피로 얼룩진 현장 사진을 보며 대답했다.

"응."

"지난번에 제가 말했던 보험사기 여성 있잖아요. 저기 왔네요."

그녀가 고개를 들고 김순희를 쳐다보았다. 한껏 멋을 낸 여성이 부유하게 보이는 사내와 조사를 받고 있는 모습이 보였다.

"저 여인이 남편을 해코지했다는 그 사람이야?"

"맞아요. 무슨 일로 왔는지 모르겠지만 느낌이 안 좋아요."

그녀는 보고서를 만드느라 정신없는 박 팀장에게 말했다.

"팀장님."

"응."

"저기 보이는 여인을 자세히 조사하라고 담당 형사에게 말해주세요."

박 팀장이 관심을 가지고 김순희를 쳐다보았다. 독사의 눈에 탐욕스러운 여인의 모습이 보였다. 흐릿하던 그의 눈에서 광채가 나기 시작했다. 오랜 형사 생활로 탐욕적인 인간들이 사고를 많이 친다는 것을 잘 알고 있었다. 특히 남자보다 여자의 탐욕이 더 무섭다. 남들이 겪어보지 못한 기묘한 사건들을 수없이 경험해본 그의 눈이 반짝였다. 그의 눈이 김순희를 꿰뚫듯 쳐다보았다. 마치 작은 먹이를 노리는 야수처럼.

박 팀장은 정 형사에게 경찰 내부망 메신저로 쪽지를 보냈다. 정수근의 모니터에 메신저 불이 깜빡였다. 정 형사의 손이 자연스럽게 마우스를 클릭했다. 쪽지를 보낸 사람이 박 팀장인 것을 확인하자 내용이 더 궁금해졌다.

[티 안 나게 앞에 있는 여인을 상세히 조사해.]

정 형사는 잘 알고 있었다. 독사의 촉은 한 번도 틀린 적이 없다는 것을. 그는 쪽지를 확인하고 김순희를 다시 쳐다보았다. 그녀의 모습이 아름답던 여인에서 유력한 용의자로 보이기 시작했다. 모태 솔로의 장점이 발휘되고 있다.

좁혀오는 수사망

몇 시간 후, 박영철 팀장과 이지혜가 김순희의 자료를 살펴보며 대화를 나누었다.

"청소년 시절에 사고 친 것 말고는 큰 전과가 없어. 너무 깨끗해서 파고들 곳이 없어."

"보험사기 문제로 파고들죠."

"남편 사망보험금을 청구하면 5억 이상 받을 수 있는데 아직까지 청구를 안 했나 봐. 보험회사에서 전혀 의심을 못하는 상황에서 우리가 물어보니까 이제야 의심하고 있어. 하지만 이미 증거들이 다 사라져서 의심한다 해도 그걸 밝히기는 어려울 거야."

"휴대폰을 뒤지면 수상한 점이 나오지 않을까요?"

"나도 그러고 싶어. 하지만 너도 알다시피 휴대폰을 압수하려면 영장이 있어야 하잖아. 무슨 근거로 검사에게 영장을 청구해."

"영장이 문제군요."

"완벽한 증거를 가지고 청구해도 별의별 이유를 달아서 기각하는데. 이건 답이 없다."

"저 여인을 이대로 두면 위험해요. 여자의 직감이 아니라 프로파일러 관점에서 무언가 있어요. 질투심으로 연적을 살해했을 가능성이 매우 높아요."

"우리 지혜가 수사물을 먹더니 촉이 날카로워졌다. 나 역시 그렇게 봤어. 아주 탐욕스럽게 생긴 여자야. 강력사건 범죄의 대부분이 탐욕에서 시작하지. 휴대폰을 압수하면 빠르겠지만 시간을 가지고 저 여인을 조사해보는 수밖에 답이 없네."

그는 팀의 에이스들을 시켜 미행하고 잠복 수사를 시킬 생각이다. 불평이 대단하겠지만 그 방법 말고는 더 좋은 생각이 안 떠올랐다. 두 사람의 대화를 듣고 있던 김원우가 조심스럽게 말했다.

"팀장님, 영장 신청 서류를 만들어주시면 제가 직접 검사를 만나서 설득해보겠습니다."

박 팀장이 날카로운 눈빛으로 그를 쏘아보았다. 키 크고 운동 좀 하는 젊은 남성이 보인다. 그뿐이다. 이지혜와 함께 있는 것을 보면 감식 계통 쪽인가? 그녀는 사회심리학을 전공하고 과학수사요원으로 특별채용된 것으로 안다. 그러면 이 남자도 심리학 전공자인가?

"자네, 공채출신이야 특채출신이야?"

박 팀장이 별로 중요하지 않은 출신부터 따졌다.

"공채출신입니다."

그냥 평범한 순경 출신이라는 말에 박 팀장은 실망하는 빛을 보였다. 이지혜처럼 특별채용이라면 믿고 맡겨볼 수도 있었다. 일개 순경이 어떻게 검사를 설득한다고. 있을 수 없는 일이다. 박 팀장이 고개를 절레절레 흔들었다.

이지혜가 그의 실망하는 표정을 보고 말했다.

"팀장님, 한번 맡겨주세요. 이 후배 최면술사입니다."

박 팀장이 놀라며 물었다.

"뭐? 최면술사! 진짜야?"

그녀가 그를 대신해서 말했다.

"사실입니다. 저도 처음에는 믿기 힘들었어요. 하지만 망치귀신뿐 아니라 여러 사건을 최면을 통해 해결하면서 믿게 되었죠."

"그렇게 말하니 믿을 수밖에 없군. 좋아. 검사를 어떻게 설득할 거야?"

김원우가 대답했다.

"담당 검사에게 최면을 걸어 영장을 신청하도록 만들겠습니다."

그녀가 고개를 흔들며 말했다.

"아니, 그건 마지막 수단으로 남겨두고. 팀장님, 제가 검사를 설득해볼게요. 그래도 안 되면 이 후배를 히든카드로 꺼내죠."

두 사람이 이렇게 나오자 박 팀장도 고개를 끄덕일 수밖에 없었다.

"자네들의 콜라보라면 성공하겠는걸. 나도 이렇게 설득당하니 말이야."

"감사합니다."

"좋아. 일단 김순희를 보험사기 혐의로 입건해서 영장을 신청하도록 하지. 서류가 다 되면 연락할 테니 가보라고."

*

형사과 사무실을 나오자 한밤중이었다. 김원우가 원룸에 도착하니 자정이 다 되었다. 가볍게 씻고 누워 시간 순으로 하루를 정리해보았다.

수도원에서 박미영을 만나고, 그 후 박소영 여대생 살인사건 뉴스를 접하고, 김순희를 만났다. 세 여인 모두 그에게 강렬한 인상을 심어주었다.

젊은 날의 박미영은 아름다웠지만 현재는 그렇지 않아 보는 동안 마음이 안쓰러웠다. 죽은 박소영이라는 여대생은 아마 무척 아름다웠을 것이다. 그녀가 끔찍하게 살해당한 모습이 머리에 떠오르자 재빨리 고개를 흔들었다.

김순희는 아름다운 외모로 보험사기를 계획하고 남편을 죽였을 것이다. 아니 죽였다. 이 여성들은 서로 연관이 없는 것 같으면서도 있는 것도 같았다.

눈을 감고 잠을 자려다 도저히 안 되겠다 싶어 자리에서 벌떡 일어났다. 그녀에게 전화를 걸었다. 피곤함이 잔뜩 묻어나는 목소리가 들려왔다.

"여보세요. 너 아직도 안 자니?"

"네, 선배님. 잠이 안 와서."

"그래. 무슨 일 때문에 전화했어?"

그녀의 목소리가 냉랭하다.

"선배, 좀 부드럽게 말해주시면 안 돼요."

"미안. 내가 오늘 너도 알다시피 운전하고 여기저기 돌아다녀서 피곤하잖아. 그래, 무슨 일로 전화한 거야."

"저, 이게 중요한 단서가 될지 모르겠어요. 혹시 범인이 박씨라는 성을 싫어하는 거 아닐까 싶어서. 파주에서 만난 여인의 성이 박씨인데 오늘 죽은 여대생도 박씨잖아요. 그런 것도 무슨 연관성이 있지 않을까 싶어서 전화했어요."

"어. 그러고 보니."

휴대폰 너머로 그녀의 심장이 뛰는 게 느껴졌다. 그녀는 이 사건을 접하면서 답답했던 이유를 드디어 알아냈다.

"제가 별일 아닌데 너무 늦은 시간에 전화한 건 아닌지 모르겠어요."

"어머! 이런 우연이 있을까? 2006년 은평구 여대생 살인사건 피해자의 이름도 박현주야. 박씨라고."

"진짜요?"

"어쩌면 전국에 실종된 박씨 성을 가진 여성을 찾으면 범인을 찾을 수 있을지도 모르겠다."

"선배. 괜히 제가 일을 하나 더 만들어버린 건 아니죠?"

"아니야. 잘했어."

"정말이죠?"

훨씬 부드러운 목소리로 그녀가 나근나근하게 속삭였다.

"나는 말이 많고 애교가 있는 편이 아니야. 너 역시 말수가 적은 편이라서 나는 좋게 생각하고 있어. 하지만 이렇게 좋은 정보가 있다면 나한테 거리낌 없이 알려주면 좋겠어. 지금 이렇게 전화해준 것도 고맙게 생각해. 다른 좋은 생각이 떠오르면 언제든지 다시 전화해줄 수 있겠지?"

그녀의 목소리가 매력적으로 들렸다.

"물론이죠."

"어떤 말을 해도 멍청하다고 생각 안 할 테니까 편안하게 말해줘. 그래줄 수 있지?"

"당연하죠."

조금 더 통화하고 싶었지만, 시간이 늦어 아쉽게 통화를 마쳤다.

전화를 마치고 자리에 앉았다. 바른 자세로 앉아 명상을 시작했다. 깊게 숨을 들이마시고 길게 뱉었다. 마음이 편안하다. 긴장을 풀고 생각하던 것들을 잠시 잊었다.

기분이 편안해지고 피로감이 사라지자 유체이탈을 시도해보고 싶은 생각이 들었다. 잠시 시도해보고 안 되면 그냥 잠을 잘 생각이다. 눈을 감고 관찰자 시점으로 영혼이 몸 밖으로 나오도록 상상했다.

이때 그의 귀에 다급하게 구원을 요청하는 여자의 목소리가 들렸다.

"거기 누구 없어요?"

잘못 들었나 싶어 청각에 집중했다.

"엄마. 엄마가 보고 싶어요. 제발 집에 보내주세요."

어딘가에 갇혀 있는지 소리가 울렸다. 엘리베이터에 갇혀 있나? 어디서 나는 소리일까? 소리에 더 집중했다.

"제발 집에 보내주세요."

젊은 여성의 목소리다.

"누구 없어요. 누구 없냐고요?"

그는 다급하게 눈을 뜨며 말했다.

"저기요. 거기가 어디인가요?"

그녀의 목소리가 사라졌다. 김원우는 눈을 깜빡이다 머리를 흔들었다. 분명 옆에서 말하는 것처럼 생생하게 들렸다. 이것은 무엇일까?

명상을 포기하고 누워서 여자의 목소리에 대해 생각했다. 유체이탈은 되지 않고 엉뚱하게 환청이 들렸다. 이것은 도대체 무엇일까? 그러다 자신도 모르게 스르륵 잠이 들었다.

*

다음 날, 이지혜는 실종자 자료를 저장해놓은 경찰청 프로파일링에 접속했다. 그녀는 2004년부터 현재까지 실종된 박씨 성을 가진 여성을 검색했다. 2004년에는 치매 노인 두 명과 7세 미만의 유아가 실종되어 현재까지 귀가하지 않았다. 이들은 이번 살인사건과는 관련성이 없어 보인다.

2005년에는 실종사건 세 건이 눈에 띄었다.

먼저 박진주. 당시 11세로 친구랑 논다고 나간 이후 휴대폰이 꺼지고 현재까지 미귀가 상태다. 납치 가능성이 농후하여 해당 경찰서에서 대대적으로 수색하였지만 발견하지 못했다. 살아 있다면 현재 나이 28세다. 거주지는 부산 동래구라 조사하려면 부산까지 내려가야 한다. 우선 박진주 사건은 체크만 했다.

다음 파일을 열었다. 박보경. 당시 16세. 아르바이트하러 나간 후 실종되었다. 거주지는 서울 강남구라 가깝다. 이 건도 의심스러워 별건 기록 목록에 체크했다.

마지막으로 박춘자. 당시 59세. 친구 만나러 나간 후 현재까지 미귀가 상태다. 거주지는 인천 남동구. 관련성이 적어 보이지만 그렇다고 무시하기도 어렵다.

휴대폰이 붕붕거렸다. 번호를 보니 박영철 팀장이다.

"여보세요."

"영장 신청 서류 준비됐어."

"하루 만에 벌써요?"

"우리 팀원들이 일을 잘해. 막내가 서류 만들고 조장이 결재 빨리 받으려고 과장님 동선 체크하고 따라다녔어. 이제 너 할 일만 남았다."

"서류 가지러 가겠습니다."

"좋아. 준비해놓을 테니까 검찰청 어디로 가는지는 알고 있지?"

"영장계에 접수하고 곧바로 담당 검사실로 찾아가겠습니다."

"혼자 갈 거야? 그 조수 후배는."

"후배는 주간근무라 저 혼자 가야겠어요. 제 걱정은 하지 마세요."

"내가 왜 싸움닭, 아니 불독을 걱정해. 전혀 걱정 안 할 테니까 염려 마."

그녀는 통화를 마치자 길게 한숨을 뱉었다. 자신 있게 말은 했지만 불안했다. 검사가 만나주지 않으면 어쩌지.

그녀는 검사를 한 번도 대면한 적이 없다. 가끔 영화나 텔레비전에 나오는 검사의 모습은 무척 오만하고 권위적으로 보였다. 선입관을 갖는다는 것이 안 좋다는 사실을 알고 있지만, 부정적인 생각만 머릿속에 맴돌았다.

자신 같은 하급 경찰관을 만나줄지 의문스럽다. 그리고 만나서 설득도 해야 하는데 여러모로 부담되는 일이다. 김원우에게 전화를 걸어 같이 가자고 말을 해볼까. 어제 그와 통화할 때 꺼낸 말이 생각났다.

"어떤 말을 해도 멍청하다고 생각 안 할 테니까 편안하게 말해줘. 그래 줄 수 있지?"

"당연하죠."

휴대폰에 저장된 그의 연락처를 터치하려다 말았다. 자신도 편안하게 말을 해야 하는데 이게 생각처럼 쉽지가 않다. 그녀는 혼자 검사를 만날 결심을 하고 사무실을 나섰다.

*

이지혜는 검찰 수사관의 안내를 받으며 영장 신청 검사실로 들어갔다.

경찰서 과장실보다 검사실이 작다니 다소 의외였다. 사무실은 매우 깔끔하고 검소하게 꾸며져 있었다. 굳이 사치스러운 것이 있다면 7번 아이언 골프채 정도? 카본 골프채라 가격이 2~3만 원이나 하려나. 아마 이제 골프를 배우는 중으로 보였다.

당직 검사의 명찰이 먼저 눈에 들어왔다. 서용덕의 외모는 후덕한 인상으로 열심히 공부한 모범생처럼 보였다. 싸구려 골프채처럼 그의 옷차림도 싼 티가 났다. 옷도 인터넷에서 저렴하게 구매하였을 것이다.

서용덕은 인상만큼이나 매우 친절했다. 그녀의 이야기를 진지하게 들어주었으며 심지어 커피도 직접 타서 대접했다.

"그러니까 이 여성이 남편을 살해했을 가능성이 크다는 말씀이시죠."

"네. 현재는 고액의 보험금을 들었다는 정황증거만 있지만, 휴대폰과 금융거래, 거주지에 대한 압수수색만 할 수 있다면 더 많은 증거를 확보할 수 있습니다."

"이 여인이 보험설계사로 일했으니까 당연히 가족에게 고액의 보험계약을 하지 않았을까요?"

"물론 그 경우도 배제할 수 없습니다. 하지만 남편이 사망한 후에 시부모와 일절 연락을 하지 않는 점과 한 달 만에 새로운 배우자를 만나려고 하는 점들이 매우 수상합니다. 일반적인 부부라면 남편을 잃고 이렇게 빨리 다른 사람과 교제하려고 하지 않잖아요."

"정황은 그렇지만 판사들은 확실한 증거만 원해요. 사람을 죽였다는 정황이 명백해도 시신이 발견되지 않으면 살인죄에 대해 무죄를 선고하죠. 우리는 그녀를 의심하지만, 판사가 영장을 기각할 확률이 매우 높습니다."

"남편이 죽었는데 아직 사망보험금을 신청하지 않고 있어요. 보험사기로 검거될 것이 두려워 시간을 끄는 겁니다. 시간이 흐를수록 그녀에게 유리합니다. 시간이 지나면 모든 증거가 사라져버려서 진실을 밝힐 수가 없습니다. 검사님, 도와주세요."

서 검사가 그녀를 안타깝게 쳐다보며 말했다.

"판사가 기각할 확률이 높아요. 저부터 압수수색에 대한 확신이 안 서요. 만일 증거가 나오지 않으면 그 책임을 어떻게 감당하려고요?"

그녀는 준비한 사진을 꺼냈다.

"어제 죽은 여대생의 사진입니다. 이 피해 여성과 교제하는 남자가 있습니다. 우리 경찰에서 조사한 바로는 그 남성은 알리바이가 확실하고 깨끗합니다."

서 검사는 끔찍하게 죽어 있는 여자의 사진을 보고 눈살을 찌푸렸다.

"압수수색영장과 이것이 무슨 관련이 있나요?"

"그 남성을 지금 김순희가 만나고 있습니다. 어제 경찰서에 죽은 여대생의 남자친구가 조사 받으려고 왔는데 김순희가 형사과까지 따라왔어요. 자신이 그 남성의 결혼 상대자라고 말하면서요. 검사님, 솔직히 말씀드리겠습니다. 저는 보험사기에는 관심이 없어요. 어제 죽은 이 여대생 살인에 그녀가 관련이 있는지를 밝히고 싶습니다."

서 검사는 그녀의 부탁을 거절할 단어들을 생각하고 있었지만, 사진이 그의 마음을 흔들었다. 재판장에서 판사에게 이런 사진들을 보여줄 수만 있으면 좋으련만.

판사들의 어이없는 판결을 볼 때마다 지금 그녀처럼, 처참하게 죽은 피해자의 사진을 꺼내 보이고 싶었다. 하지만 피고인은 무죄로 추정되므로 법정에서 피고인의 유죄를 예단하는 증거를 사용할 수 없다. 그 제도적 표현이 공소장 일본주의다.

법정에서 꽉 막힌 판사들을 볼 때마다 그는 그녀처럼 과감하게 행동하고 싶은 충동을 매번 느꼈다. 그렇게 하지 못하고 돌아설 때마다 마음 한편에 솟아나는 분노를 눌렀다. 그는 자신 앞에 서 있는 이 여성을 존경의 눈빛으로 바라보며 고개를 끄덕였다.

"영장이 발부될 수 있도록 최선을 다해 돕겠습니다. 꼭 범인을 잡으십시오."

그의 눈앞에 있는 그녀는 여자가 아니라 베테랑 형사의 모습이었다. 그녀의 가슴이 쿵쾅거렸다. 금방이라도 범인을 검거하여 24시간 뉴스만 보도하는 방송에서 인터뷰할 것 같은 생각이 들었다.

*

김순희가 사는 빌라 앞에 검은색 스타렉스 차량이 주차되어 있다. 스타렉스 조수석 문이 열리고 몸이 돌덩어리처럼 단단해 보이는 형사가 차에 올라탔다. 그는 편의점에서 사온 도시락과 컵라면을 꺼냈다. 미리 준비해둔 1,200㎖ 보온병에서 뜨거운 온수를 컵라면에 가득 따랐다. 컵라면에서 뜨거운 김이 모락모락 피어오르자 지친 두 형사의 표정이 밝아졌다.

박영철은 압수수색영장이 발부되면 즉각 집행할 생각으로 김순희의 집 앞에 베테랑 형사들을 잠복시켰다. 잠복근무는 형사들의 숙명이다. 근육질 남자 강두원이 라면을 입에 넣으며 말했다.

"아찔했어."

강 형사와 비교해보면 샌님처럼 보이는 정기철이 라면 국물을 후 하고 식히며 말했다.

"후~ 끔찍했지. 거기서 차를 세우는 것은 예상도 못했다."

"운전을 좆같이 배웠어. 으이구 씨발년."

두 시간 전에 김순희 차를 미행하다 갑자기 그녀가 길가에 차를 세우는 바람에 두 형사는 곤욕스러웠다. 같이 도로 가운데 차를 세울 수 없어 그냥 지나쳤다. 지나치고 보니 앞에 교차로가 나와 당황한 것이다. 그녀의 차량이 어디로 갈지 몰라 두 형사는 당황하면서 그냥 지나쳤다. 다행히 그녀의 집 앞에서 기다리자 그녀가 장을 보고 들어가는 모습이 보였다. 겨우 한시름 놓고 두 형사는 늦은 점심을 먹고 있다.

"컵라면의 빨간색 용기가 강렬한 인상 주는 것 같네. 마치 피 묻은 세숫대야 같지 않아?"

"전혀."

"뚜껑 윗면에 재미난 글귀가 쓰여 있네."

"뭐?"

"누구나 특별한 매력이 있다. 나한테 무슨 특별한 매력이 있지?"

정말로 플라스틱 뚜껑 윗면에는 '#누구나특별한#매력이있다'라고 적혀 있다.

"누가 형사 아니라고 할까봐 새끼. 관찰력 하나는 쩌네. 정기철. 네 매력은 관찰력이야."

"네 매력은 싸움 잘하는 것이라고 해야 하나. 히히. 라면을 조지고 교대로 한숨 때리자. 언제 끝날지 모르니."

마지막 라면 국물 한 방울까지 마셨을 때 차 안에서 시끄럽게 무전이 울렸다. 박영철 팀장의 목소리다.

"치직. 영장 발부되었다. 영장 가지고 갈 테니까 목표물 위치 확인 바람."

"팀장님. 목표물은 집에 있고 우리는 앞에서 스탠바이하고 있겠습니다."

무전 송신을 마친 강 형사가 빌라 입구를 보며 말했다.

"누가 독사 아니라고 할까 봐. 진짜 영장이 나왔네."

*

몇 시간 후, 김순희의 휴대폰과 금융거래 내역을 통해서 박소영의 살인을 청부한 기록들이 속속 밝혀졌다.

처음에 그녀는 박소영을 죽이기 위해 청부한 사실은 시인했다. 낯선 누군가에게 천만 원을 입금하고 사기를 당했다고 했다. 그녀도 피해자라며 오히려 적극적으로 사기 친 일당을 검거해달라고 애원했다. 하지만 결정적인 살인 청부에 대해서는 끝까지 부인했다. 불리한 증거가 나올 때마다 그녀의 특기인 실신 연기가 더해졌다. 형사과로 119 구급대원이 몇 번이나 오고 갔는지 모른다.

"제가 홧김에 그녀를 죽이려고 했던 건 사실이에요. 하지만 천만 원을 사기당한 후부터는 그 일에서 손을 떼었어요."

"그럼 오천만 원은 뭐예요?"

그녀가 신경질적으로 대답했다.

"그건 몰라요."

"모르다니 말이 돼요? 누구한테 왜 오천만 원을 입금했느냐고요?"

"변호사를 통해서 대답할 거예요."

답답한지 독사가 끼어들었다.

"야. 그냥 내버려두고 입금된 통장 계좌 추적해."

팀장 옆에 있던 강두원이 박 팀장의 귀에 귓속말을 했다.

"이미 확인했는데 대포통장입니다. 그리고 김순희가 연락한 휴대폰도 외국인 선불폰이라 수사하기가 난처하게 됐습니다."

박 팀장은 꼬일 대로 꼬인 사건을 보며 인상을 찌푸렸다.

"선불폰 만들어준 회사가 있을 거야. 거기 조져야지."

"김순희 씨 신병은 어떻게 할까요?"

수사 실무경험이 많은 박 팀장이 약간의 주저함도 없이 말했다.

"고민할 거 뭐 있어. 일단 살인예비죄로 긴급체포해서 유치장에 넣어."

박현주라는 이름

　스물한 살 박현주가 어두운 방에서 눈을 떴다. 머리가 깨질 듯이 아팠지만 참기 힘들 정도는 아니다. 어두워서 아침인지 밤인지 구분할 수가 없다. 어둠 속에서 자신의 숨소리와 심장 소리만 크게 들렸다.

　그녀는 자신이 납치되었다는 사실을 잘 알고 있었다. 자신을 납치한 범인의 얼굴이 흐릿하게 기억난다. 경찰이 범인을 잡지 못하면 몽타주를 그릴 수 있도록 협조해야 하니 잊지 않도록 그의 얼굴을 자주 떠올렸다. 키가 작고 왜소했다. 얼굴은 작은 편이었으나 눈은 컸고 피부가 지저분했다. 그가 자신을 보고 웃을 때 어린아이처럼 치아가 작았다.

　그의 차에서 나는 대화가 기억난다. 선팅이 진해서 차 밖에서 안을 볼 수가 없는 게 안심이 되었다. 그리고 차에서 하면 시간도 절약된다.

　"차에서 하실 거예요? 차에서 하면 2만 원 깎아드릴게요."

　구형 카니발이지만 뒷좌석이 넓어 충분히 즐길 수 있다. 차에서 축축한 곰팡내가 나기는 했지만, 십 분 정도는 참을 수 있다.

　"그런데 너 대학생 맞아?"

　범인이 집요하게 또 물어보았다. 짜증이 났지만 고객이라 참았다. 만일 이런 남자가 헌팅이라도 한다면 귀싸대기는 아니더라도 완전히 무시할 것이다.

　"네. 그걸 왜 자꾸 물어보세요. 아저씨, 할 거면 빨리 돈부터 주세요. 제가 진짜 급해서 하는 거니까 아저씨 정말 운이 좋은 거예요. 아시겠어요."

　"이름이 뭐야?"

"밍키요."

"아니. 채팅 닉네임 말고 진짜 이름이 궁금해."

"이름 알아서 뭐하시게요? 좋아요. 어차피 다시 볼 일도 없을 거니 알려드리죠. 박현주요, 됐어요?"

키가 작고 왜소한 남자가 이름을 듣고 놀랐는지 커다란 눈을 동그랗게 떴다. 누군가와 이름이 같아 놀란 것 같다.

"아주 좋아. 구우웃. 이름이 마음에 들어."

"차에서 하실 거… 악!"

처음에는 머리를 어딘가에 부딪힌 줄 알았다.

"아악!"

사내가 두꺼운 몽둥이로 머리를 내리치는 게 보였다. 그녀는 놀라 눈을 질끈 감았다. 그 후 정신을 잃었다.

*

박현주가 어두운 방에서 몸을 움직이자 차가운 쇳소리가 들렸다.

찰그랑.

그녀의 몸 아래 발목에서 쇠사슬 소리가 났다.

'개새끼.'

도망갈 수 없게 발목에 쇠사슬을 채웠다. 납치했다면 충분히 죽일 수도 있는 위험한 자다. 살인자들이 피해자를 죽일 때 사람으로 보지 않고 동물이나 사물로 본다는 말을 어디선가 들었던 기억이 났다. 계속 살아남으려면 이름을 말해야 한다. 그가 자신을 인간으로 보도록 이름을 계속 말해야 오래 살 수 있을 것 같았다.

'괴물 같은 자식이 날 사람으로 취급하도록 이름을 강조해야 한다.'

문을 향해 그녀가 소리쳤다.

"거기 누구 없어요. 제 이름은 박현주예요. 박. 현. 주. 나이는 스물한 살이고요. 누구 없어요? 도와주세요. 제발."

말할 기운도 없을 정도로 한참을 흐느꼈다.

얼마 후 문이 열렸다. 박정민이 쓰러져 있는 그녀를 바라보며 입을 열었다.

"먹어요. 엄마."

큰 대접에 시리얼과 우유가 가득 담겨 있다. 그녀의 눈에는 시리얼과 우유로 보였지만 실상은 개 사료와 물이었다.

"제발 저를 놓아주세요. 절대 다른 사람에게 말하지 않을게요. 저도 남들에게 알려지는 걸 원치 않아요. 서로 부끄러운 일을 하려고 했잖아요. 그러니 제발 저를 놓아주세요."

"다 먹은 후에 방 청소 좀 해주세요. 용변은 저기 있는 대야에 보시고요."

그가 방문을 닫으려고 했다. 그녀가 재빨리 일어나 그의 발목을 붙잡았다.

"제발 저를 놓아주세요."

그때 그녀의 눈에 아메리칸 핏불테리어가 문밖에서 뛰어오는 게 보였다.

"컹컹!"

핏불이 그녀를 갈기갈기 물어뜯을 것처럼 날카로운 송곳니를 드러내며 달려왔다. 그녀가 놀라 그의 발목을 놓자 그가 급하게 문을 닫았다. 조금만 늦었어도 핏불이 그녀가 있는 방 안으로 들어왔을 것이 분명하다. 문밖에서 핏불이 사납게 짖으며 문짝을 발톱으로 긁는 소리가 들렸다.

"나비야, 진정해. 난 괜찮아. 귀여운 것. 엄마는 천천히 죽일 거야. 죽인 다음에는 너에게 특식으로 요리해줄게. 지난번처럼 쉽게 죽이진 않을 거야. 약속해."

엄마라는 단어에 그녀는 눈물을 왈칵 쏟았다.

"엄마. 엄마가 보고 싶어요. 제발 보내주세요."

그녀가 흐느끼다 정신을 번쩍 차렸다. 살려면 정신 차려야 해. 나약하게 살다가 죽은 아빠처럼 되고 싶은 거야? 사업 실패 후 알코올중독으로 살다 비참하게 최후를 맞이한 그녀의 아버지 모습이 떠올랐다.

한창 시절 학교에서 돌아오면 굴러다니는 술병과 부서진 가구들이 그녀를 맞이했다. 하루하루가 지옥이었다. 하지만 그녀의 엄마는 강인했다. 엄마는 늘 '괜찮아'라는 말을 반복하며 어려운 환경에 굴복하지 않았다.

엄마는 악착같이 돈을 벌며 아빠의 뒷바라지를 했다. 아빠는 결국 술을 끊고 배달업과 대리기사 등으로 생활비를 버셨다. 생활이 어느 정도 안정될 무렵 어이없게 아빠가 뇌출혈로 쓰러져 돌아가셨다. 허망하게 죽은 아빠의 모습을 보며 스스로 그렇게 살지 않겠다고 다짐했었다.

그녀는 주먹을 움켜쥐고 몸을 일으켜 세웠다. 어둠에 익숙해지자 주위를 자세히 살펴보았다. 발목에 쇠사슬이라고 생각했던 것은 체인 형태의 쇠로 된 개줄이었다. 발목에 개 목걸이를 자물쇠로 걸어서 풀 수 없게 만들어놓았다. 개줄은 벽에 고정되어 있었다. 벽에 고정된 개줄을 풀려고 힘을 쥐보았지만 단단하게 못질이 되어 꿈쩍도 하지 않았다.

빈틈이 없는지 살펴보다 벽에 피로 쓰인 글자들을 보게 되었다. 너무나 무섭고 끔찍했지만 안 읽을 수가 없었다. 글자 하나하나에 한이 서려 있었다.

[나가고 싶어요. 엄마가 보고 싶어요.]

[저의 이름은 김영미. 생년월일 1990. 5. 6. 여기에 2017년 3월 29일에 옴.]

[나 조미희는 고아 출신이다. 부모가 누군지도 모른다. 고아원에서 집

단 성폭행에 시달리다 탈출하였고 생활비를 벌기 위해 조건만남을 했다. 채팅으로 성매매하는 것은 잘못된 일이다. 하지만 난 선택할 길이 없었다.]

[이곳은 북한산 주변이다. 나는 강소희.]

[여기는 경기도 고양시 북한산 흥국사 인근이다.]

[...아쉬.]

누군가 자신보다 먼저 이곳에 와 있었다는 것을 알 수 있었다. 글씨체들이 다 다르고 어떤 것은 피로, 어떤 것은 쇳조각 등으로 벽에 글자를 새겨놓았다. 글들을 읽으면서 그녀는 생각했다.

'한동안은 죽이지 않는구나.'

*

이지혜는 프로파일링 작업을 계속하고 있었다. 박씨 성을 가진 여성이 사라진 사건들을 파헤치며 수사의 연결고리를 찾고 있었다.

'이건 아니겠지. 나이가 많아.'

범인은 젊은 여자들을 특히 여대생을 혐오하고 살해했다. 그런데 전혀 연관이 없을 것 같은 사건 하나가 이상하게 자꾸 신경이 쓰였다.

2006년에 실종된 42세 박현주의 주소가 서울 은평구로 되어 있다. 2006년 발생한 은평구 여대생 살인사건 피해자의 이름도 박현주다. 현주라는 이름은 너무 흔하다. 고등학교 시절 같은 반에 강현주와 이현주가 있었다. 두 사람을 부를 때 학우들은 뚱뚱한 현주는 빅현주라 부르고 키가 작은 현주에게는 스몰현주라고 불렀다. 그 정도로 현주라는 이름은 흔하지만, 이 경우는 특이하게 연결고리가 있다. 박씨라는 것 말고도 둘 다 주소가 은평구로 되어 있다는 점이다. 연관이 있는 것일까? 우연일까?

42세 박현주의 실종신고를 누가 했는지 살펴보았다. 아들이 신고한 것으로 나왔다. 아들의 이름은 박정민. 당시 18세로 기재되어 있다. 모자가 단둘이 살고 있었으며, 신고자의 연락처가 오래되었는지 018로 나왔다.

'016, 017, 018···. 이런 번호를 쓰던 시절이 있었지.'

십 년이 넘었으니 번호도 바뀌었을 것인데 확인할 방법을 생각하자 떠오르는 인물이 하나 있다. 솔직히 연락하고 싶지 않지만, 비공식적으로 알아보려니 어쩔 수가 없다. 사이버수사팀에 근무하는 끈적하고 느끼한 동기에게 전화를 했다.

"웬일이야! 네가 먼저 나에게 전화를 다 하고."

"부탁할 일이 있어서."

"무슨 부탁인데. 부탁 들어주면 술 사줄 거야."

능글맞은 녀석. 수작 거는 것을 보니 아직도 여자친구를 못 만나고 있구나.

"물론이지, 김 박사. 대신 자세히 알아봐줘야 해."

"진짜지. 뭔데 그래."

"2006년에 사용하던 휴대폰 번호야. 이 사람 현재 연락처와 주소 좀 알아봐줄 수 있을까?"

"다른 사람은 힘들지만 난 가능하지. 진짜 너 사람 제대로 찾아서 연락했다. 나 뒷조사하고 있는 거야? 이지혜, 나 스토커 하는구나. 하하."

"맞아. 그러니 이렇게 연락을 하지."

"하하. 좋아. 빨리 알아보고 연락할게. 술은 사야 해. 1차는 네가 쏘고 2차는 내가 살게. 알겠지?"

"그래."

2차까지 마실 생각은 전혀 없다. 적당히 핑계를 대고 자리에서 일어날 생각이다. 김 박사가 기분 나쁘지 않도록 그가 적당히 술에 취하면 일어나야지. 우리 회사는 핑계 댈 게 너무 많다. 비상소집이라든지 긴급상황 발생이라든지 핑곗거리는 얼마든지 넘친다.

김 박사의 실력만은 인정해줄 수밖에 없다. 전화를 끊고 한 시간 만에 득달같이 전화가 걸려왔다.

"진짜?"

"응. 생체기록이 없어."

"생체기록이 없다니."

"본인 명의의 휴대전화나 금융거래내용 등 생활반응이 없다는 뜻이야."

"그렇군. 혹시 사망한 것은 아닐까?"

"그러면 사망신고가 되어 있어야 하는데 그렇지도 않아. 마지막 주소에서 거주불명으로 확인되고 주민등록 말소 처리되었는데 그 주소라도 알려줘?"

"그럼 외국에라도 나갔을까?"

"그런 기록은 없어."

"좋아! 주소 알려줘."

"술은 언제 사줄 거야?"

"오늘 저녁은 안 되겠고 내일은 어때?"

"으응. 내일은 그게."

"왜 곤란해?"

"아니 가능한데…. 아니 안 되겠어. 내일 중요한 일정이 있어서. 모레는 어때?"

귀여운 녀석. 아쉽지만 이제 기회가 없다. 그러니 제발 김칫국 마시고

헛바람 넣지 마.

"모레부터는 내가 시간이 안 돼. 우리 급하게 만나지 말고 천천히 약속을 잡아보자."

"쩝. 알겠어."

동기 녀석의 아쉬움이 고스란히 전해졌다.

"경기도 고양시 덕양구…."

김 박사가 알려준 주소를 메모했다. 우선, 이 주소로 실종자 가족을 찾아가 봐야겠다. 혼자 가도 괜찮겠지?

단순히 신고자를 만나는 것이니 혼자 가도 괜찮을 것 같다. 피해자들의 성이 박씨고 이름도 같아 왠지 이곳에 가면 무언가 괜찮은 정보를 얻을 것 같았다.

주소를 다시 확인해보았다. 경기도 고양시 덕양구 북한산길 123. 인터넷 검색을 해보니 북한산 인근이 나왔다.

형사

　형사과 내부 작은 회의실에서 박영철이 그의 수사팀과 회의를 하고 있다. 강두원 형사가 피곤한 표정을 지으며 말했다.
　"선불폰을 제공한 회사를 뒤져봤지만, 의심 갈 만한 사항이 나오지 않았습니다."
　"회사에 등록된 다른 선불폰들까지 다 확인했어?"
　"네. 김순희가 연락한 선불폰 통신사가 더원이라는 회사인데 직원 수는 20명 정도 됩니다. 모두 알리바이 등을 확인하였는데 확실합니다."
　"확실하다니 그게 무슨 말이야. 거기에서 전화기가 나왔는데 누구와 거래했는지 밝혀야지."
　"회사에 등록된 선불폰을 네 명이 관리하는데 모두 의심할 만한 정황이 없어요. 어떻게 그런 번호가 자신의 회사에 등록되어 있는지도 모르고 있더라고요."
　"그럼 김순희가 유령하고 연락했다는 말이야?"
　"저도 그게 이상해서 그 번호로 연락을 해보았지만, 항상 꺼져 있어요. 그래서 연락이 되지 않습니다."
　"일단 긴급통신수사 의뢰해서 문제의 휴대폰이 어디에서 수신 발신되고 있는지 파악하자고."
　"네. 팀장님."
　"운이 좋으면 김순희에게 연락을 받기 위해 휴대폰을 켜둔 곳에 기지국이 있을 거야. 그것도 매우 가까운 위치에. 제발 선불폰 주위에 기지국이, 그것도 50미터 주변에 있어라."

기지국이 가까울수록 수색하기가 쉽다. 서울처럼 복잡한 도시에서는 50미터 이내에 기지국이 있어도 수색하기 어렵지만, 그 외 지역이라면 선불폰을 쓰는 자를 찾을 수 있을 것이다. 물론 형사들의 발바닥에 물집이 생기도록 탐문과 수색, 잠복이 이루어져야 하겠지만.

"기철이 너는 막내하고 별도로 김순희 사건 마무리 지어."

팀에서 가장 관찰력이 뛰어난 정기철이 눈을 번뜩이며 대답했다.

"내일 중으로 마무리하겠습니다."

"그렇게 빨리?"

"보험계약서를 확보했습니다. 죽은 남편이 서명한 것이 아니더라고요. 김순희가 남편 임기수 몰래 계약서에 사인한 것을 확보했고 필적 감정도 마쳤습니다. 그리고 결정적인 것은 석유난로를 구매한 것인데, 도시가스가 들어오는 집에서 석유난로를 산 게 아마도 화재를 키우려고 한 것으로 보입니다."

"미친년이 제 무덤을 팠네. 석유난로에 대해서는 뭐라고 말해?"

"날씨가 추워서 샀다고 말해요."

"좋아. 좀 더 구체적인 자료를 모아서 자백을 받고. 안 되더라도 보험 살인으로 밀어붙여. 검사가 보강수사 요구하면 그것만 짜 맞추어서 수사하자고."

"네. 알겠습니다."

"남은 사람들은 선불폰을 쓰는 청부살인업자를 검거한다. 자, 다들 빨리빨리 움직이라고."

형사들이 인상을 구기며 자리에서 일어났다. 팀장의 눈치 때문에 말은 하지 않았지만 다들 이 일이 어렵다는 것을 잘 알고 있다. 설령 기지국 위치가 나온다 하더라도 수사는 그때부터가 시작이다. 수많은 집과 건물을 수색해야 하고, 구역 내에 있는 일반인을 상대로 문제의 선불폰을 쓰는 사람인지 아닌지 찾아야 한다. 형사는 무에서 유를 창조해야 한다.

*

북한산 외진 곳에 슬레이트로 지붕을 만든 집이 나무에 가려져 있다. 각종 쓰레기와 나뭇가지들이 수북이 쌓여 담장을 형성했다. 이 집은 사람들의 눈에 쉽게 보이지 않았다. 카멜레온은 사는 장소에 따라 몸의 색깔을 그때그때 바꾼다. 이 슬레이트집도 마치 카멜레온처럼 주변과 색상이 어우러져 눈에 띄지 않았다. 바람이 불자 보온 용도인지 빗물을 막기 위해 덮은 것인지 알 수 없는 갈색 비닐이 지붕 위에서 펄럭였다.

슬레이트집 내부는 겉보기와 다르게 무척 넓었다. 출입문을 열면 복도가 나오고 복도 양옆으로 방이 두 개 있었다. 복도 끝에는 아래로 내려가는 계단이 있었다. 계단이 있는 것으로 보아 이곳이 2층 형태로 된 건물이라는 것을 알 수 있다. 1층이라고 여긴 곳이 실상은 2층이었다. 1층은 마치 지하실로 내려가는 것처럼 나무 계단이 나선형으로 설치되어 있었다.

전기가 들어오지 않을 것 같은 이곳에 박정민이 컴퓨터 앞에 앉아 있다. 그는 반려견의 간식 정보를 알려주는 요리 블로그를 검색하고 있었다.

"우리 나비에게 특별한 사료를 만들어줘야지."

지금까지는 그냥 인육을 먹었지만, 이번에는 제대로 된 요리를 해줄 생각이다. 특별한 재료를 사로잡아 기분이 너무 좋다.

그의 등 뒤 커튼 사이로 박현주의 흐느끼는 목소리가 들렸다.

"제발 보내주세요."

인육은 500그램만 쓰고 밀가루는 1/3컵 사용한다. 나머지 재료는 무시하자. 인육을 다져서 밀가루 반죽에 섞는다.

"정말 이대로 풀어주면 그 누구에게도 말하지 않을 거예요."

도넛 모양으로 만들어서 기름에 튀겨야지. 모양을 다른 걸로 바꾸어볼까?

"엄마. 엄마가 보고 싶어요. 제발 보내주세요."

엄마라는 단어가 나오자 신경이 거슬렸다. 주위를 둘러보니 벽에 세워진 굵은 몽둥이가 보였다. 그는 컴퓨터 의자에서 일어나 굵은 몽둥이를 손에 움켜쥐었다. 몽둥이에 묻은 피들이 굳어서 몽둥이를 검붉게 만들었다. 마치 옻칠한 것처럼.

"내 이름은 박현주예요. 박현주."

움켜쥐었던 몽둥이를 다시 내려놓았다. 박씨 성을 가진 여성을 이곳에 데리고 온 것은 처음이다. 그는 이곳에 가끔 여자들을 납치해서 조금 데리고 놀다 개밥으로 만들었다. 그런데 이번에 엄마와 이름이 같은 박현주를 데리고 오자 무척 흥분되고 설레었다. 너무 빨리 죽이고 싶지는 않았다.

그가 다시 컴퓨터 의자에 앉았다. 18년 동안 받은 고통을 천천히 되돌려주고 싶었다. 벌레들이 가득한 들판에 알몸으로 세워두면 어떨까? 특히 더러운 음부 쪽에 달콤한 꿀을 가득 발라서. 생각만으로도 기분이 좋았다.

옆방에서 귀여운 나비가 짖었다.

"컹컹."

"나비야. 조용. 귀여운 우리 나비야. 조용히 하렴."

시계를 보니 물을 주고 집 주위를 산책할 시간이다. 컴퓨터 의자에서 일어나 핏불이 있는 방으로 걸어갔다. 기분이 좋은지 그의 엉덩이가 춤을 추듯 살랑살랑 흔들렸다.

*

김원우가 방 중앙에 눈을 감고 앉아 있다. 그는 제이라는 남자에 대해서 간절히 알고 싶었다. 제이는 어디로 자취를 감춘 것일까? 이번에 잔인하게 여대생을 살인한 청부업자가 제이일 확률이 높다. 송곳으로 사람을 잔인하게 죽이는 사람이 대한민국에 그 말고는 없다. 제이는 어디에 있는 걸까.

그는 나름대로 사건을 유추해보았다. 기도원에서 보았던 박미영은 송곳에 찔려 목에 구멍이 뚫렸지만 죽지 않았다. 그녀는 채팅으로 만난 남자에게 당했다. 과다출혈로 죽어야 했지만 운 좋게 살아남았다. 그녀처럼 살아남은 사람이 있다면 제이를 검거하는 데 도움이 될 것이다. 그런 사람이 또 있을까?

사건에 대해 생각을 멈추고 유체이탈을 하기 위해 숨을 깊게 들이마시고 내뱉었다. 머릿속이 가벼워지면서 몸이 붕 뜨는 기분이 들었다. 이때 그의 옆에서 누군가가 흐느끼며 말했다.

"엄마. 엄마가 보고 싶어. 제발 집에 보내주세요."

그가 놀라 눈을 번쩍 떴다. 또 그 소리다. 이게 도대체 뭘까?

문득 이지혜 선배가 했던 말이 떠올랐다.

"어떤 말을 해도 멍청하다고 생각 안 할 테니까 편안하게 말해줘. 그래 줄 수 있지?"

그녀는 자신보다 영리하고, 많은 특별한 경험을 가졌다. 지금 이 현상을 그녀에게 물어보는 쪽으로 결론을 내렸다. 그녀에게 전화했다.

"여보세요. 선배님 어디세요?"

"나 지금 북한산으로 가는 중이야. 왜?"

"북한산엔 왜요?"

"실종 신고한 가족을 만나려고. 그런데 무슨 일이야?"

"제가 이런 말을 하면 믿을실지 모르겠는데. 저 선배님, 유체이탈이라고 들어보셨나요?"

"유체이탈?"

"네. 유체이탈이요. 제가 유체이탈을 하면서 아주 특이한 경험을 했거든요."

그녀는 그가 처음에 최면술을 할 줄 안다고 했을 때 반신반의하며 믿지 못했다. 지금은 생뚱맞게 유체이탈을 한다고 하니 놀랍기도 하고 호기심도 생겼다.

그녀가 알고 있는 유체이탈은 가위 눌린 상태로 몸이 움직이지 않고 영혼만 빠져나갔다 돌아오는 부자연스러운 현상이다. 그녀가 걱정스럽게 물었다.

"너 유체이탈을 자주 겪는 거야?"

"그게, 제가 원해서 집중하면요."

"만나서 얘기하자. 커피숍으로 와."

그녀는 북한산으로 가던 차의 방향을 돌려 두 사람이 자주 만나는 커피숍으로 향했다. 먼저 도착한 김원우가 그녀가 오자 반색하며 자리에서 일어났다.

"미리 주문해놓았어요."

테이블 위에는 그녀에게 영혼의 수프 같은 초콜릿 라떼가 뜨거운 김을 내며 올려져 있었다.

"오는 동안 유체이탈에 대해 검색하고 왔어. 너 명상을 자주 해?"

"네. 최면술을 강하게 키우기 위해 명상을 자주 하고 있어요. 명상을 통해 유체이탈을 하게 되었고 제 뜻대로 영혼이 현실 공간을 여행하고 다녔어요. 망치 사건 때 동네에서 쓰레기처리장을 뒤지던 선배를 보고 집에서 거기까지 뛰어가 만난 것도 이 유체이탈 덕분이고요."

고승이나 수도승이 명상에 깊이 빠지면 자동으로 의식이 몸을 벗어나는 프로젝션을 경험한다. 그래도 믿기지 않는 듯 그녀가 눈을 크게 뜨고 물었다.

"진짜?"

"네. 그런데 제가 운동을 하고 몸에 근육이 생기고부터는 명상을 해도 유체이탈이 되지 않아요. 그런데 최근에 제이라는 인물에 대해 연구하면서 특이한 경험을 하게 되었어요."

"그게 뭔데?"

"환청이요. 누군가 어딘가에 갇혀서 도와달라고 애원하는 소리를 들어요. 정말 미치겠어요. 빨리 구하지 않으면 그녀가 곧 죽을 수 있겠다는 생각에 정말 무섭고 두려워요."

그녀는 그가 말을 하면서 손을 덜덜 떠는 것을 보고 그의 손을 부드럽게 잡아주었다. 그녀가 손을 잡아주자 그의 떨림이 멈추었다.

"인간의 의식은 물질계에 고정되어 있어. 하지만 인도 요가에서 말하는 아스트랄계에 속하는 잠재의식도 있어. 나는 믿지 않지만 우리에게는 네 개의 의식이 공존한다고 해. 정신력계에 고정된 정신계도 있고, 초월계에 고정된 초월의식도 있어. 이 네 개의 의식이 동시에 존재하는데, 우리는 맨 아래 단계인 물질계만 인식하고 살아가기 때문에 상위 의식들에 대해서는 잘 알지도 못하지. 경험해도 매우 생소하고 심지어 무서운 느낌을 받기 때문에 대부분은 두려움에 빠진다고 해. 지금 네가 그런 현상을 겪고 있는 것 같아."

사회심리학을 공부한 그녀는 그가 환청의 두려움을 벗어나도록 돕고 싶었다. 김원우는 그녀가 자신의 두려움에 대해 잘 설명해주자 마음이 안정되었다.

그는 상위 의식들이 우리 영혼의 본래적인 의식이라는 것을 알게 되었다. 그러자 이 환청이 자연스러운 현상으로 느껴졌다. 물질계의 현재 의식에 익숙한 만큼이나 상위계의 의식에도 익숙해질 수 있을 것 같았다. 명상수련을 하다 보면 사람의 영혼이 가끔 상위 의식 세계로 들어가는 경우가 있다. 이때 루시드 드림(자각몽)이나 유체이탈을 경험하는 것이다.

"네가 겪었던 것도 바로 이런 경우에 속한다고 할 수 있겠어. 대부분 사람의 잠재의식 속에는 부정적인 요인들이 많이 감추어져 있다고 해. 현실에서는 그런 부정적인 요인들은 웬만해서는 겉으로 드러나지 않지만, 꿈처럼 현재의식에서 잠재의식으로 넘어가는 경계선에 도달하게 되면 그러한 부정적인 속성들이 여지없이 드러나게 되지. 드러나는 것뿐만 아니라, 그런 속성들이 어떤 대상화가 되어서 마치 실체를 가진 존재처럼 인식된다고 해. 네가 겪는 환청도 그렇게 형상화된 것이 아닐까 싶어. 넌 지금 내 일을 돕다가 부정적인 모습들을 많이 보아서 그게 형상화되어 환청이 들리는 게 아닐까 싶다."

"너무 강력해요. 여자의 목소리가 마치 제 옆에서 말하는 것처럼."

"잠재의식 속에 부정적인 요인들이 많을수록 더 강하게 들릴 수 있어. 피하지 말고 더욱 집중해서 들어봐. 미래 역사를 바꾼 발명이나 발견도 우연히 얻게 된 경우가 많아. 또한 끊임없는 사고의 결과지. 이 환청도 무관하다고 보이지 않아. 아마 어떤 수사의 단서가 들어 있지 않을까 싶어."

"네, 선배. 큰 도움이 되었어요. 이제 피하지 않고 환청을 제대로 끝까지 들을게요."

"그래. 두렵고 무섭겠지만 맞서봐. 피하기만 하는 건 좋은 방법이 아니야."

"선배. 이렇게 와서 제 얘기도 들어주시고 고마워요."

그녀가 손목시계를 보며 말했다.

"북한산에 가서 실종 신고자를 만나려고 했는데 다음으로 미뤄야겠어."

"그 신고자는 만나기로 약속하신 거예요?"

"아니. 거주지 불명인데 혹시나 하고 찾아가 보려고. 있으면 만나고, 없으면 허탕 치는 거지."

"다음에 가실 때 저에게 연락 주세요. 같이 찾아보죠."

"정말? 그래 줄 수 있어? 솔직히 여자 혼자 가기 껄끄러웠거든."

"물론이죠."

"그럼 네 비번이 언제야?"

"오늘은 야간근무라, 내일하고 모레는 쉬어요."

"모레 가자."

수색

　근육남 강두원 형사가 땀을 뻘뻘 흘리며 북한산을 오르고 있다. 그는 팀 막내와 함께 북한산 기지국 주변을 수색하고 있었다. 청부업자의 서 불폰 수신 지역이 파악되었다. 여러 지역에서 수신과 발신이 떴는데 가 장 유력해 보이는 장소가 북한산이었다. 그와 같이 올라온 막내는 조금 전 갈림길에서 헤어졌다.

　분산해서 수색해야 더 빨리 무언가를 찾을 수 있을 것 같았다. 현명한 생각이 아닐 수도 있지만 두 사람이 이 넓은 지역을 다 뒤지기 위해서는 어쩔 수 없었다. 그의 눈에 슬레이트 지붕이 보였다.

　'이런 곳에 사람이 사나? 빈집이겠지.'

　확인하기 위해 가까이 다가가 살펴보았다. 사람이 사는 흔적이 있었 다. 발자국과 무언가 끌고 들어간 흔적들이 보였다. 그리고 놀라운 것 은 여자의 옷이었다. 쓰레기처럼 버리려고 모아둔 곳에 여자의 옷이 보였 다. 상당히 꾸미기 좋아하는 여성들이 입을 법한 그런 옷이었다. 그것도 젊은 세대가 입는 옷. 이런 생각을 할 때 그의 귀에 공포스러운 소리가 들렸다.

　"컹컹."

　그의 동공이 커졌다. 출입문이 열리더니 덩치가 크고 무섭게 생긴 핏 불이 날카로운 이빨을 드러내며 그에게 달려왔다. 핏불은 하운드 레이싱 하는 개처럼 전력질주로 그에게 달려왔다. 위기라고 느낀 그는 반사적으 로 몸을 돌리고 주위에 무기가 될 만한 것이 없는지 찾았다. 지팡이처럼 생긴 나뭇가지가 보였다. 그걸 줍기 위해 필사적으로 뛰었다. 무기로 사용할 나뭇가지를 잡았다.

'이런 젠장.'

그가 잡은 것은 떨어진 나뭇가지가 아니라 뿌리가 박혀 있는 나무였다. 바로 등 뒤에서 맹견의 숨소리가 들렸다. 뽑히지 않는 나무에서 손을 떼고 몸에 지닌 22구경 권총을 빼내었다. 총을 잡자 걱정이 밀려들었다.

'경위서를 써야겠군. 귀찮아서 총은 사용하지 않으려고 했는데.'

총을 꺼내 바로 코앞까지 쫓아온 맹견의 머리 부위를 겨냥했다. 방아쇠에 압력을 가하기 위해 검지에 힘을 주었다.

'틱.'

오랫동안 사용하지 않아 노리쇠 뭉치가 제대로 작동하지 않았다. 놀랄 일도 아니다. 핏불이 그의 목을 물기 위해 껑충 뛰었다. 그는 목을 보호하기 위해 오른팔을 들었다. 그의 오른쪽 팔뚝에 날카로운 이빨들이 임플란트처럼 박혔다.

"으악."

박힌 이빨들을 빼기 위해 팔을 흔들었지만, 고통만 배가 될 뿐이었다. 맹견은 그와 한 몸이 된 것처럼 떨어지지 않았다. 그는 왼쪽 주먹으로 핏불의 몸통 부위를 가격한 뒤 배 부위를 움켜쥐었다. 핏불의 배가 터져 내장이 몸 밖으로 쏟아지도록 온 힘을 다해 움켜쥐었다. 그러자 핏불이 고통스러운지 몸을 뒤로 빼며 더욱 거칠게 머리를 흔들었다.

그의 오른팔에서 흐르는 피가 사방으로 튀었다. 그는 자신의 오른팔이 너덜너덜해지고 감각이 없어지는 것을 지켜볼 수만은 없었다. 그는 이를 악물고 핏불의 눈 부위를 왼손 엄지로 있는 힘을 다해 찔러 넣었다. 눈 안쪽으로 들어갈 수 있는 깊이까지 깊숙이 쑤셔 넣었다. 핏불의 눈알이 툭 하고 튀어나와 핏줄에 매달려 대롱거렸다, 사납던 핏불이 의외의 공격에 당황했는지 물었던 팔을 놓았다. 그는 몸에서 떨어진 핏불의 배를 오른발로 힘껏 걷어찼다.

"깨갱. 갱."

목숨을 건진 강두원이 자신의 팔을 보니 찢긴 옷 사이로 피부가 덜렁거리는 게 보였다. 화가 치밀어 올랐다. 숨을 헐떡이는 핏불을 축구공처럼 다시 한번 걷어찼다. 지금 자신의 모습이 마치 로마 콜로세움 경기장에서 사나운 맹수와 처절하게 싸우는 노예 검투사와 같다는 생각이 들었다.

"이 개새끼가 어디서 사람을 물어. 버릇없이. 이 개새끼야. 헉."

다시 발길질하려던 그의 머리에서 핏물이 흘러내렸다. 고개를 돌려보니 누군가가 서 있다. 언제 왔는지 키 작은 남성이 검붉은 몽둥이를 들고 서 있었다. 남성이 몽둥이를 매우 느리게 휘둘렀다. 피할 수 있는 속도였지만 몸이 움직이지 않았다. 퍽! 하는 소리와 함께 강두원이 쓰러졌다.

'의식을 잃으면 안 되는데.'

그는 정신을 차리려고 노력했지만 머리가 깨질 듯 아팠다.

퍽. 퍽!

한동안 둔탁한 소리가 이어졌다.

박정민은 몽둥이로 그의 머리와 가슴을 내리쳤다. 그가 고통스러워하며 바닥에 엎드렸다.

"잘 가세요. 형사님."

두꺼운 몽둥이가 호를 그리며 그의 뒤통수를 퍽! 하고 내리쳤다. 그의 몸이 부르르 떨더니 길게 뻗었다.

박정민은 또 다른 누군가가 있는지 주위를 살펴보았다. 아무도 없었다. 강두원이 죽었는지 확인하려고 몽둥이 끝으로 시신을 툭툭 건드려 보았다. 반응이 없는 것을 확인하고 피투성이로 변한 핏불에게 고개를 돌렸다.

"나비야. 일어나. 오! 안 돼. 나비야."

박정민은 무릎을 굽히고 숨을 헐떡이는 핏불을 껴안았다. 쓰러진 핏불의 입에서 피거품이 흘러나왔다. 힘들게 숨을 쉬는 게 느껴졌다. 호흡을 도와주고 싶었다.

"조금만 참아."

피로 범벅이 된 핏불의 입에 그가 입을 대고 인공호흡 하듯이 숨을 불어넣었다. 그의 행동을 거부하는 것처럼 핏불이 고개를 떨구었다.

*

박정민은 반려견을 땅속에 묻기 위해 땅을 팠다. 삽질을 자주 해보았는지 단단한 땅바닥이 금방 파헤쳐졌다. 그가 땅을 조금 파자, 사람의 뼛조각들이 보였다. 여러 사람을 묻었는지 뼛조각들의 크기와 형태가 다양했다. 드러난 뼛조각들을 삽으로 두들겨 다시 보이지 않도록 했다.

반려견이 누울 공간이 완성되자 피투성이가 된 핏불을 땅속에 눕혔다. 그는 반려견의 몸 위로 흙더미를 뿌릴 때마다 가슴이 울컥해졌다. 나비가 한쪽 눈알이 덜렁거리는 채로 일어나 꼬리를 흔들며 달려올 것 같았다. 죽은 반려견의 몸이 흙 속에 파묻히자, 그의 눈에 눈물이 고였다.

"나 혼자 외로워서 어떻게 지내지."

고인 눈물이 볼을 타고 흘러내리자 그는 흙 묻은 작은 손으로 얼굴을 닦았다.

"아씨! 혼자 이곳에 있으면 무서운데. 어떡하지?"

이때 죽은 강 형사의 몸에서 휴대전화 벨 소리가 울렸다. 박정민의 머리가 복잡해졌다. 형사로 보이는 남자를 죽였다. 지금 이렇게 있으면 자신이 검거될 것이다. 바위처럼 단단해 보이는 형사의 몸 속에서 휴대전화를 꺼내었다. 악마가 그의 영혼에 붙었는지 내부에서 속삭였다.

'이 자식의 휴대전화가 이곳에 있으면 위치가 발각된다. 위험해.'

'전화를 끄지 않고 차로 최대한 멀리 이동한 후 휴대전화를 버려. 그리고 버리기 전에 이 새끼 핸드폰으로 잠시 쉬고 싶다고 몇몇 사람에게 문자를 보내. 그럼 한동안 시간을 벌 수 있어.'

그는 자신의 차량을 이곳에서 500미터 떨어져 있는 곳에 은닉해두었다.

'차까지 가는 동안은 별일 없겠지.'

그의 차는 초록색 천막 속에 덮여 자신의 집처럼 눈에 띄지 않았다. 콧노래를 부르며 은폐된 차로 걸어갔다.

"나의 사알~던 고향은 꽃 피는~."

유일하게 그가 끝까지 부를 수 있는 노래다. 신나게 흥얼거리면서 걸었다. 엄마에게 혼나 집 밖에 서 있을 때도 이 노래를 부르며 버텼다. 그는 나비를 생각하며 이 노래를 불렀다. 노래를 열 번 이상 부르자 그의 차가 보이기 시작했다.

그의 차 주위에 형사처럼 보이는 남자가 어슬렁거리는 게 보였다. 재빨리 주위에 있는 바위 뒤로 몸을 숨기고 그 젊은 형사를 엿보았다. 그 형사는 무슨 말을 혼자 중얼거리며 차 내부를 살펴보고 있었다. 박정민은 그가 무슨 말을 하는지 궁금했지만 잘 들리지 않았다.

"강 형사님은 왜 이렇게 전화를 안 받아. 미치겠네. 이 차량을 어떻게 할 것인지 물어봐야 하는데."

젊은 형사가 차 주위를 둘러보더니 다시 강두원에게 전화를 걸었다. 박정민의 품속에서 핸드폰 벨 소리가 울렸다. 그는 매우 놀라 허둥대며 휴대전화 화면의 빨간 버튼을 눌렀다.

'저 형사가 벨 소리를 들었으면 어떡하지?'

그의 심장에서 쿵쿵거리며 거인의 발소리가 들렸다. 그가 놀란 가슴을 진정하고 다시 그 형사를 보니 벨 소리를 못 들은 것 같았다.

'차를 빼앗아야 한다. 저 안에 내 모든 흔적이 남아 있다. 어떻게 제압을 할까?'

이런 고민을 하는데 그 형사가 다른 곳으로 걸어가는 게 보였다. 그는 누군가와 열심히 전화 통화를 하며 걸어가고 있었다.

"팀장님. 강 형사님이 연락이 안 돼요. 저 혼자라도 빨리 오라고요. 괜찮다고요? 알겠습니다…. 그런데 말도 안 되는 주장을 하네요. 그러니깐요…. 그런데 여기 의심스러운 차량을 하나 발견했는데요…. 네. 일단 사무실로 들어가겠습니다."

젊은 형사는 전화를 끊고 혼잣말로 중얼거렸다.

"김순희 그 여자 때문에 여럿 고생하네. 개나 소나 다 정당방위래."

형사가 사라진 후에도 그는 한동안 숨죽인 채 그대로 있었다. 자신도 김순희 때문에 고생한다는 생각이 들었다. 살인을 의뢰한 사람이 그녀라는 것을 그는 알고 있었다. 오천만 원이 입금된 통장에 송금인으로 김순희라는 여성의 이름이 적혀 있었기 때문이다. 이곳까지 형사들이 온 이유가 그녀와 자신이 연락을 주고받아서라는 것을 깨달았다.

"김순희! 갈보. 똥치 같은 년."

차에 타면서 입에서 욕이 나왔다. 그가 뒷좌석으로 고개를 돌려 물건을 확인했다. 차 뒷좌석에 있는 작은 가방에 그가 썼던 선불폰들이 들어 있었다. 아깝지만 모두 폐기처분해야 한다. 차 시동을 켜고 이동했다. 그는 모든 잘못은 여자들 때문에 생긴다는 것을 다시 느꼈다. 모든 갈보, 똥치는 그의 적이다.

점점 가까이

　다음 날, 북한산 정릉 주차장에 이지혜가 차를 주차했다. 그녀는 이곳 주차요금이 신경 쓰였다.

　'경찰이라고 말하면 공짜로 주차해도 되지 않을까? 수사하러 오기는 했지만 아마 공원관리소 직원들에게 씨알도 먹히지 않을 것이다. 말 꺼내지 않는 게 좋겠어.'

　주차비를 아끼려는 생각을 포기하고 머리를 흔들었다. 수사비에 유류비만 포함하지 말고 주차비도 포함되면 좋겠다. 그녀는 준비한 500㎖ 생수를 챙기며 말했다.

　"북한산에 오랜만에 오는데."

　김원우가 고개를 꺄우뚱하게 기울이며 말했다.

　"그런데 이런 국립공원에는 일반인이 살지 않을 것 같아요. 감시하는 사람들도 많이 다니잖아요."

　"너 그렇게 말하니까 귀여워 보이는데."

　귀엽다는 말이 좋은지 그가 다시 고개를 반대로 꺄우뚱하게 기울이며 말했다.

　"괜한 고생을 사서 하는 건 아닌지 모르겠어요. 안 그래요, 선배."

　"그래도 건질 거 없나 살펴보자. 느낌이 안 좋아서 그래."

　"그럼 위치가 광범위한데 나눠서 수색할까요?"

　"아니. 혼자 다니는 건 위험하니까 같이 움직여. 내가 대충 주소 부근을 파악했으니까 그곳만 살펴보자."

　"좋아요. 선배."

두 사람이 차에서 내렸다. 그들 앞에 고요한 숲이 커다랗게 입을 벌리며 기다리고 있었다.

등산로 입구를 보니 완만한 오르막이 보였다. 이 둘레길을 따라 조금 걸으니 판자로 지은 작은 암자가 나타났다. 그녀는 이 등산로를 따라 걸으며 이 작은 암자와 같은 집을 찾을 생각이었다.

"저런 집이 보이면 말해."

"이런 국립공원에 있을까요?"

"나도 몰라. 신고자의 2007년 주소가 이곳으로 되어 있다는 것 말고는."

"그렇게 오래된 것도 아니네요."

그녀의 휴대전화가 울렸다. 번호를 확인해보니 독사의 번호다.

"네. 팀장님."

"자네에게 부탁할 게 있어."

"뭔데요?"

"김순희가 갑자기 정당방위를 주장해. 불리한 진술을 일절 하지 않다가 갑자기 증거 영상을 제출했어. 화재 원인이 남편이 불을 낸 것이래."

그녀는 영상에 대한 호기심이 생겼다.

"증거 영상이요?"

"응. 전에 같이 살던 남편이 자신을 강간하려고 하는 장면을 담은 영상이래."

"말도 안 돼요."

"당연히 말도 안 되지. 그런데 그렇게 주장해. 1차, 2차 심문할 때는 제시 안 하다가 이제 검찰로 넘기려고 하니까 갑자기 영상을 제출하는 거야. 미치겠어."

"그런데 저에게 무슨 부탁을 하시려고요?"

"검찰에 사건을 넘길 시간이 얼마 안 남아서 자네 같은 프로파일러가 그녀를 면담하고 증거나 아니면 그녀의 주장을 깰 방법을 찾아줘."

"알겠어요. 그런데 영상은 어떤 내용이에요?"

"그게. 남편 임기수가 사각팬티를 입고 천천히 걸어오고 김순희가 속옷 차림으로 비명을 지르며 도망치는 1분짜리 영상하고, 촛불을 들고 안방으로 걸어가는 임기수 24초짜리 영상이야. 강간당하는 사람이 휴대폰으로 동영상을 찍는다는 게 말이 안 돼. 그래서 물어봤더니 이혼할 때 증거로 쓰기 위해서 촬영했다는 거야. 마치 이런 날이 있을 걸 예상하고 찍은 거 같아."

"알겠습니다. 지금 가겠습니다."

"아. 참고로 그녀에게 프로파일러와 면담한다고 말했더니 불리한 질문에는 절대 말하지 않을 거라고 미리 못을 박더라고."

"제가 지금 북한산 둘레길에 와 있거든요. 최대한 빨리 가도록 하겠습니다."

"쉬는데 미안해."

"이거 쉬는 거 아니에요."

"그럼 둘레길은 왜 간 거야?"

"뭔가 의문스러운 게 있어서 조사하려고요."

박영철이 떨리는 목소리로 말했다.

"자네. 방금 북한산이라고 했어?"

"네."

"북한산이라."

여운이 담긴 그의 목소리가 그녀의 궁금증을 자극했다.

"왜요?"

"아니야. 경찰서에서 보지."

전화를 마친 그녀가 김원우를 돌아보았다. 김원우는 그녀의 표정에서 일이 잘못된 것을 느꼈다.

"여기까지 왔는데 다시 돌아가야겠어."

"무슨 일 생겼어요?"

"남편을 살해한 김순희가 정당방위를 주장한다는데."

"말도 안 돼."

"그러니까. 박영철 팀장이 나보고 김순희의 주장을 깰 수 있는 무언가를 찾아달라는데… 같이 갈래?"

김원우는 그녀와 같이 가고 싶었다. 그런데 그녀의 눈빛은 산 쪽으로 향해 있었다. '여기를 수색해줄래?' 하는 눈치다.

"저는 여기까지 왔으니 한번 살펴보고 갈게요."

그녀가 미안한 표정을 지으며 말했다.

"괜찮겠어?"

솔직히 그녀를 따라가고 싶었지만 멋있게 보이고 싶었다.

"네. 다시 오기도 그렇고. 혼자 꼼꼼히 잘 살펴보고 내려갈게요."

"고마워. 나 때문에 쉬는 날 고생하고. 내려오면 연락해. 내가 맛있는 거 사줄게. 저녁 맛있는 거 먹자."

"좋아요, 선배. 오늘 저녁은 근사한 곳에서 먹어요."

"나 홍대 쪽에 맛집 아는데. 거기로 갈까?"

"아주 좋아요."

미안했는지 그녀가 적극적으로 말했다.

"좋아. 저녁 7시에 감성타코에서 만나. 홍대역 7번 출구로 나와서 십 분 정도 걸으면 있어."

김원우가 고개를 끄덕이며 만족스러운 표정을 지었다. 홍대는 식사로만 끝나지 않는 동네다. 볼거리도 많고 놀거리도 많다. 그녀와 헤어지고 나면 바로 인스타그램에 들어가 핫한 곳을 찾아 데이트 코스를 짜야겠다.

"먼저 갑니다."

김원우가 그녀에게 손을 흔들고 몸을 돌렸다. 아직 그녀가 자신을 쳐다보고 있을 것 같아서 멋있게 보이기 위해 오르막을 뛰었다.

*

박영철은 그녀와 통화를 마치고 깊은 생각에 잠겼다.

'북한산에 두원이가 갔는데 연락이 끊겼다. 뭔가 느낌이 안 좋아. 그런데 공교롭게 이지혜도 북한산에 갔다. 불길한 기분이 드는 것은 뭘까?'

생각에 잠겨 있는 그에게 정기철 형사가 다가와 말했다.

"팀장님, 유치장에서 김순희 출감시키게 결재해주십시오."

"어. 알겠어."

그가 고개를 끄덕이며 일의 순서를 정리했다.

'먼저 김순희 일부터 해결하고 북한산을 알아보자. 이지혜가 일에만 집중하도록 팀원들에게도 주의를 시켜야겠어.'

그가 팀원들을 소집했다.

"막내야. 모두 모이라고 해봐."

북한산에 있다 돌아온 막내 형사가 밖으로 뛰어나갔다. 밖에서 담배를 피우던 형사들이 사무실로 들어와 자신들의 자리에 앉았다.

"지금 두원이가 연락이 안 되는데 우선 김순희 일부터 마무리하고 두원이를 찾아보자. 김 형사는 그의 휴대폰이 계속 켜져 있으니까 위치 파악해두고. 그리고 불독 이지혜가 오면 모두 강 형사와 북한산 이야기는 하지 말도록 해."

강두원과 친한 정기철이 의아한 듯 팀장에게 물었다.

"강 형사 이야기를 하지 말라니 무슨 뜻이에요?"

"두원이처럼 북한산에 가 있던 이지혜를 불렀어. 그 애도 두원이와 매우 친했잖아. 아마 강 형사가 신경 쓰여서 김순희를 조질 때 실수할 거 같아. 모두 같은 생각일 거야. 사적인 감정이 낄까 봐 북한산 이야기는 꺼내지 말라는 거야. 북한산에 왜 갔는지는 이 일이 끝난 후에 묻도록 하자."

*

두 시간 후 이지혜가 등산복 차림으로 형사과에 나타났다. 그녀는 경찰서에 들어서는 순간 자신의 옷차림이 잘못된 것을 느꼈다. 피의자를 심문하는 자리인데 등산복이라니.

아니다. 심문하는 건 아니고 대상자의 심리를 파악해서 증거와 자백을 만드는 자리이니 복장은 크게 상관없다. 옷을 갈아입을까 하는 생각이 잠시 스쳤지만, 그냥 이대로 일을 진행하기로 했다.

'복장이 중요한 게 아니라 라포 형성이 중요하다.'

그녀는 라포 형성에 온 신경을 집중하기로 마음을 다잡았다. 문득 대학 시절 배웠던 전공과목이 떠올랐다. 심리학을 담당하던 여교수님이 우아한 자태로 교단에서 조곤조곤 속삭이듯 강의를 했었다. 교수님은 항상 패셔니스타처럼 시대에 앞서는 복장으로 강단에 서서 강의를 했다. 학생들뿐만 아니라 교수들 사이에서도 인기가 많았다.

"여러분. 라포(Rapport)란 프랑스어로 '다리를 놓는다'라는 뜻이라고 해요. 처음 만난 상대방과 나 사이에는 아무런 연결고리가 없어요. 상대방과 나 사이에 연결고리를 찾는 것을 라포 형성이라고 합니다. 라포 즉, 공감대 형성은 실제로 심리상담사들이 내담자와 상담하기 전 가장 먼저 하는 행동이에요. 가장 좋은 방법은 '상대방의 세상에 공감하라'입니다. 사람들은 누구나 자기 자신을 사랑하는 감정이 있습니다. 그리고 자신에 관해 이야기하는 것을 좋아하죠. 자기애가 강한 사람일수록 내 가치를 누군가 알아주기를 원합니다. 그러므로 그 사람의 세상에 공감해주면 본능적으로 '아! 이 사람은 내 가치를 알아봐 주는구나'라고 인식합니다. 이제 우리가 왜 공감대 형성을 해야 하는지 확실히 아시겠죠?"

그녀가 열심히 강의하는 동안 이지혜는 여교수가 입고 있는 옷을 인터넷으로 검색했다. 비슷한 옷이라도 사서 입어보고 싶었다.

"그렇다면 이제 어떻게 라포를 형성하는지 그 방법에 대해 알아보도록 할게요. 말을 잘하려고 하지 말고, 잘 들으려고 하자. 이게 바로 핵심입니다. 여러분, 라포 형성을 잘 하려면 상대의 말을 잘 들으세요. 물론 말을 잘하면 매력 있는 사람이 될 수는 있어요. 하지만 라포 형성하는 과정에서는 역효과가 날 수 있어요. 첫 만남에서 유창하게 언변을 늘어놓으면 상대방의 심리적 안정감을 해칠 수 있어요. 그냥 들어주세요. 그게 라포 형성에 중요한 첫걸음입니다."

*

박영철이 이지혜에게 사건 파일철을 건넸다.

"그동안 조사했던 자료와 1차, 2차 피의자신문조서야."

파일을 빠르게 스캔했다. 시간이 없으니 집중도 잘 되었다. 김순희의 금융거래 내역서와 신용카드 사용 출처는 누가 정리했는지 종이 한 장에 일목요연하게 해놓았다.

"지금 김순희는 어디 있나요?"

"심문실에 대기하고 있어."

그녀가 망설임 없이 심문실 문을 열고 들어갔다.

김순희는 흐트러짐 없이 단아한 모습으로 등을 꼿꼿이 세우고 앉아 있었다. 심문실에 앉아 있는 그녀를 부드러운 눈빛으로 바라보았다. 그녀의 동공이 좌우로 빠르게 왕복하는 게 보였다. 빠져나갈 방법을 생각하는 것 같다.

잠은 잘 자는지 충혈되어 있지 않았고 피부도 탄력적이었다. 죄를 짓고 혐의를 부인하는 범인 중 다수가 죄책감에 시달려 잠을 못 이루는데 그녀는 전혀 그렇지 않아 보였다.

이지혜는 그녀의 정신세계로 들어갈 문을 찾아보았다. 굳게 닫힌 문을 열기 위해 조심스럽게 노크했다.

"어린 시절에 엄마가 안 계셔서 많이 힘들었겠어요?"

그녀가 귀찮은 듯이 대답했다.

"네."

"저도 엄마가 일찍 돌아가셔서 많이 힘들었어요. 거기다 집안 형편도 어려워서 학창시절은 정말 기억하고 싶지 않아요."

이지혜는 거짓말을 했다. 이 여인을 상대로 정공법을 쓰기는 싫어 거짓말을 그럴싸하게 했다. 입질이 왔다. 그녀의 눈동자가 오른쪽 위로 올라가는 게 보였다.

"저희 아버지는 알코올 중독자였어요. 그런데 김순희 씨도 저랑 비슷한 것 같은데 아버지가 무슨 이유로 집에만 계셨나요?"

사건 이야기는 묻지 않고 자신의 가정사만 물어보니 그녀가 마음의 문을 천천히 열었다.

"아버지는 무능력했어요. 당신은 유능하다고 생각하셨지만…. 전혀 그렇지가 않았어요. 좋은 일자리만 찾아다니다 그만두었어요."

이지혜는 그녀의 아버지가 공무원 출신이라는 것을 알고 있었다.

"아버지께서 그 전에 무슨 일을 하셨는데요?"

"공무원이요."

이지혜는 그녀의 아버지가 뇌물을 받아 공직에서 물러난 사실도 알고 있었다. 하지만 시치미를 뚝 떼고 물어보았다.

"그런데 왜 그만두셨어요?"

그녀는 자신의 아버지가 뇌물을 받아 그만두었다는 말은 하고 싶지 않았다. 최대한 동정심을 유발하여 자신의 주장이 받아들여지도록 만들고 싶었다. 그녀의 눈이 바쁘게 위아래로 움직이며 말했다.

"아버지께서는 직장에서 집단 따돌림을 당했어요. 그게 힘들어 사표를 내고 집에 오셨는데 막상 다른 직장을 알아보려니 쉬운 일이 아니었죠. 그때부터 집에 누워만 계셨어요. 그렇게 누워 있으니 당뇨병이 생기고 나중엔 뇌종양까지 오게 되었죠. 수술을 두 번 받으시고는 거동도 못하게 되었어요. 나중에는 제가 아버지의 대소변을 치웠죠. 그 당시엔 학교에서 집으로 돌아오기가 싫었어요. 집에 오면 오물 냄새가 반겼거든요. 아세요. 굳어 있는 대변을 치우는 게 얼마나 싫은지."

이지혜는 반가웠다. 그녀의 마음의 문이 서서히 열리는 게 보였기 때문이다. 이지혜가 안타까운 표정을 지으며 말했다.

"저런, 많이 힘들었겠어요. 그런데 어떻게 해서 보육원으로 가셨나요?"

"아버지는 빚만 남기고 돌아가셨어요. 엄마는 그 전에 가출한 상태라 저는 할 수 없이 보육원에서 생활하게 되었죠. 보육원에서도 저는 행복하지 못했어요. 저는 남자들에게 성적 학대를 받으며 생활하다 결국은 그곳을 나오게 되었죠. 그리고 남편을 만났어요."

불쌍하고 가련하다. 그런 눈빛으로 이지혜가 그녀를 바라보며 생각했다.

'이년아! 네가 보육원에서 수차례 절도하고 가출한 것을 알고 있어. 수사 기록이 화려하다.'

속마음과 다르게 이지혜의 두 눈이 점점 촉촉이 젖었다. 마치 그녀가 가엾고 애처로워 슬퍼하는 것처럼 악어의 눈물을 흘렸다. 그리고 동정이 담긴 부드러운 음색으로 말했다.

"아! 그러셨구나. 힘들었겠어요. 남편은 어디에서 만났어요?"

이 여자수사관은 왜 자꾸 쓸데없는 것만 질문하지? 사건에 대해서는 언제 물어보려고 그러는 거야? 나이트에서 만났다고 말하면 안 좋은 인상이 들겠지. 어디가 좋을까? 아르바이트하다 우연히 만났다고 하면 괜찮을 듯하다.

"제가 커피숍에서 아르바이트를 했는데 그곳에서 처음 만나게 되었어요."

제이의 정체

김원우는 휴대폰으로 홍대 부근에서 가볼 만한 곳을 검색하며 걷고 있었다.

'홍대 쪽은 동전노래방이나 VR방, 아 맞다. 괜찮은 방 탈출 카페에 가는 거야. 선배는 프로파일러라 그런 데 가면 좋아할 거야. 너무 빨리 탈출하면 재미없지 않을까? 난이도를 상으로 해도 너무 시시할 듯한데.'

이런 생각과 휴대폰을 보느라 김원우는 둘레길에서 조금 벗어나 걷고 있다는 사실을 몰랐다. 사람들이 잘 다니지 않는 음침한 길을 걷고 있었다. 주변이 어둡다는 생각이 들자 주위를 둘러보았다. 이지혜 선배가 말한 곳으로 가고 있는 건지 확인하기도 어려웠다. 그저 빨리 건물이 나타나 담장이나 출입문에 붙은 주소를 확인하고 싶었다. 허름한 집에도 주소 표지는 적혀 있으니까.

찾는 건물은 보이지 않고 나뭇가지가 꺾여 있고 풀들이 누워 있는 게 보였다. 금방 사람이 무언가를 끌고 지나간 것 같았다. 그는 그 흔적을 따라 걸었다.

"복숭아꽃 살구꽃 아기 진다알~래. 울~긋불긋~."

어디에서 나는 소리인지 알 수 없었지만 동요가 들려왔다.

"그 속에서 살더언~ 때가 그~립습니다."

김원우는 움직이지 않고 노랫소리가 어디에서 나는지 모든 신경을 기울였다. 3시 방향에서 노래가 들렸다.

"나의 사알~던 고향은 꽃 피는~."

소리가 아주 작아 정말 집중하지 않으면 알아듣기 힘들었다.

박정민은 휴대폰을 한강 인근에 있는 공원 휴지통에 버리고 돌아오는 길이었다. 물론 휴대폰을 켜둔 채로. 당분간 경찰은 죽은 형사의 휴대폰 위치를 추적하느라 이곳에 오지 않을 것이다. 그의 귓속에서 악마가 속삭였다.

'여기도 곧 발각될 거야. 어서 네 엄마를 죽이고 다른 곳으로 떠나.'

그가 고개를 끄덕이며 중얼거렸다.

"알고 있어요. 나도 잘 알고 있어요."

그는 혹시 경찰들이 오지 않았는지 주위를 살펴보았다.

'경찰이 출동했다면 주위에 경찰차들이 당연히 보여야겠지. 없는 것을 보니 아직 괜찮아. 하지만, 하루 이틀 뒤면 이곳도 안전하지 않아.'

제2의 은신할 곳은 이미 찾아둔 상태였다. 재개발로 인하여 빈집들이 많이 있는 곳을 알고 있다. 그곳을 여기처럼 안전한 장소로 만들 생각이다.

'엄마는 어떻게 죽이지? 아직 힘이 있어 쉽게 제압하기 어려울 것 같은데. 이럴 때 나비가 있었더라면 쉽게 제압하고 죽일 수 있는데.'

죽은 핏불을 생각하자 그의 가슴이 먹먹해졌다. 집이 가까워지자 꼬리를 흔들며 반겨줄 것 같아 더욱 울컥했다. 나비를 묻은 봉분이 보였다. 봉분이 꿈틀거리더니 그 속에서 나비가 뛰어나오는 환상이 보였다. 흙먼지를 뒤집어쓴 나비가 몸을 털고 자신에게 반갑게 달려오는 환상. 한쪽 눈알이 핏줄에 매달려 대롱거리며 반갑게 달려오고 있다.

슬레이트 문을 열고 집 안으로 들어섰다. 그녀가 잠을 자는지 조용했다.

'어서 죽이고 이곳을 정리하고 떠나자.'

한쪽 벽에 세워진 검붉은 몽둥이를 손으로 움켜쥐었다. 제발 잠을 자고 있어라. 조용히 처리하기 위해 그가 까치발로 살금살금 걸었다. 조심

303

스럽게 커튼을 젖히고 문을 열었다. 이불 위에 그녀가 누워 있다.

그녀 곁으로 고양이처럼 소리 없이 다가갔다. 그리고 그녀의 뒤통수를 향해 굵은 몽둥이를 휘둘렀다. '퍽' 하는 소리가 나야 하는데 '텅' 하는 소리가 울렸다.

"야! 이 개새끼야!"

박현주가 일어나 양손을 갈퀴처럼 만들며 달려들었다. 개 줄에 묶여 있지 않았더라면 그의 얼굴에 손톱자국이 생겼을 것이다. 그녀는 집 문이 열리는 순간 그가 돌아온 것을 알았다.

그녀는 집 안에 갇혀 있었지만, 벽이 너무 얇아 바깥에서 일어난 일들을 소리를 통해 알고 있었다. 범인의 맹견이 지나가는 사람을 공격했고, 그 행인의 손에 죽임을 당했다. 또 그 남자는 범인에게 죽임을 당했다.

범인은 그 남자의 휴대폰을 챙겨 어디론가 떠났다. 왜 휴대폰을 가지고 갔을까? 경찰의 추적을 따돌리기 위해서 그랬을 것이다. 우발적으로 사람을 죽였으니 이곳에 경찰이 곧 오겠지.

경찰이 출동하기 전까지 어떻게든 버텨야 한다. 하지만 그가 집 안으로 들어오는 순간 그녀는 소름이 돋았다. 그가 평소와 다르게 아주 조용히 움직이는 것이 자신을 죽이려고 한다는 것을 본능적으로 느꼈기 때문이다.

그녀는 주먹을 움켜쥐었다. 아직은 싸울 힘이 남아 있다. 이불 속에 있으면 그의 공격을 피하기 어렵다. 그녀는 일단 잠을 자는 척 이불 위에 엎드렸다. 그리고 그가 들어와 자신을 향해 몽둥이를 내려치는 순간 몸을 일으켜 세웠다.

벌떡 일어나 그를 할퀴려고 하였지만, 발목에 통증을 느끼고 다시 쓰러졌다. 쓰러진 채로 그를 사납게 노려보자 그가 몽둥이로 자신을 내려치는 게 보였다. 몸을 굴려 피하려고 하였지만 이미 늦었다. 몽둥이가 사정없이 그녀의 왼쪽 팔과 가슴을 동시에 가격했다.

"아악!"

이제 더는 움직일 수가 없었다. 전의를 잃은 그녀가 숨을 헐떡이며 고통이 빨리 끝나기만을 기원했다.

그때였다.

"계세요."

박정민이 순간 몸을 움츠리고 놀라는 표정을 지었다.

"계십니까."

김원우가 문 앞에 서서 안을 살펴보았다. 그녀는 이것이 마지막 기회라는 것을 알았다.

"살려주세요."

고함을 지른다고 소리쳤지만, 몸이 말을 듣지 않았다. 입안에서만 소리가 맴돌았다. 그래도 이 작은 소리를 제발 들었기를 바라고 또 바랐다.

"아무도 없어요? 없나 보네."

김원우는 그냥 빈집이라 생각하고 몸을 돌렸다. 몸을 돌리고 그곳을 벗어나려는데, 그의 귀에 아주 작은 소리가 들렸다.

"엄마. 엄마가 보고 싶어요."

"살려주세요."

"너무 춥고 무서워요."

젊은 여자들의 목소리가 아주 작은 소리로 그의 귓속을 파고들었다. 한이 서린 목소리도 들렸다.

"반드시 복수할 거야."

화재 사건의 전말

심문실에는 언제 들어왔는지 따뜻한 커피 두 잔이 놓여 있었다. 김순희가 아주 우아하게 커피를 마시며 말했다.

"남편은 처음에 제 말을 모두 다 들어주었어요. 그런데 어느 순간부터 저에게 염증이 났는지 귀가도 잘 하지 않았고, 집에 있을 때는 저를 대놓고 무시했어요. 애정이 식었다고 생각했지만 그래도 저는 남편과의 일상을 하루하루 일기에 적었어요. 관계 개선을 위해 필요한 일이라고 생각했거든요. 좋은 일뿐 아니라 나쁜 일까지 모두 상세하게 기록으로 남겼어요. 일기장은 제 변호사님께 말하면 보실 수 있어요. 일 년이 넘도록 집에서 쉬어도 저는 잔소리도 하지 않았어요. 이런 제가 왜 남편을 살해하려고 했겠어요. 말이 안 되죠."

이지혜가 온화한 미소를 지으며 고개를 끄덕였다.

그녀는 임기수와 살면서 일기를 쓰고 있었다. 일기에는 남편의 일거수일투족을 분 단위로 상세하게 적었다. 보통은 시간 단위로 적지만 사이코패스 성향을 보이는 그녀는 남편에 대한 집착으로 분 단위로 일기를 썼다.

이지혜는 그녀가 관찰일지를 쓴 이유가 남편의 속성을 파악하고 통제하기 위해서였다는 사실을 잘 알고 있었다.

"가여워라. 그렇게 신경을 많이 쓰셨는데 안타깝네요. 많이 사랑하셨나 봐요?"

사랑이라는 단어에 그녀의 입이 귓가로 올라가기 시작했다. 억지로 웃음을 참으려고 노력했지만 웃음이 나와버렸다.

"호호. 사랑하니까 보험을 넣은 거예요. 사망보험은 일종의 부적이죠. 우스갯소리로 보험을 많이 넣으면 아프지도 않아요. 그리고 제가 보험회사에 다니니 실적도 챙겨야 하고요. 믿기 힘들겠지만, 남편이 보험을 넣으라고 했어요. 실적도 챙기라고 고액의 보험으로 가입하라고 했고요. 계약서는 제가 그냥 쓴 것은 사실이지만 남편이 가입해달라고 했어요. 저는 부부라 괜찮다고 생각하고 계약서에 사인한 것뿐이에요. 정말이에요. 이것이 지금 저를 괴롭힐 줄 알았다면 그렇게 하지 않았을 거예요. 흑흑."

마지막 말을 하고 그녀는 눈물을 보였다. 그녀는 웃었다 울었다 감정의 기복이 자주 바뀌었다.

"좋아요. 지금부터 김순희 씨와의 대화를 녹음하려고 하는데 괜찮을까요?"

그녀는 이지혜가 다루기 쉽다고 생각했다. 자신의 이야기를 전부 믿는 듯 보이자 방어가 흩어지며 편안해졌다.

"네. 녹음하세요. 저는 녹음하고 있는 줄 알았어요."

이지혜가 휴대폰 녹음기를 켰다.

"강간하는 영상을 촬영하였는데 이때 휴대폰으로 촬영하였나요?"

"아니요. 작은 캠코더로 찍었어요. 만년필로 된 몰래카메라요. 그건 왜 물어보세요?"

"남편이 촛불을 들고 걸어가는 장면은 휴대폰으로 촬영하였나요?"

"네. 그건 제 휴대폰으로 촬영했어요."

"좋습니다. 그러면 왜 몰래카메라를 사셨나요? 평소에 남편이 위협적인 행동을 보이지 않았는데."

그녀가 말을 못하고 얼버무렸다,

"그건… 나중에 이혼할 때 제출…."

"주변 특히 1층 집주인의 말을 들어보면 집 내부에서 싸우는 소리를 들은 적이 없고 김순희 씨의 목소리만 들렸다고 하는데… 이 말은 남편 분께서는 거의 잠을 자거나 약물에 취해 있었다는 말밖에 되지 않아요. 인정하세요?"

"무슨 말도 안 되는 소리예요. 남편이 말할 때 못 들었을 수도 있잖아요."

"좋습니다. 그럼 부부싸움이 없었다는 것은 동의하시나요?"

"네. 제가 항상 양보했으니까 싸울 일이 없죠."

"그렇게 양보하시면서 몰래 자신에게 유리한 영상을 촬영한 이유가 뭔가요? 남편 분은 재산도 없던데."

"음. 가방이 필요한데…. 아니, 대답 안 할래요."

"가방이요?"

"아니 그게 뭐가 중요하죠?"

"가방. 아 맞다."

이지혜가 뭔가를 해결한 듯한 의미심장한 표정을 지었다. 그녀는 그 모습을 보고 약간 불안해졌다.

"네? 뭐가 맞아요?"

"김순희 씨는 남편이 죽기 전 상해보험금을 받았죠?"

"네. 받았어요."

이미 이곳에 들어오기 전에 김순희의 신용카드 사용처를 보았다.

"그리고 가방을 사셨죠?"

그녀가 대답하지 않고 전혀 다른 사람처럼 이지혜를 무섭게 노려보았다.

"화재 당시에 소방관들이 기록한 재산피해 금액은 1천만 원으로 되어 있네요. 수천만 원 상당의 그 가방들은 어디에 있나요?"

그녀의 몸이 떨리는 게 보였다.

"김순희 씨 현재 주거지에 가방이 있겠죠. 불이 날 것을 예상하고 미리 옮겨두었으니까. 즉, 남편이 화재를 낸 것이 아니라 당신이 불을 낸 거죠. 남편에겐 수면제를 먹였나요?"

그녀가 대답 없이 고개를 숙였다.

다시 이지혜가 천천히 질문했다.

"남편에게 수면제를 먹이고 집에 불을 냈나요?"

그녀가 고개를 들며 말했다.

"맞아요. 제가 그랬어요."

"남편을 살해한 이유가 뭔가요?"

"뭐라니요? 돈 때문이죠. 가방이 필요했어요. 같은 여자니까 잘 아시잖아요. 명품가방 한두 개 정도는 기본적으로 남편이 사줘야 하지 않나요? 다른 것엔 인색하지 않았는데 명품가방만은 혐오하더라고요. 그때 그 눈빛을 보고부터 죽여야겠다는 생각을 했어요."

이지혜는 뻔뻔하고 당당한 그녀의 모습에 치가 떨렸지만, 침착하게 질문을 이어나갔다.

"박소영 씨 살인 청부도 인정하시나요?"

"인정해요. 이렇게 될 줄 알았다면 내 손으로 직접 할 걸 그랬어요."

"박소영 씨는 잘 모르는 사람인데 왜 그녀를 죽이려고 했나요?"

사악한 눈빛으로 그녀가 말했다.

"그년이 나타나기 전에 김순권 씨와 저는 아주 좋은 만남을 가지고 있었어요. 지금도 그렇고요. 그런데 그년이 우리 사이에 끼어든 거죠. 김순권 씨가 저를 거절하는데 안 죽일 수가 있나요. 불을 보고도 무서워하지 않는 불나방처럼 죽으려고 날아든 거죠, 그년 스스로 죽으려고 제 곁으로 온 거예요."

이지혜는 그녀의 모습에서 전형적인 경계성 성격장애 환자의 모습을 보았다. 이것은 정신질환의 일종으로 자아상, 대인관계, 정서가 불안정하고 충동적인 특징을 갖고 있다.

'조사가 끝나면 자해 또는 자살할지 모르니 박 팀장님에게 주의를 기울이라고 말해야겠어.'

경계성 성격장애자는 정상에서부터 우울, 분노를 자주 오가며 충동적이기 때문에 자해, 자살행위도 잦다는 연구결과가 있었다. 그녀가 남편에게 자해하도록 한 것도 어쩌면 자신의 몸에 대한 학대가 아닌가 싶다.

검거 그 후

경찰서 출입구를 향해 기자들이 열심히 뛰어가고 있다. 또 다른 곳에서는 카메라맨과 방송 스태프들의 자리 전쟁이 펼쳐지고 있었다.

"강호순, 유영철에 이어서 박정민이라는 연쇄살인마가 검거되어 충격을 주고 있습니다. 지금 이곳은 바로 그 범인을 검거한 경찰관을 만나려는 현장인데요. 취재 열기가 보시는 것처럼 뜨겁습니다. 아 지금. 저기 나오는 경찰관이 바로 박정민을 검거한 경찰관으로 보입니다. 저도 인터뷰하러 가보도록 하겠습니다."

말을 마친 여자 리포터가 김원우를 향해 뛰었다. 하지만 기자들의 벽에 막혀 접근하기 힘들었다. 그녀는 김원우가 있는 방향으로 들고 있던 작은 마이크를 들어 올리며 소리쳤다.

"범인을 어떻게 검거하게 된 겁니까?"

그녀의 주위에 있던 기자들도 그녀처럼 다양한 질문을 퍼부었다.

"형사과 소속이 아닌 지구대 경찰관이라는 말이 사실입니까?"

"지구대에서 수사하신 겁니까?"

"피해자는 모두 몇 명인가요?"

김원우는 피곤한 표정으로 대답했다.

"저는 한 것이 아무것도 없어요. 그저 시켜서 범인을 검거한 것뿐입니다. 저를 인터뷰할 게 아니라 어렵게 수사하신 수사관님을 인터뷰하세요."

"누가 수사하셨나요?"

"지시한 분이 누구인가요?"

"그분 성함 좀 말씀해주세요."

김원우가 약간 머뭇거리다 대답했다.

"서울지방청 미제사건수사팀에 근무하시는 이지혜 경사님이요. 그냥 그분 말대로 현장을 조사하다 우연히 범인을 만나 검거한 것입니다. 제가 수사한 게 아니에요. 저는 사건에 대해서 자세히 알지 못해요."

"납치된 여성분을 구하셨다고 들었습니다."

"그분도 제가 구한 게 아니에요."

"그게 무슨 말인가요?"

*

이지혜는 자신의 원룸에서 늦은 저녁을 준비했다. 식사 준비라고 해보았자, 라면에 김치가 전부다. 뉴스를 보라는 동료의 말에 텔레비전을 켜둔 채 라면을 끓였다. 뉴스 속보로 연쇄살인마가 검거되었다는 자막이 화면 아래 계속 떠 있었다. 그리고 김원우가 나오자 눈이 동그랗게 커졌다.

라면이 입으로 들어가는지 아니면 코로 들어가는지 몰랐다. 그녀는 라면을 먹으며 김원우가 인터뷰하는 모습을 지켜보았다.

'귀여워. 다음에 상으로 뽀뽀 한번 해줘야겠어. 귀여운 것. 입술은 조금 그렇고 볼에 살짝 해줘야지.'

그녀의 휴대폰이 울렸다. 번호를 보니 경찰청이라는 문구가 떠 있다.

"여보세요."

힘이 느껴지는 목소리가 휴대폰에서 흘러나왔다.

"이지혜 경사? 나 본청 수사국장이야."

입 안에 남아 있던 라면을 급하게 쏟아냈다. 본청 수사국장이면 계급이 치안감이다. 경직된 목소리로 그녀가 대답했다.

"헉. 네! 국장님! 경사 이지혜입니다."

312

"고생했어. 아마 좋은 소식이 갈 거야."

"좋은 소식이라니 무슨 말씀이신지…."

"경위로 특진하는 거 말고 좋은 소식이 있겠어? 내가 직접 달아줄 테니까 그리 알아."

믿기 힘든지 떨리는 목소리로 그녀가 말했다.

"네…. 네. 국장님 감사합니다. 감사합니다."

"좋아. 그동안 고생 많았어."

"아닙니다."

"그럼 수일 내로 보세."

"감사합니다. 정말 감사합니다."

특진이라니. 그녀는 너무 기쁜 나머지 소리를 질렀다.

"꺅!"

지금 라면을 먹을 때가 아니다. 나를 위한 선물로 근사한 레스토랑에서 저녁을 먹어야지. 귀여운 녀석을 불러야겠어.

휴대폰에 저장된 김원우의 연락처를 찾아 전화를 걸었다. 그런데 그의 목소리가 퉁명스럽다.

"선배님. 왜 이제 연락하세요? 한참 기다렸잖아요."

"무슨 말이야?"

"오늘 홍대 7시요."

"아! 맞다."

잊고 있었다. 김순희 조사를 마치고 너무 피곤해서 저녁 약속을 까마득하게 잊었다.

"너 지금 어디야?"

"홍대 간성타코요. 약속시간 늦을까봐 경찰서에서 얼마나 힘들게 빠져나왔는데요. 형사들에게 한참 시달리고 또 기자들이 막아서 한바탕했다니까요. 지금도 제 휴대폰이 불나고 있어요. 어떻게 제 연락처를 알았는지 기자들이 자꾸 전화해요. 전화기를 꺼놓으려다 선배님에게 연락 올까봐 끄지도 못했어요. 이제 배터리도 5%밖에 남지 않았는데 결국, 하아! 연락을 주시네요."

"기다려. 내가 빨리 갈게."

식탁 위 라면을 치울 새도 없이 급하게 옷을 갈아입었다. 시계를 보니 7시 30분이다. 서두르면 한 시간 안에 도착할 것이다. 그녀가 특별한 날에만 신는 빨간 구두를 꺼내 신으며 생각했다. 귀여운 것! 오늘은 매우 특별한 날이니 너의 입술에 뽀뽀해주지. 하지만 그 이상은 안 돼.

*

박현주가 병실 침대에서 눈을 떴다. 오른팔이 아파 고개를 돌려보니 간호사가 링거 주사를 잘못 놓아 팔이 퉁퉁 부어 있었다. 퉁퉁하던 간호사가 혈관이 보이지 않는다고 투덜거리더니 결국 이렇게 사고를 치고 말았다.

팔이 더 붓기 전에 알아차려 다행이라는 생각이 들었다. 이깟 팔이 부은 것은 며칠간 겪은 일에 비하면 정말 아무 일도 아니다. 아주 사소한 먼지 같은 일이다.

링거줄에 달린 수액 조절 장치를 잠금 쪽으로 밀어 올렸다. 병원 특유의 소독약 냄새가 그녀의 코를 자극하자 마음이 안정되는 기분이 들었다. 축축한 곰팡내와 생선 썩는 냄새가 나던 방에서 며칠 지내다 보니 지금 이곳은 봄꽃 향기가 뿜어나오는 들판처럼 느껴졌다.

평생 잊히지 않을 것 같다. 수많은 여자가 감금되었던 차갑고 을씨년스러운 방. 피해자들의 머리에서 빠진 머리카락들이 방구석에 먼지와 함게 쌓여 있었다. 벽 곳곳에 있던 한이 담긴 섬뜩한 낙서와 핏자국들은 공포영화의 한 장면처럼 그녀의 머리에 하나하나 각인되었다.

지금도 이해되지 않는다. 어디서 그런 힘이 나왔는지. 몇 시간 전 범인이 송곳으로 자신의 목을 찌르려는 순간 기적처럼 몸이 움직였다. 지금 생각해도 내 의지와 전혀 상관없이 몸이 스스로 움직였다. 몸에 한기가 스며들어 매우 춥다는 생각과 동시에 몸이 저절로 움직여, 머리를 있는 힘껏 범인의 얼굴을 향해 재꼈다. 내 뒤통수가 범인의 코 부위를 제대로 박았다. 범인이 뒤로 벌러덩 쓰러지며 피를 흘리자 나 자신도 놀랐다.

당시 일어서 있을 힘도 없어 주저앉고 싶지 않았는가. 그건 나의 힘이 아니었다. 아마 그 방에서 죽었던 수많은 여성들의 한이 내 몸에 붙어 그런 힘이 나오지 않았나 싶다. 범인이 쓰러지자 몸에 한기도 사라졌다. 그리고 키가 크고 착하게 생긴 형사가 쓰러진 범인을 무언가로 묶는 모습을 보고 긴장이 풀려 쓰러졌다.

정신을 차려보니 구급차 들것에 실려 있었고 지금 이곳으로 오게 되었다. 오른쪽 다리에 붕대가 감겨 있다. 의사 말로는 다행히 송곳에 깊이 찔린 것은 아니어서 소독 잘 하고 항생제 주사를 맞으면 괜찮아질 거라고 한다. 언제 송곳에 찔렸는지 기억이 없다.

형사가 오지 않았다면 한이 서린 여인들의 혼이 내 몸 안으로 들어왔을까? 나는 거기에서 죽지 않았을까?

아니다. 지금 그게 중요한 것이 아니다. 과거는 잊어버리고 앞으로 살아가는 게 중요하다. 그녀는 천장을 응시하며 예전에 듣고 자주 보았던 명언을 되새겼다.

'내가 헛되이 보낸 오늘 하루는 어제 죽어간 이가 그토록 살고 싶었던 내일이다.'

그녀가 양 주먹을 꽉 움켜쥐었다.

한껏 크리스마스 분위기로 실내를 장식한 감성주점에 김원우와 이지혜가 마주 보며 앉아 있다. 술이 제법 들어갔는지 두 사람 모두 볼이 빨갛게 변해 있다. 김원우가 술에 취해 어눌하게 말했다.

"선배, 진짜라니까요. 저 죽을 뻔했다니깐요. 그 자식이 기절한 줄 알았는데 일어나서 송곳으로 찌르려고 달려들지 않겠어요. 만일 저부터 공격했으면 아마 제가 당했을지 몰라요. 다행인지 불행인지 납치한 여자를 집중적으로 공격하더라고요. 그녀는 기절해서 피하지 못했고 저는 그걸 막느라고 혼났어요. 범인이 어렸을 때 잘 먹지 못했는지 원체 약한 체형이라 주먹 한 방에 나가떨어지는데 그래도 악바리처럼 일어나서 다시 달려들고 또 달려드는데 무섭더라고요. 좀비 영화 속 좀비가 따로 없었다니깐요."

"그럼 기자들한테 그렇게 말하지 그랬어. 네가 여자를 구해주었다고. 저는 한 것이 아무것도 없습니다. 바보처럼 이러지 말고."

"당연히 할 일을 했는데요. 저는 그것으로 충분히 만족해요. 영웅처럼 보이고 싶지 않아요. 영웅은 선배 같은 분이죠. 음지에서 묵묵히 수사하는 선배님이요."

그녀의 눈에 오늘따라 그가 더욱 귀엽게 보였다.

"너 이쪽으로 가까이 와봐. 닐루 여기 앉으봐."

그녀는 약간 취기가 올라왔는지 발음이 부정확하게 나왔지만 두 사람은 그 사실을 몰랐다. 김원우가 그녀의 얼굴을 보니 장난을 치려는 듯한 표정이 보였다. 장난이라도 그녀의 곁에 앉을 수 있다니 너무 좋았다. 하지만 내색하지 않고 물었다.

"선배 옆으로 오라고요?"

"그래. 이리 가까이 앉아봐."

그가 자리에서 일어나 그녀의 옆자리에 앉았다. 그녀는 손짓으로 그에게 고개를 숙이라고 말했다. 뽀뽀하기 위해 높이를 맞추었다. 그녀가 리드하고 그는 수줍어하였다. 그녀가 손을 위에서 아래로 내리자 거기에 맞추어 그가 고개를 숙였다.

그녀가 입술을 천천히 그의 입에 포개었다. 김원우는 온몸이 짜릿해짐을 느꼈다. 그녀가 입술을 떼려고 하자 떨어지기 싫어 그녀의 등을 거칠게 껴안았다. 마치 아이가 엄마의 품에서 벗어나기 싫어하는 것처럼. 그녀도 싫지 않은지 거부하지 않았다. 그는 멀어지려는 그녀의 얼굴에 자신의 얼굴을 밀착시키고 거친 숨을 내뿜었다.

그녀의 두 눈이 살며시 감겼다. 김원우는 과감히 용기를 내어 두툼한 입술로 그녀의 꽃잎 같은 입술을 지그시 눌렀다.

"음."

그녀가 신음하며 부끄러운지 고개를 돌리려 했다. 그러나 그가 급히 그녀의 두 볼을 손으로 잡으며 그녀의 입술을 탐닉했다. 그녀는 자신의 몸이 불덩이처럼 달아오른다고 느꼈다. 어느 순간 그녀는 그를 가볍게 밀쳤다. 그의 손이 그녀의 봉긋한 젖가슴을 만졌기 때문에 놀란 것이다. 김원우는 촉촉이 젖은 눈으로 그녀를 바라보며 거친 숨을 몰아쉬었다. 그녀가 화난 듯이 자신을 노려보는 게 느껴졌다.

그는 꿈같은 기분이 확 달아나고 정신이 번쩍 들었다.

'아! 내가 무슨 짓을 한 거야. 도대체 내가 무슨 짓을 한 거야. 뭐라 말을 해야 하지. 분위기 좋았는데 망했다.'

그녀는 못마땅하다는 듯이 매서운 눈초리로 그를 흘겨보며 생각했다.

'오늘따라 사랑스럽고 귀엽게 보이네.'

에필로그

다음 날, ['희대살인마' 박정민은 누구인가?]라는 제목으로 그에 관한 기사가 나간 후 사람들의 뜨거운 관심을 불러일으켰다. 그의 불우했던 삶과 성장 과정까지 조명을 받았다. 그리고 며칠 후, 신문과 인터넷 뉴스에 '얼빠진 경찰'이라는 큼직한 제목으로 기사가 실렸다. 2006년 박정민이 자신의 모친을 살해하고 실종신고를 하러 파출소를 방문했다는 사실을 기자들이 알아내었다. 그때 제대로 수사를 했더라면 이런 끔찍한 사건들이 연속으로 발생하지 않았을 것이다. 이 사실을 기자들이 어떻게 알았는지 집요하게 파고들었다. 당시 단순 가출 신고로 보고 제대로 수사하지 않은 해당 부서의 관계자들이 언론에 뭇매를 받았다.

2006년 여대생을 첫 살인 할 당시 그는 자신의 엄마 차에 피해자를 태웠다. 가출인의 차만 수배하였어도 몇 건의 살인을 막을 수 있었다. 기자들은 경찰의 허술한 대응을 귀신처럼 파고들었다. 마치 격투기 시합에서 펀치를 맞고 회복하려는 상대에게 공격을 퍼붓는 것처럼 약점을 놓치지 않았다. 경찰에 대한 국민 여론은 갈수록 험해졌다.

그를 검거하기 위해 집요하게 수사하던 이지혜와 김원우에 관한 기사는 단 한 줄도 나오지 않았다. 단지 그의 과거 행적과 그의 범행 수법들만이 자극적으로 소개되었다. 그가 살았던 집은 과거 지존파의 아지트처럼 '살인 공장'이라고 대서특필되었다. 이곳에서 살아 돌아온 피해자 박현주가 입원한 병실 앞에는 기자들이 진을 치고 대기했다. 악마로부터 탈출한 '대한민국 캡틴 마블'이라는 별명까지 얻으며 연예인급 유명세를 받았다.

경찰에 대한 불신은 점점 그녀를 영웅으로 만들어놓았다. 그녀와 인터뷰하기 위해 각종 매스컴에서는 그녀에게 고액의 인터뷰 비용을 제시하기까지 했다.

그리고 또 한 번 엎친 데 덮친 격으로 경찰을 질타하는 뉴스가 떠올랐다. 경찰서 유치장에서 조사받던 김순희가 화장지를 집어삼키고 질식사한 것이다. 당시 유치장 근무자는 두 명이었는데 모두 대기실에서 잠을 잔 것으로 드러났다. 뒤늦게 그녀가 쓰러진 것을 확인한 근무자들이 심폐소생술을 하였지만 이미 차갑게 시신이 된 상황이라 손을 쓸 수가 없었다.

두 달 후, 박정민에 대한 첫 재판이 열렸다. 그는 식사도 잘하고 잠도 잘 잤는지 검거 전보다 몸이 훨씬 좋아 보였다. 검사는 그의 살인이 계획적이고 잔인하며 피해자가 다수 발생한 점을 들어 사형을 구형했다. 이에 박정민의 국선변호인은 간단히 그를 변론했다.

"불우한 환경에서 성장한 피고인을 심신미약자로 여겨 재판부가 형을 판단해주시기 바랍니다."

국선변호인의 형식적인 변론에 인심 좋게 생긴 재판장의 눈이 흔들렸다.

공개수배

김홍철 지음

발 행 처 · 도서출판 청어
발 행 인 · 이영철
영   업 · 이동호
홍   보 · 천성래
기   획 · 남기환
편   집 · 방세화
디 자 인 · 이수빈 ∣ 김영은
제작이사 · 공병한
인   쇄 · 두리터

등   록 · 1999년 5월 3일
(제321-3210000251001999000063호)

1판 1쇄 발행 · 2020년 11월 30일
2쇄 발행 · 2022년 8월 30일

주   소 · 서울특별시 서초구 남부순환로 364길 8-15 동일빌딩 2층
대표전화 · 02-586-0477
팩시밀리 · 0303-0942-0478

홈페이지 · www.chungeobook.com
E-mail · ppi20@hanmail.net
I S B N · 979-11-5860-912-2(03810)

이 도서의 국립중앙도서관 출판시도서목록(CIP)은 서지정보유통지원시스템 홈페이지
(http://seoji.nl.go.kr)와 국가자료공동목록시스템(http://www.nl.go.kr/kolisnet)에서 이용
하실 수 있습니다.(CIP제어번호: CIP2020047799)